子不語

（清）袁枚 著

刘润雨 选编

巴蜀书社

【犼】

佛所騎之獅、象，人所知也；佛所騎之犼，人所不知，犼乃僵屍所變。

【罗刹鸟】

相传墟墓间，太阴，积尸之气久，化为罗刹鸟，如灰鹤而大，能变幻作祟，好食人眼。

【摸龙阿太】

少宰之祖半夜采药归，过西溪，醉坠于涧。遇龙。

【天喜童子】

日支月建相合，如正月逢亥日，二月逢戌日，是为吉日，谓之天喜。天喜童子，属木，貌俊丽，主姻缘，主人间婚嫁，乃吉喜之仙。

【祭七月半】

地官于七月十五中元赦罪，地官门启，众魅出。人点荷烛，挂灯笼，明其归途，祭之。道者设吉祥道场，建醮祈祷，度之。

目　录

精　怪

幻　相

戏　谭

秘　闻

"装怪" 系列导语

巴蜀书社推出的系列志怪小说《玄怪录：精怪奇遇》《阅微草堂笔记》《子不语》等是中国古典短篇小说的精华之作，译注者精心选编，加以简洁、晓畅的注释、翻译，并配以精美的插画，汇集成"装怪"系列，为广大读者呈送了一套雅俗共赏的古典文学读物，在弘扬中华优秀传统文化上有着积极的意义。

志怪小说中许多故事看似荒诞不经，但种种神异实为人心幻化，地府仙界即是尘世的真实写照。作者对人世的深切关怀都蕴含在文辞之中，这些故事反映了作者对于当下的认知，传递了作者的思想观念，也寄托了作者对于现世的期许。

《玄怪录：精怪奇遇》选自《玄怪录》和《续玄怪录》。《玄怪录》作者牛僧孺，唐代中晚期重要政治人物，《续玄怪录》作者李复言，唐代作家、诗人。唐代文化高度发达，在文学创作上，除唐诗以外，对后世影响最为深远的文体是唐传

奇,《玄怪录》则是唐代传奇小说中的翘楚,所谓"选传奇之文,荟萃为一集者,在唐代多有,而煊赫莫如《玄怪录》"(鲁迅《中国小说史略》)。

《玄怪录·精怪奇遇》分为四卷,所选篇目均为原书的精华之作,给我们呈现了虚幻诡谲、瑰丽多彩的想象世界,所记述之事涉及历史人物、神仙道术、鬼怪妖物、风土人情,内涵丰富,语言婉约,笔触细腻,情节曲折,有着很高的艺术成就,极富思想性。本书情节光怪陆离,而所谈所思皆为人世,展示了中古时代广袤的风土人情和时人幽深宏阔的精神世界。

《阅微草堂笔记》作者纪昀,清代文学家,官至太子少保、协办大学士、礼部尚书。曾任《四库全书》总纂官,为乾隆朝官方学术工作的负责人,对传统文化的总结汇编有重大贡献,被嘉庆帝赞誉为"敏而好学可为文,授之以政无不达"。

《阅微草堂笔记》为纪昀晚年之作,记述了种种社会见闻,主要是狐鬼神怪故事,折射出康乾盛世下的世态和隐忧,也表达了纪昀对"假道学"的讥讽。全书叙述、议论融为一体,意蕴深刻,富有人文情怀。故事内容涉及社会各个层面,涵盖的地域范围广阔,对于认识清代社会风情也有重大价值。本书选编故事百余篇,分为五卷,读者可以就此领略纪昀精练跳脱的文笔和独具魅力的精神意趣，感受康乾时代的社会风貌。

《子不语》作者袁枚，清代中叶最负盛名、最有影响的文人之一，主张诗文审美创作应抒写性灵，重视生活情趣，清末词人蒋敦复称其"壮岁归隐，享园林之乐，极声色之娱。桃李门墙，遍及巾帼。王侯为之倾倒，走卒识其姓名。文采风流，论者推为昭代第一人"。

《子不语》是袁枚抒写性灵的重要作品，全书语言清新自然，简练的笔触下展现了多样的社会风情画卷。作者独到的思想和见解跃然纸上，神鬼也有七情六欲，难脱恋恋红尘，对俗世的察悟，对人心的凝视，谱写出一幕幕悲喜剧在书中上演。本书选编故事百余篇，分为六卷，全面展现了原著的风貌。

"装怪"系列所收录、选编的著作的作者皆为一时人杰，其著述在思想性上有着较高的成就，透过文字，我们可以看到作者丰富的内心世界，从中感受精神、思想的力量；在内容取材上，作者广泛从民间和士人群体中汲取奇闻轶事，有着鲜明的时代性和深厚的社会背景，使得故事富有生命力，我们可以从中感受当时的风土人情，获得更多的生命体验，徜徉于古风古韵之中。

作为古典文学的翘楚，"装怪"系列所收录、选编的志怪

小说在文学创作上各具特色，《玄怪录》《续玄怪录》幽深曲折，引人入胜；《阅微草堂笔记》淡雅朴质，富有生趣；《子不语》亦庄亦谐，清新隽永……读者可以在阅读中获得美的体悟。

　　相信这套精心选编、翻译的志怪小说能让读者沐浴古典文学之美，并进一步阅读原著全文，从中获得精神的愉悦，感受历史文化的深邃与醇美。需要指出的是，志怪小说的创作深受当时社会风俗、信仰的影响，内容上也充斥了较多的传统文化糟粕，带有时代局限性，希望读者以批判的眼光，对这些内容加以审视。

张剑光

2022 年 7 月

神道

紫 姑 神

　　尤琛者，长沙人，少年韶秀。偶过湘溪，野庙塑紫姑神甚美，爱之，手摩其面而题壁云："藐姑仙子落烟沙，玉作阑干冰作车。若畏夜深风露冷，槿篱茅舍是郎家[1]。"

　　是夜三鼓，闻有叩门者，启之，曰："紫姑神也。妾本上清仙女，偶谪人间[2]，司云雨之事。蒙郎见爱，故来相就。若不以鬼物见疑，愿荐枕席。"尤狂喜，携手入室，成伉俪焉。嗣后每夜必至，旁人不能见也。手一物与尤曰："此名紫丝囊，吾朝玉帝时织女所赐，佩之能助人文思。"生自佩后即入泮，举于乡，成进士，选四川成都知县。女与同行，助其为政，发奸摘伏，有神明之称。

　　忽一日谓尤曰："今日置酒，与郎为别，妾将行矣。妾虽被

---

[1]　槿（jǐn）篱：木槿花缠绕的篱笆。
[2]　谪（zhé）：本意为官员因罪而被降职或流放，在此意为神仙受罚降至人间。

谪谴，限满原可仍归仙籍。以私奔故，无颜重上天曹；地府又以妾本上界仙人，不敢收之鬼箓。自念此身飘荡，终非了计，虽托足君门，尚无形质，不能为君生育男女。昨将此情苦求泰山神君，神君许将妾名收置册上，照例托生。十五年后，可以重续爱缘，永为夫妇，未知君能勿娶，专相待否？"尤唯唯，不觉涕下。女亦凄然，大恸而去。

自此，尤作官不如前时之明，因罣误革职。人有求婚者，毅然拒之，年四旬，犹只身也。如是者十五年。房师某学士，愍其鳏居[1]，为议婚，生又坚拒，并道所以。学士大骇，曰："若果然，则吾堂兄女是已。吾堂兄女生十五年，不能言，但能举笔作字。每闻人议婚，必书'待尤郎'三字，得毋即汝乎？"

拉尤至兄家，请其女出见。女隔帘书："紫丝囊在否？"尤解囊呈验，女点首者三，遂择日成婚。合卺之夕，女仰天一笑，即便能言。然从此绝不记前生原委，如寻常夫妇。

【译文】

长沙人尤琛年轻俊美。一天，他无意间在野外发现一座古

---

[1] 鳏（guān）：无妻或丧妻的男性。

庙，里面供奉着一尊美丽的紫姑神，尤琛喜爱之余情不自禁地用手抚摸紫姑神的脸，并在墙上题诗道："藐姑仙子落烟沙，玉作阑干冰作车。若畏夜深风露冷，槿篱茅舍是郎家。"

当天半夜三更，尤琛听到有人敲门，开门后发现是一名美貌女子。女子说道："我就是紫姑神，本是天上的仙女，只因偶然间犯错被贬人间，如今专职负责男女之间的情事。白天感受到你对我的倾慕，所以今夜前来相会。你不嫌弃我是女鬼的话，咱们就同床共枕吧。"尤琛听完欣喜万分，拉着姑娘的手进了房，从此成为夫妻。紫姑神自此以后每夜都来，旁人没法看见她。紫姑神把一样东西交给尤琛说："这是我朝拜玉帝时，织女送给我的紫丝囊，你如果带上它，就会逢考必过，做官大吉。"尤琛于是就戴上了，果真神奇，他从此考进县学，又中举人中进士，没多久被任命为成都知县。紫姑神也成为他一路上处理政务的帮手，他们惩恶扬善，被当地老百姓视为神明。

有一天，紫姑神忽然对尤琛说："今天我备了酒与你告别。我贬谪人间期满，因为和你私奔的原因，没有颜面重新上天当仙女；地府又因为我本是上界仙人，不敢将我留在鬼册之上。我想着这样人间飘着始终不是事儿，虽然和你在一起，但是没有肉身无法生育。我昨天把满腹苦闷倾诉给了泰山神君，请他施以援手，神君答应将我收入他的名册送到人间转世。十五年后我们就可以再续良缘永为夫妻，只是不知你能不能在此期间专心等我不再娶妻？"尤琛满眼泪水地答应了。紫姑也伤心悲怆，哭着走了。

　　紫姑离去之后，尤琛做官不再顺风顺水了，还因犯错被革职查办。周围人给他说亲，他都不答应，到了四十岁还是孤独一人。就这样过了十五年。他的学士老师觉得他一个人太可怜了，又替他说亲。尤琛拒绝后讲明了个中缘由。学士吓了一大跳，说道："照你所说，你等的人只怕就是我堂兄的女儿！我堂兄的女儿今年正好十五岁，从小不会说话，却会提笔写字，每次听到给她提亲，她就写'待尤郎'三个字。她等的那个尤郎可能就是你吧？"

　　学士说完就拉着尤琛来到堂兄家中，把侄女给请了出来。那姑娘隔着帘子写道："紫丝囊你还带在身上吗？"尤琛赶紧解下紫丝囊交给姑娘查看。姑娘看后不住地点头赞许。两人于是选了一个良辰吉日把婚结了。新婚当晚新娘突然仰天大笑，能开口说话了。但是她再也记不清前世的情缘，二人相处起来和正常夫妻无异。

两神相殴

　　孝廉钟悟，常州人，一生行善，晚年无子，且衣食不周，意郁郁不乐。病临危，谓其妻曰："我死慎毋置我棺中。我有不平事，将诉冥王。或有灵应，亦未可知。"随即气绝，而中心尚温，妻如其言，横尸以待。

死三日后，果苏，曰："我死后到阴间，所见人民往来，与阳世一般。闻有李大王者，司赏善罚恶之事。我求人指引到他衙门，思量具诉。果到一处，宫殿巍峨，中坐尊官。我进见，自陈姓名，将生平修善不报之事一一诉知，且责神无灵。

"神笑曰：'汝行善行恶，我所知也；汝穷困无子，非我所知，亦非我所司。'问：'何神所司？'曰：'素大王。'我心知'李'者，'理'也；'素'者，'数'也。因求神送至素王处一问。神曰：'素王尊严，非如我处无人拦门者。我正有事要与素王商办，汝可随行。'少顷，闻呼驺声[1]，所从吏役，皆整齐严肃。

"行至半途，见相随有沥血者曰'受冤未报'，有嚼齿者曰'逆党未除'，有美妇人而拉丑男者曰'夫妇错配'。最后有一人衮冕玉带[2]，状若帝王，貌伟然而衣履尽湿，曰：'我，周昭王也。我家祖宗，自后稷、公刘，积德累仁，我祖父文、武、成、康，圣贤相继，何以一传至我，而依例南征，无故为楚人溺死。幸有勇士辛游靡长臂多力，曳我尸起，归葬成周，否则徒为江鱼所吞矣。后虽有齐侯小白借端一问，亦不过虚应故

[1] 驺（zōu）：古代驾车的小仆。
[2] 衮（gǔn）：古代君王礼服。

事，草草完结。如此奇冤，二千年来绝无报应，望神替一查。'

"李王唯唯。余鬼闻之，纷纷然俱有怒色。钟方悟世事不平者，尚有许大冤抑，如我贫困，固是小事，气为之平。行少顷，闻途中唱道而至曰：'素王来。'李王迎上，各在舆中交谈[1]。始而絮语，继而忿争，哓哓不可辨[2]。再后两神下车，挥拳相殴。李渐不胜，群鬼从而助之，我亦奋身相救，终不能胜。

"李神怒云：'汝等从我上奏玉皇，听候处分。'随即腾云而起，二神俱不见。少顷俱下，云中有霞帔而宫装者二仙女相随来，手持金尊玉杯，传诏曰：'玉帝管三十六天事，无暇听些些小讼。今赠二神天酒一尊，共十杯。有能多饮者，便直其事。'李神大喜，自称：'我量素佳。'踊跃持饮，至三杯，便捧腹欲吐。素神饮毕七杯，尚无醉色。仙女曰：'汝等勿行，且俟我复命后再行。'

"须臾，又下，颁玉带诏曰：'理不胜数，自古皆然。观此酒量，汝等便该明晓。要知世上凡一切神鬼圣贤，英雄才子，时花美女，珠玉锦绣，名书法画，或得宠逢时，或遭凶受劫，素王掌管七分，李王掌管三分。素王因量大，故往往饮醉，颠倒乱行。我三十六天日食星陨，尚被素王把持擅权，我不能作

[1] 舆（yú）：马车。
[2] 哓（xiāo）：争辩吵嚷的声音。

主，而况李王乎！然毕竟李王能饮三杯，则人心天理，美恶是非，终有三分公道，直到万古千秋，绵绵不断。钟某阳数虽绝，而此中消息非到世间晓谕一番，则以后告状者愈多，故且开恩增寿一纪，放他还阳，此后永不为例。'"

钟听毕还魂。又十二年乃死。常语人云："李王貌清雅，如世所塑文昌神；素王貌陋，团团浑浑，望去耳、目、口、鼻不甚分明。从者诸人，大概相似，千百人中，亦颇有美秀可爱者，其党亦不甚推尊也。"钟本名护，自此乃改名悟。

【译文】

常州举人钟悟一生乐于助人，人到老年却没有子嗣，就是吃饭穿衣这种温饱问题都没解决，他因此很是郁郁寡欢。钟悟病危之际对老婆说道："我死后千万别急着把我送进棺木，我有不平之事要向阎罗王告状！说不定这一告就成功了。"钟悟说完后就死了，但胸口却还是温热的。他妻子牢记了他的告诫，一直停尸等待着。

钟悟在三日后果然醒了过来，对妻子说道："我死后到了地府，只见人物与阳间没有什么不同。听说那里有个专管惩恶扬善的李大王，我就请人带我到李大王那里去告状。只见一位大官端坐在大殿之上。我进殿后把名字和这辈子的苦闷都给说了，指责神灵不灵。

　　"李大王听完笑着说：'你做了好事、坏事我清楚，至于你这辈子穷困潦倒没有后人的原因，这我就不清楚了，再说这也不归我管啊。'我问他找谁问合适？李大王说：'素大王。'我心想'李'就是讲理的意思，'素'就是有数的意思。于是我就请求他把我送到素大王那里去，李大王说：'素大王那里很是庄严肃穆，不像我这里没人拦你。不过你运气不错，我正好有事去找他商量，你可以跟我一起去。'不一会儿我就听到车马的动静，李大王的随从都穿戴整齐、神情严肃。

　　"走到半路，我发现很多人跟在我们后面，有身上流血哭诉委屈没有昭雪的；有咬牙切齿地指责奸恶小人没有得到恶报的；还有美女拉着丑男埋怨被乱点鸳鸯谱的。最后的一个人身着龙袍、王冠、玉带，一副帝王气象，可是浑身却湿漉漉的，嘴里说道：'我是周昭王啊。我家列祖列宗从后稷、公刘算起，每一代都是行善积德的，祖上的文王、武王、成王、康王，一个个都是圣贤君主。怎么到我这一代，在按惯例南巡时却平白无故地被楚人给淹死？幸亏有个长臂大力的勇士辛游靡将我尸体给捞起来运回故国安葬。不然我的尸身就被江里的鱼吃了。这件事发生后齐桓公曾借机调查过，其实不过是做个样子罢了，到头来还是不了了之。这种旷世奇案两千年来居然毫无报应，请神替我查一查。'

　　"李大王答应帮忙细查。其他的鬼听了周昭王的诉苦也都气得脸上火气直冒。我这才明白世上不平事多，尚且还有天大的冤屈。像我这种穷困、没儿子的算什么啊，慢慢地气就顺了。又走了一会儿，听到路上有开路的人说道：'素王驾到！'

李大王命马车上前迎接，二神在各自的马车中彼此交谈。开始还说话比较小声，后面直接争吵起来了，具体内容谁也听不懂。最后二神干脆下车用拳头解决。众鬼眼看李大王要吃亏，于是赶紧上去帮忙，我也奋不顾身地前去相救，结果根本不是素王的对手。

"李大王怒气冲冲地说：'你跟我一起到玉帝那里说清楚，听候他老人家发落！'二神随即腾云而起无影无踪。不久二神又从空中而下，云中还有两位身穿宫服、手持金樽玉杯的仙女，她们传玉帝的诏书说：'玉帝有三十六重天上的大事要管，没时间理会这种小事。赐给你们一樽酒，一共十杯的量，谁喝得多谁就来管。'李大王自以为酒量没问题，高兴地走过去拿起杯子就喝，不料喝到第三杯便捧着肚子想要呕吐。素王一口气喝了七杯，却没有要醉的意思。仙女说：'你们先别走，让我回复玉帝后再做决定。'

"不一会儿，仙女又下来宣读玉帝诏书说道：'理不胜数，自古以来就这样。试看刚才二神的酒量，你等就该知道世上所有的神鬼圣贤、英雄才子、鲜花美女、珠玉锦绣、名画法帖，有的适逢其时就走运了；有的运气不好就倒霉了。这些事情素王管得了七分，李大王你只管得了三分。素王因酒量大，所以喝多了容易冲动。我这三十六重天的日食、星陨等事都由素王负责，我身为玉帝也做不了主，何况李大王呢？但是李大王你毕竟还是喝了三杯下肚，所以世上的人心天理、美恶是非到底还是要给三分公道的，哪怕过了千秋万世也得这样坚持下去。所以尽管钟某阳寿已

尽，但这其中的事情，如果不让他到阳间给人讲个明白，恐怕以后来告状的人会越来越多。所以我特地开恩，给他加了十二年阳寿放他还阳，但说好下不为例。'"

钟悟听完了玉帝的诏书果然醒了，又活了十二年才去世。钟悟在这期间常对人说："李大王长得眉清目秀，就像那文昌帝君一样。素王长得就丑得很，胖乎乎的，五官都看不清楚。他的手下，大部分也都是这个样子，也有长得好看一点的，只是比较少，也很受那些同类排挤。"经过这件事，钟护将名字改成了钟悟。

关神断狱

溧阳马孝廉丰[1]，未第时，馆于邑之西村李家[2]。邻有王某，性凶恶，素捶其妻。妻饥饿，无以自存，窃李家鸡烹食之。李知之，告其夫。夫方被酒，大怒，持刀牵妻至。审问得实，将杀之。妻大惧，诬鸡为孝廉所窃。孝廉与争，无以自

---

[1] 孝廉：汉代任用官员的一种选拔方式，由地方推举孝廉，孝廉意为"孝顺亲长、廉能正直"。明、清时期以孝廉尊称举人。
[2] 馆：塾师教书的地方。

明，曰："村有关神庙，请往掷杯珓卜之[1]。卦阴者妇人窃，卦阳者男子窃。"如其言，三掷皆阳。王投刀放妻归，而孝廉以窃鸡故，为村人所薄，失馆数年。

他日，有扶乩者方登坛[2]，自称关神。孝廉记前事，大骂神之不灵。乩书灰盘曰："马孝廉，汝将来有临民之职[3]，亦知事有缓急重轻耶？汝窃鸡，不过失馆；某妻窃鸡，立死刀下矣。我宁受不灵之名，以救生人之命。上帝念我能识政体，故超升三级。汝乃怨我耶？"孝廉曰："关神既封帝矣，何级之升？"乩神曰："今四海九州，皆有关神庙，焉得有许多关神分享血食？凡村乡所立关庙，皆奉上帝命，择里中鬼平生正直者代司其事，真关神在帝左右，何能降凡耶？"孝廉乃服。

....

[1] 掷杯珓（jiào）：投掷杯珓于地以占卜吉凶，实现人与神灵的沟通，向神灵请示。杯珓为占卜用具，多用竹木等材料制成，状如蚌壳，一面突起为阴，一面扁平为阳。

[2] 扶乩（jī）：亦称扶箕，从上古至近代在民间盛行的请神下凡，求神问卜的宗教仪式活动。扶，指扶架子；乩，谓卜以问疑。扶乩过程中需要有乩人（鸾生）通灵，请神明附体在自己身上，神灵附体后，问卜者向神灵求教事情，乩人拿着乩笔在带有细沙或灰土的木盘上不停书写，所写文字由专人记录下来，作为神灵的指示。登坛：举行扶乩仪式时走上会场。

[3] 临民：治理百姓。

【译文】

　　溧阳县举人马丰，没有中举之时，在县城西村的李家设馆教书，邻居中有个王某性情凶恶，时常殴打自己的妻子。王某的妻子往往忍饥挨饿，没有可以用来保全自己的东西，有一次饿得实在没办法，偷了李家的鸡煮熟吃了。李某发现了以后，告诉了她的丈夫王某。王某正喝多了酒，闻讯自视大失颜面，勃然大怒，一手持刀，一手牵着被捆绑起来的妻子到李家审问，准备杀了她。王某妻子非常惊恐，诬陷说偷鸡是借居李家的马丰所为。马丰和王某的妻子当场争辩了起来，但是没有办法证明自己和此事没有干系，于是说："村里有座关神庙，我们到那去用掷杯珓的方法卜问神明。如果占卜出来是阴面，则说明这只鸡是妇人偷窃的；如果占卜出来是阳面，则说明是我偷窃的。"于是大家就去了关帝庙，一连投掷了三次，都是阳面，于是众人相信这只鸡是马丰偷的。王某挽回了面子，心满意足地丢下刀，释放了妻子，和她一同返家，而马丰因为背负了偷鸡的骂名，为村人所轻视，好几年时间没有人请他教书。

　　后来有一天，一名扶乩的术士在此开坛请神降体，神灵"附体"后自称是关神。马丰想起了前日被诬陷偷鸡的事情，当场大骂关帝不灵。此时术士在扶乩所用的沙盘上书写文字云："马孝廉，你将来会担任地方的父母官，你可知道万事有轻重缓急之分吗？你背负偷鸡的恶名，不过失去了教书的行当；而王某的妻子偷鸡的事如果为众人所知，就会马上死于丈夫的刀下。故此我宁愿担负着占卜不灵验的骂名，也要拯救阳间人的性命。上天嘉许我能识得治政之理的轻重大体，给我升了三级官阶，你却在这里埋怨我？"马丰好奇地问道："关神已经受封为帝，怎么还有升级官阶之说？"被附体的术士又写道："现在四海九州各地都建有关帝庙，关帝神哪能分身出来许多在各处享受祭祀？凡是各乡村设立的关帝庙，都是由上天下令挑选的当地众鬼中生平履历正直者代理关帝履行其职责，真正的关帝神在天帝左右，怎么会降体下凡呢？"马丰听了这番话后便心服了。

天壳

　　浑天之说：天地如鸡卵，卵中之黄白未分，是混沌也；卵中之黄白既分，是开辟也。人不能游于卵壳之外。则道家三十三天之说，终属渺茫。秦中地厚，往往崩裂，全村皆陷。有冲起黑水者，有冒出烟火者，有裂而仍合者，惟所陷之人民家室，从无再出土者，亦不知何往矣。

　　顺治三年，武威地陷。有董遇者，学炼形之术，能伏气沉海中不死。全家遭此劫。九日后，竟一身自地下起，云：初陷时，沉沉然。一日一夜，坠至于泉。其坠下之势，似飞非飞，

似晕非晕，颇为顺适，犹与家人答问。

一至于泉，则家口尽溺死，董伏气入水底千余丈，乃复干燥，觉四面纯黄色。已而渐明，下视苍苍然，有天在下。细听之，人民鸡犬之声，因风而至。我意："此是天壳之外天也，得落第二层天宫固佳，即落在人家瓦上，岂不敬我为天上人耶？"因极力将身挣坠。为罡风所勒[1]，兜卷空中，终不得下。

俄而有古衣冠人，长二丈余，叱曰："此两天分界处，万古神圣不破此关。汝何人，作此妄想？速趁地未合时，仍归汝世界，否则大地一合，百万丈，汝能穿水，不能穿土，死矣！"

语未毕，忽金光万道，自远而来，热不可耐。古衣冠者抚其背曰："速行！速行！日轮至矣！我且避去，汝血肉之身，不走，将炽为飞灰。"董闻之悚然，即运气腾身而上。面目为水土所蚀，黑如焦炭；衣服肌肤，黏结一片。逾月，始复人形，自称"劫外叟"[2]。余按《淮南子》曰："温带之下，无血气之伦。"日轮所近，即温带矣。

---

[1] 罡（gāng）：北斗，代指极高处。
[2] 叟（sǒu）：老年男性。

【译文】

古人解释天体有"浑天"一说，认为天地是浑然一体的，像个大鸡蛋，蛋中的蛋黄和蛋白尚未分开之时，天地处于混沌状态；蛋黄与蛋白分开之后，那就是开天辟地了。人是不能游离在蛋壳之外的。所以道家那种天外还有三十三重天的观点实在是太不可信了。关中一带土层很厚，发生地震时往往大地裂开到村子都陷进去。大地震动崩裂时，不是河水冲天就是火焰喷射，或是先裂开又合拢。只是那些陷进去的居民和房屋再也没有被发现，没人知道他们去了哪里。

顺治三年，甘肃武威发生地裂。有个叫董遇的人学过控制身形的法术，能自由控制呼吸，达到沉入海而不死的地步。董遇全家都被埋了，过了九天他竟从地下钻了出来。董遇回忆说刚刚陷进土里时觉得整个身体很沉，一天一夜以后落进了地下泉中。在往下沉时似飞非飞、似转非转，很是顺利舒服，还可以和亲人聊天说话。

只是一落进泉水里，他的家人就全被淹死了。当时董遇控制住了呼吸，一直沉到水底一千余丈处，感觉周围又干燥起来，四面都是清一色的黄色。一会儿天亮了，董遇往下一看，莽莽苍苍，天就在他的下面。支着耳朵听，人与鸡犬的声音也随风而来。董遇心想这大概是天壳之外的天了，若能落到第二层天宫岂不是更好，如若降落在瓦房楼顶，当地居民莫非将要敬我为天神？于是他用尽全力下坠，不料被一阵旋风挡住，整个身子卷在半空打圈，根本下不去。

不久一个身高两丈、身着古时衣装的神人出现，他对着董遇厉声呵斥说道："这是二重天的分界处，万古以来的神都过不去，你是什么人，竟有这种想法？赶快趁地还未合拢时回你的人间去。否则，地壳一合拢，百万丈厚，你能穿水，但不会穿土，到那时必死无疑。"

神人话还未说完，就见万道金光从远处射来，顿时酷热难当。那神人拍着他的背说："快走吧！快走吧！太阳过来了！我都要避一避，你肉身不躲开一定会被烧的灰飞烟灭的。"董遇听完吓得赶紧运气向上飞，面部被水和着泥土侵蚀得和焦炭一个模样，衣服也和血肉粘在一起了。过了一个月才恢复过来，从此自称"劫外叟"。

《淮南子》记载说："在温带万物难以存活。"我推测董遇见到太阳的地方就是温带了。

三头人

康熙时，吴逆为乱[1]，道路断绝。有湖州客张氏兄弟三

---

[1] 吴逆为乱：指以吴三桂为首的三藩之乱。入关后，清廷封吴三桂、尚可喜、耿精忠为藩王，镇守云南、广东、福建，以吴三桂势力最大。1673年（康熙十二年）康熙帝决定撤藩，吴三桂杀云南巡抚朱国治，自称天下都招讨兵马大元帅，起兵反清，1681年被清政府平定。

人，在云南逃归，从蒙乐山之东步行十昼夜，遂迷失道，采木叶草根食之。晨行旷野，忽大风西来，如海潮江涛之声。三人惧，登高丘望之，见一黑牛，身大于象，跟跄而过，草木为之披靡。暮无投宿所，望前大树下，若有屋宇者。趋之，屋甚宏敞，中一丈夫走出，身长丈余，颈上三头。每作语，则三口齐响，清亮可辨，似中州人音[1]。问三人何来，俱以实告。三头人曰："汝步行迷道，得毋饥乎?"三人拜谢。随呼其妹为客煮饭，意颇殷勤。妹应声来，亦三头女子也。视张兄弟而笑，语其兄曰："此三君，其长者可长寿，其两弟虑不免于难。"张兄弟饭毕，三头丈夫折树枝与之，曰："以此映日影而行，可当指南车也。但此去所过庙宇，可住宿，不可撞其钟鼓，须紧记之。"三人遂行。

次日，入乱山中，有古庙可憩。三人坐檐下，乌鸦群飞，来啄其顶。张怒，取石子击之，误触庙中钟，铿然作声。两夜叉跳出[2]，取其两弟，擘而食之。又将及张，忽闻风涛声，

[1] 中州：河南古称。
[2] 夜叉：佛经记载的一种可在空中飞行、行动速疾隐秘、吃人的恶鬼。

有大黑牛漓然而至[1]，与两夜叉角斗。移时，夜叉败走，张乃脱逃。行数十日，始得归里。

【译文】

  康熙年间，吴三桂叛递作乱，中原与边塞省份的道路被阻绝。来自湖州的张氏三兄弟在云南经商，叛乱爆发后三人从云南逃归故里，他们沿着蒙乐山东边步行了十天十夜，在路途中迷失了方向，只得采集树叶、草根充饥。一天清晨三人在旷野中走着，忽然从西边刮来了一阵大风，风声很大，如海潮江涛之声，三人感到很恐惧，登上山丘远望。只见一只身躯比大象还要庞大的黑牛，踉踉跄跄呼啸而过，草木都为之断折。到了傍晚，三人正愁找不到投宿之处，忽然望见前面一棵大树下隐约有一户人家，便快步走了过去。这家人的房屋很宽敞，里面走出一个男子，身高丈余，脖子上长有三个脑袋，每当说话时，三个嘴巴会一齐发出声响，声音很清晰宏亮，其口音似中州人。这名男子问三人从何而来，三人以实告之。三头人关怀地问道："你们步行至此，迷失了方向，一定饿了吧?"三人拜谢其好意，随后这名男子就招呼自己的妹妹为三人做饭，非常热情。三头人的妹妹应声而来，也是长着三个脑袋，她看了看张氏三兄弟，对哥哥笑着说："这三位客人，大哥可以长寿，

----

[1] 漓然：流动的样子。

两个弟弟难免遭遇不测。"张氏三兄弟吃完饭后，三头男子折了树枝对他们说："在日光下立起这根树枝，根据树影可以找到前行方向，其功效与指南车一样。此行所过路上的庙宇，尽可住宿，但是不能撞到庙宇里的钟鼓，请三位谨记。"三人随后又上了路。

次日，三人进入到一处乱山丛中。发现一座古庙可以休憩，三人遂坐到古庙屋檐下，此时一群乌鸦飞了过来，用尖利的嘴巴啄他们的头顶，张氏兄弟大怒，捡起地上的石头就向乌鸦扔了过去，不料石头误中了寺庙的钟，发出了铿锵的钟声，忽然跳出了两个夜叉，将两个弟弟捉了过去，撕裂开吃掉了，又过来将要捉拿老大，忽然传来一阵如同波涛一样的风声，之前的那头大黑牛跳跃了过来，与两个夜叉角斗在了一起。过了一会儿，两个夜叉败走，老大才得逃脱。他又走了数十日，才回到了老家。

刘刺史奇梦

陕西刘刺史介石，补官江南，寓苏州虎丘。夜二鼓，梦乘轻风归陕，未至乡里，路遇一鬼，尾之，长三尺许，

囚首丧面[1]，狞丑可憎，与刘对搏[2]。良久，鬼败，刘挟鬼于腋下而趋，将投之河。路遇余姓者，故邻也，谓曰："城西有观音庙，何不挟此鬼诉于观音以杜后患？"刘然其言，挟鬼入庙。

庙门外韦驮、金刚神皆怒目视鬼[3]，各举所持兵器作击鬼状，鬼亦悚惧。观音望见，呼曰："此阴府之鬼，须押回阴府。"刘拜谢。观音目金刚押解。金刚跪辞，语不甚解，似不屑押解者。观音笑目刘曰："即着汝押往阴府。"刘跪曰："弟子凡身，何能到阴府？"观音曰："易耳。"捧刘面呵气者三，即遣出。鬼俯伏无语，相随而行。

刘自念虽有观音之命，然阴府未知在何处，正徘徊间，复遇余姓者，曰："君欲往阴府，前路有竹笠覆地者是也。"刘望路北有笠，如俗所用酱缸篷状，以手起之，洼然一井。鬼见大喜，跃而入。刘随之，冷不可耐。每坠丈许，必为井所夹，有温气自上而下，则又坠矣。

三坠后，豁然有声，乃落于瓦上。张目视之，别有天地，白日丽空，所坠之瓦上，即王者之殿角也。闻殿中群神震怒，大呼

---

[1] 囚首丧面：头不梳如囚犯，脸不洗如居丧。

[2] 对搏：互相搏斗。

[3] 韦驮：佛教护法神。金刚：手执金刚杵以保护佛法的护法神。

〇二二

曰:"何处生人气!"有金甲者擒刘至王前。王衮龙衣,冕旒,须白如银,上坐,问:"尔生人,胡为至此?"刘具道观音遣解之事。王目金甲神捽其面仰天,谛视之,曰:"面有红光,果然佛遣来。"问:"鬼安在?"曰:"在墙脚下。"王厉声曰:"恶鬼难留!着押归原处。"群神叉戟交集,将鬼叉戟上投池,池中毒蛇怪鳖争脔食之[1]。

刘自念:已到阴府,何不一问前生事?揖金甲神曰:"某愿知前生事。"金甲神首肯,引至廊下,抽簿示之曰:"汝前生九岁时,曾盗人卖儿银八两,卖儿父母懊恨而亡,汝以此孽夭死。今再世矣,犹应为瞽[2],以偿前愆。"刘大惊曰:"作善可禳乎[3]?"神曰:"视汝善何如耳。"语未毕,殿中呼曰:"天符至矣[4],速令刘某回阳,毋致泄漏阴司案件。"金甲神掖至王前。刘复跪求曰:"某凡身,何能出此阴界?"王持刘背吸气者三,遂耸身于井。三耸三夹如前,有温气自下而上,身从井出。

至长安道上,复命于观音庙,跪陈阴府本末。旁一童子

----

[1] 脔(luán):切成小块的肉。

[2] 瞽(gǔ):瞎眼睛。

[3] 禳(ráng):消除灾殃。

[4] 天符:朝廷的命令。

嚅嚅不已[1]，所陈语与刘同。刘骇视之，耳目口鼻俨然己之本身也，但缩小如婴儿。刘大惊，指童子呼曰："此妖也！"童子亦指刘呼曰："此妖也！"观音谓刘曰："汝毋恐，此汝魂也。汝魂恶而魄善，故作事坚强而不甚透彻，今为汝易之。"刘拜谢，童子不谢，曰："我在彼上，今欲易我，必先去我。我去，独不于彼有伤乎？"观音笑曰："毋伤也。"手金簪长尺许，自刘之左胁插入，剔一肠出，以腕绕之。每绕尺许，则童子身渐缩小。绕毕，掷于梁上，童子不复见矣。观音以掌扑案，刘悸而醒，仍在苏州枕席间，胁下红痕，犹隐然在焉。月余，陕信至，其邻人余姓者亡矣。

此事介石亲为余言。

【译文】

刺史刘介石，陕西人，在江南等候官职出缺，住在苏州虎丘。一天夜里二更时分，梦到乘着清风回陕西，还未至家乡，在路上遇到了一个鬼。这只鬼尾随在刘介石身后，身长三尺许，头脸肮脏，狰狞丑陋，令人厌恶，随后二者搏斗了起来，打斗了许久，最终这只恶鬼败了。刘介石把鬼夹在腋窝下快步

----

[1] 嚅嚅（rú rú）：言语吞吐的样子。

疾走，准备把他扔到河里去，路上遇到了一个姓余的昔日邻居，对刘介石说道："城西有座观音庙，为什么不把这只鬼带过去向观音申诉以绝后患？"刘介石认为他说得很有道理，于是挟着鬼进了寺庙。

庙门外的韦驮、金刚神都瞪大着眼睛怒视着恶鬼，各自举起了手中的兵器做出击打的姿势，鬼也为之惊恐战栗。观音见到了此情景，对刘介石说道："这是阴曹地府的鬼，必须将他押回阴曹地府受审。"刘介石拜谢了观音。观音目视金刚，示意让他押解这个恶鬼前往地府。金刚跪在观音面前婉言辞谢了，金刚说的话刘介石没有听得太懂，似乎是不屑于押解这个鬼。观音眼含笑意看着刘介石说："就派你将他押解到地府去。"刘介石跪着说道："弟子肉体凡胎，如何能到得了阴间？"观音笑道："这个容易。"观音捧着刘介石的脸呵了三口气，就差遣他去阴间了。鬼低着头跟着刘介石走了。

刘介石心里想到：身负观音之命，却不知道地府在何处。正在犹豫徘徊的时候，又遇到了之前的那位姓余的邻居。邻居对他说道："你想去地府，走到前面路上，看到有竹编斗笠盖着的地方就是入口了。"刘介石远望路北确实有一个斗笠，形状就像民间用的酱缸的盖子，走过去伸手掀开，果然地下低洼处有一口深井。跟随在身后的鬼看到了大喜，跃身而入，刘介石随之跳了进去，刘介石在井水中冷得难以忍受，每次向井水下坠一丈，身躯就会被周围的井壁夹一次，随后感到一股暖气自上而下漫延至全身，又会下坠一丈。

　　如此下坠了三次之后，刘介石听到一阵声响传来，发现自己双脚已经落到了瓦片之上。他睁开眼睛向四周张望，发现井底别有天地，天气晴朗，彩云飞舞，而自己脚踩瓦片所在的地方，正是阎罗殿的殿角。殿里的诸神对刘介石的突然闯入大为震怒，大声呼喊道："什么地方传来的阳间人气息？"此时一名身披金甲的神将将刘介石捉拿住带到了阎罗王跟前。阎罗王身穿龙袍，戴着冠冕，须发皆白，坐在殿上，问道："你是阳间的人，为什么来到这里？"刘介石把被观音派遣到此的前因后果具体叙述了一遍。阎罗王示意金甲神将将刘介石的脸仰天托起，凝视了一番，说道："面部有红光，果然是菩萨派遣来的。"阎罗王对刘介石又问道："那只鬼在哪里？"刘介石回道："在墙角下。"阎罗王厉声呵斥道："恶鬼不能留着，把他押回原处。"一群神兵用叉和戟将厉鬼挑了起来扔到了炼狱池中，池中的毒蛇和怪鳖争相撕咬分食。

　　刘介石心想：既然已经到了地府，为什么不问一问前生的事情？于是对金甲神作揖问道："希望可以知道我前生的事情。"金甲神点头同意，将刘介石引到走廊下，抽出生死簿翻给他看，说道："你前生九岁的时候，曾经偷盗了别人贩卖自己孩子得到的八两银子，后来卖掉儿子的父母为此悔恨而死，你因为作了这样的孽而早死，虽然现在已经是再世，但后日注定双目失明，以偿还上一辈子造下的罪孽。"刘介石为此大惊失色，赶忙问道："我后日积德行善可以免遭双目失明的祸患吗？"金甲神回道："看你后日做的是什么善事了。"金甲神话

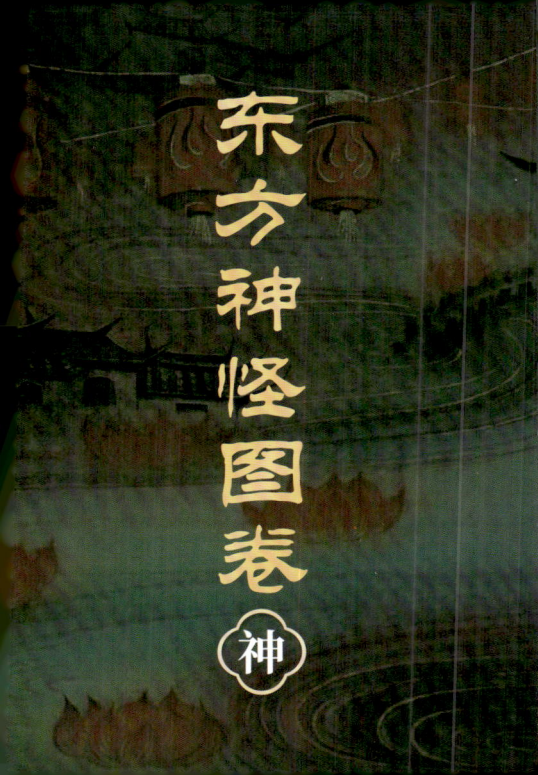

东方神怪图卷

神

危星神

好哭泣，刚愎嫉恶，好乱好杀，庙广五万六千里。

辰星神

功曹也，知天下，理文墨、历术、典吏、传送，执天下纲纪。

太白星神

　　祭用女乐，器用金，币用黄，食用血肉，不杀牲。

荧惑星神

娇暴公子，荧惑庙可致军门。

斗星神

能起伏阴阳，其庙无定准里数。

亢星神

性淳，质清平，通于战阵。

镇星神

是御史，宜水土事，立祠农時水渚旁。

岁星神

豪侠势利，立庙可于君门。

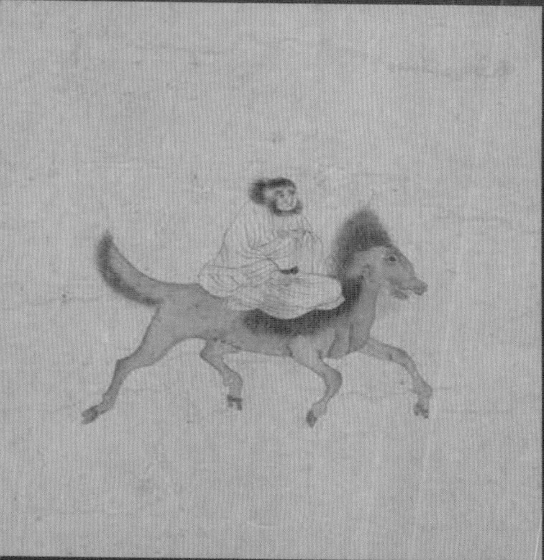

牛星神

善医多病，受占候阴阳，诮邪，妄说祸福，能以诮辞扇动人。

角星神

聪睿勇智，受快乐，通律历。

尾星神

能劾众神，而不受众神劾。

氐星神

庙有九万里，通于数纪之会。

五星二十八宿(选)

　　此卷传为明代仇英所绘。五星，亦称五纬谓金木水火土五行星；二十八宿，中国古时天文学家将周天的恒星分为三垣二十八宿，而附以诸星座。

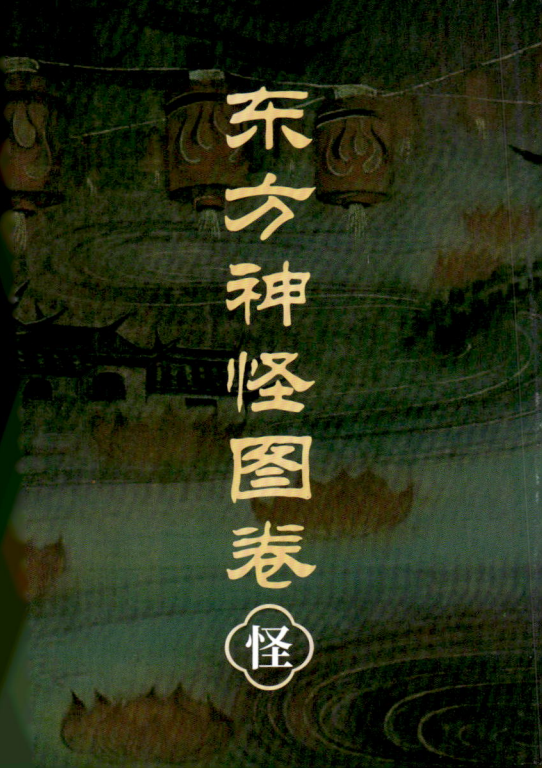

东方神怪图卷

怪

挂在节妇棺上的图

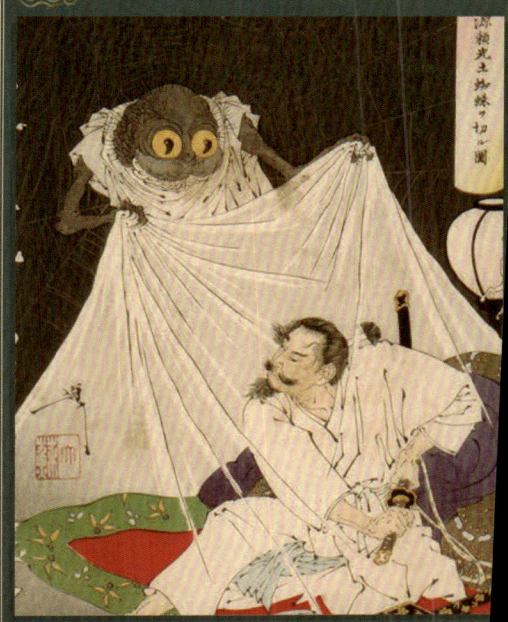

牡丹灯籠

京都三十六怪(选)

　　选自日本浮世绘画家月冈芳年所绘的《新形三十六怪撰》《月百姿》，描绘了三十六个妖怪故事，有唐朝传说，也有阴阳师传奇。显示了东方妖怪文化的一体性。

还没有说完，就听到阎王殿传唤："上天命令已经到了，速令刘介石还阳，免得泄露阴间审理案件的情形。"金甲神又将刘介石带到阎罗王面前，刘介石跪在地上说道："我是肉体凡胎，怎么样才能走出阴间呢？"阎罗王手抚刘介石的后背，对着他吸了三口气，就将他从井底筚了上去。刘介石经过三筚三夹，如同下井时一样向上爬升，而此时暖气则自下而上，最后出了井。

刘介石出了井以后，到了长安道上，前往观音庙复命，跪在观音面前叙说在地府的遭遇。只见旁边一个童子嘴上说个不停，所说的话和刘介石所述的状况相同。刘介石很惊恐地看着他，发现童子的耳、目、口、鼻和自己的一模一样，只是身躯缩小成了一个小孩。刘介石大惊失色，指着小孩对观音控诉道："这是个妖怪！"小孩也指着刘介石说道："这是妖怪！"观音对刘介石说道："你不要害怕。这个童子是你的魂。你魂恶而魄善，所以你做事很坚定但是不能洞悉其本源，现在我替你新换一个魂。"刘介石听后向观音拜谢，而童子则不以为然，对观音说道："我的地位在魄的上面，现在想要替换魂，肯定先要去除我，去掉我，难道不会对魄造成伤害吗？"观音笑道："不会造成伤害。"说罢手拿一尺多长的金簪，从刘介石的左胁下插入，剔出一段肠子，将其环绕到手腕上，每环绕一尺许，童子的身躯就缩小一些，等肠子环绕完，将其抛掷到房梁上，童子也消失不见了。观音用手掌拍了下桌子，刘介石受惊后就醒了，发现自己仍然在苏州住处的床铺上睡着。看了下自己的

左胁，隐约可见一条红色的痕迹。过了一个多月，刘介石收到来自家乡陕西的信，才知道刘家姓余的这名邻居已经死了。

这件事是刘介石亲口告诉我的。

雷公被绐[1]

南丰征士赵黎村言[2]：其祖某，为一乡豪士。明季乱时，有匪类某，武断乡曲，惯为纠钱作社之事，穷氓苦之[3]。赵为告官，逐散其党。诸匪无所得，积怨者众。赵有膂力[4]，群匪不敢私报，每天阴雷起，则聚其妻孥[5]，具豚蹄祷曰："何不击恶人赵某耶？"

一日，赵方采花园中，见尖嘴毛人从空而下，响轰然，有硫黄气。赵知雷公为匪所绐，手溺器掷之曰："雷公！雷公！吾生五十年，从未见公之击虎，而屡见公之击牛也。欺善怕恶，

....

[1] 绐（dài）：哄骗。
[2] 征士：在此意指隐士。
[3] 穷氓（méng）：氓，百姓。在此指贫苦百姓。
[4] 膂（lǚ）力：体力。
[5] 妻孥：妻子和子女的统称。

何至于此！公能答我，虽枉死不恨。"雷嗫不发声，怒目闪闪，如有惭色。又为溺所污，竟坠田中，苦吼三日。其群匪唶曰："吾累雷公！吾累雷公！"为设醮超度之，始去。

【译文】

南丰征士赵黎村说，他的祖父是家乡的豪杰之士。明末动乱时，有一群匪徒在乡里肆意妄为，打着为家乡举办公共事务的名义征收捐税，以此为常事，同乡的穷苦百姓深受其害。他的祖父向官府告发了这群匪徒，随后官府将他们遣散了。由于失去了财源，对他的祖父怀有积怨的土匪越来越多。因为祖父体力过人，这些土匪不敢和他当面争斗。每当天色阴沉，电闪雷鸣时分，土匪们就将妻子和孩子们聚在一块儿，备上猪蹄牺牲，向雷神祈祷说："为什么不去死大恶人赵某？"

一天，他的祖父正在园中采花，忽然见到一个长着尖嘴、满身长毛的怪物从天而降，随之而来一声轰响，伴随着硫磺的气息，他的祖父知道是雷公被众匪徒所蒙蔽下凡来杀自己了，于是随手将一个便壶向雷公掷了过去，对雷公说道："雷公！雷公！我活了五十年，从没有见到你击杀过作恶多端的老虎，却屡屡见到有耕牛被你击死，你欺善怕恶，为何到了这种地步。你要是能回答我这个问题，我就是屈死了也没有怨恨。"雷公被一番责骂，不敢作声。眼神充满了怒气一闪一闪，像是感到惭愧。又因为身上被便壶中的尿所污，竟坠落到了田野上，苦苦吼叫了三天。这

群匪徒都哀叹道："我们害了雷公！我们害了雷公！"为此举行了祭祀仪式，超度为雷公所残害的亡魂，雷公始得以离去。

摸龙阿太

杭州少宰姚公三辰[1]，以外科医术世其家。相传少宰之祖半夜采药归，过西溪，醉坠于涧。以手据石，滑软有涎[2]，旋即蠕蠕而动，惊以为蛇。少顷，负姚而上，两目如灯，照见头有须角，委地上，腾空去，始知乃龙也。两手触涎处，香数月不散；以之撮药，应手而愈。子孙相传，呼为"摸龙阿太"。又号曰"姚篮儿"，以其采药持篮故也。每愈人病，不受谢。故孙位至二品，人以为阴德之报。

【译文】

杭州人、吏部侍郎姚三辰家世代行医，专擅外科。相传有

---

[1] 少宰：明、清吏部侍郎的别称。
[2] 涎（xián）：口水。

一天姚三辰的祖父半夜采完草药回家，经过西溪时，因酒醉坠落到水沟里，用手抓住旁边的石块，发觉石块又柔又滑，上面还有黏着的液体，接着这块石头缓慢向前蠕动了起来，他吃了一惊，以为遇到了一条"大蛇"。过了一会儿，这条"大蛇"背着姚三辰的祖父爬上了水沟。姚三辰的祖父发现它两目如灯火闪闪发光，透过两目发出的光亮，可以看到它的头上有须有角，随后"大蛇"将他放在了地上，腾空飞走了，姚三辰的祖父才知道刚才遇到的这条"大蛇"是龙。

他的两手触碰龙唾液的地方，染上了龙涎的香味，数月也不散开。他用触碰过龙的两只手抓的药，病人服食后立马就好了，从此后代子孙都称他为"摸龙阿太"，又号作"姚篮儿"，以他采药时提着一个篮子装药的缘故。每当治好了病人，他都不会接受多余的赠物。正是因为医德高尚，他的孙子姚三辰官做到了二品，人们都认为这是他祖父广积阴德的福报。

鄱阳小神

江西新建县张某，生二女，同日出嫁。天大风，送亲及舁轿者一时迷惑[1]，将妹嫁其姊家，将姊嫁其妹家。成婚后一

---

[1] 舁（yú）：用手抬。

日，方知错误。两家父母以为天缘，亦各相安，无异言。

其小妹所嫁夫金某，买货过鄱阳湖，舟中忽谓其伙伴曰："我将作官，即日到任。"伙伴咸笑之，以为戏语。行又数里，金欣然曰："胥役轿马都来迎我[1]，我不可以久留。"言毕，跃入水中，死。是夕，近湖村人见一男子昂然来，立村前曰："我鄱阳小神也，应血食汝地方[2]，可塑像祀我。"言毕不见。村人迟疑，未为立庙。已而头痛发热，口称小神为祟[3]。众大骇，纠钱立庙祀之。凡有祈求，神应如响。未几，小神又至，曰："岂可神明而无妃偶乎？汝等再塑立一娘娘像配我，不可缓也。"村人如其言，塑之。

金家闻水死之信，捞尸殡殓，举家成服。忽一日，其妻脱衰麻，换盛服，敷脂抹粉，扬扬得意。公姑怒，责曰："此非孀妇所宜[4]。"曰："我夫并未死，现在鄱阳外湖作官，差胥役夫轿迎我上任，都已在外伺候，我何为不吉服耶？"言毕，作上轿状，随瞑目矣。嗣后，鄱阳小神之名颇著，远近烧香者争赴焉。

....

[1] 胥役：衙门的小吏。
[2] 血食：谓受享祭品。
[3] 祟（suì）：在此指神灵降灾以警示人。
[4] 孀妇：死去丈夫的妇女。

【译文】

江西新建县的张家，育有两名女儿，姐妹二人同一天出嫁。出嫁这一天突然刮起了大风，送亲的和抬轿的人一时糊涂，将妹妹的轿子送到了姐姐的丈夫家，将姐姐的轿子抬到了妹妹的丈夫家。成婚的第二天，才知道送错了，两方的父母都认为这是天定的缘分，没有怨言，彼此相安。

张家小女儿嫁的丈夫金某，有一天买货经过鄱阳湖，在船中突然对一同前往的同伴说道："我将要做官了，即刻就要前往任上。"同伴们都笑话他，认为他在说笑。船只又行进了数里之后，金某满面悦色地说道："差役和轿子、车马都来迎接我了，我不能在此久留。"说罢纵身跃入水中，当场溺死。

这天晚上，在金某溺死所在的近湖村，村民们看到一名男子昂首挺胸，器宇轩昂地走了过来，他立在村前对周围的人说道："我是鄱阳湖的小神，受命享受你们的供奉，管理你们这一片地方，你们赶快给我建庙塑像，献祭于我，以保你们村的安宁。"说罢就消失了。村人对他的这番话疑信参半，没有马上给他立庙。过了不久，村里陆陆续续有人头痛发热，迷迷糊糊地念叨着说这是鄱阳湖小神前来降罪了。村里的民众为此颇感惊恐，马上集资建庙造像，祭祀鄱阳湖小神，此后凡是村人有所祈求，一定会应验。过了不久，鄱阳湖小神又到了村里对众人说道："神明怎么能没有伴侣呢？你们再塑一尊娘娘像陪我共享祭拜，一定不能迟缓。"村人照着他的话做了，很快塑造了一尊娘娘神像立在其侧。

金家人收到儿子溺亡的消息之后，将他的尸体打捞安葬，全家人穿着丧服守灵。忽然有一天，他的妻子脱掉了衰麻丧服，换上了华丽的服饰，精心装扮，涂脂抹粉，颇为得意。公公婆婆为她的怪异举动深感恼怒，对她呵斥道："这样的穿着打扮并不是寡妇该有的样子。"妻子回道："我的丈夫并没有死，现在在鄱阳外湖做官，今天派了差役轿夫前来迎接我到他的官衙去，现在他们都在外面等候，我难道不该换上喜事吉庆的服饰吗？"说罢，就往外走，做出了上轿的姿势，随即闭目而亡。此后，鄱阳小神的名气更大，远近的人们都争相前往烧香祈祷。

赌钱神号迷龙

李某，官缙云令，以赌博被参[1]，然性好之，不能一日离。病危时，犹拍肘床上，作呼卢声[2]。其妻泣谏曰："气喘劳神，何苦如是？"李曰："赌非一人所能，我有朋类数人，在床前同掷骰盆，汝等特未之见耳。"已而气绝。忽又苏醒，伸

---

[1] 参：弹劾。
[2] 呼卢：古代一种赌博游戏，以此代指赌博。

手向家人云："速烧纸锞[1]，替还赌钱。"妻问："与何人决胜？"曰："阴司赌神号称迷龙，其门下有赌鬼数千，皆受驱使。探人将托生时，便请迷龙作一花押[2]，纳入天灵盖中。此人一落母胎，性便好赌，虽严父贤妻，万不能救。《汉书·公卿表》以博掩失侯者十余人。可见此神从古有之。或且一心贪赌，有美食而让他人食，有美妻而让他人眠，皆迷龙作祟也。但阴间赌法与世间不同，其法聚十余鬼，同掷十三颗骰子，每子下盆，有五彩金色光者，便是全胜，群鬼以所蓄纸锞全行献上。迷龙高坐抽头[3]，以致大富。群鬼赌败穷极，便到阳间作瘟疫，诈人酒食。汝等此时烧纸钱一万，可以放我生还。"家人信之，如其言，烧与之，而李竟瞑目长逝。或曰："渠又哄得赌本，可以放心大掷，故不返也。"

【译文】

缙云县令李某，因嗜好赌博被弹劾，但是生性好赌，不能一天不赌博。在病危时，仍用胳膊肘在床上拍打，做出赌博的

[1] 纸锞（kè）：纸锭，纸做的元宝。
[2] 花押：签名。
[3] 抽头：赌场主人从赢家所得中抽取一定数额的利钱。

姿势，并发出赌博时的绕口令。他的妻子哭着劝他说："你做出赌博的样子，气喘吁吁，太过费神，何苦这样呢？"李某回道："赌博一个人是进行不了的。我有几个赌友正坐在床前和我一起向盆中掷骰子，你们只是没有看到罢了。"随后就气绝而亡了。

过了一会儿，忽然又苏醒了过来，伸出手对家人说道："赶快烧纸钱，替我还赌债。"妻子惊异地问道："这次是和谁在赌博？"李某回道："阴间的赌神名叫迷龙，他的麾下有数千名赌鬼，都听命于他，受他的驱使。赌鬼们一旦打听到某个鬼将要转世为人，就会请迷龙签名画押，将它放在转生人世的鬼的天灵盖中，这个人自打在娘胎中成形开始，就天性好赌，即便有严父贤妻，也救不了他。《汉书·公卿表》记载的因为赌博而失去爵位的多达十余人，可见这名阴间的赌神自古以来就存在的。有些人贪恋赌博，醉心于此，宁可将美食让给他人吃，有美貌的妻子让给他人睡，这都是迷龙在作祟。但是阴间的赌博方法和阳间的不同，阴间的赌法是聚集十多个鬼，轮番掷十三枚骰子，谁在投掷骰子时掷到全是金色光泽、五彩花纹的一面，谁便获得全胜，受此利诱，赌鬼们往往将所积蓄的纸元宝全部拿出来做赌。迷龙组织阴间的赌博坐享抽头之利，由此成为了巨富。赌鬼们赌博失利穷极无奈，往往到阳间去散布瘟疫，再受民间祭拜去驱除瘟疫，以这种法子诈骗阳间人祭祀的酒食享用。你们现在只要烧纸钱一万，他们就会放我生还。"

家人信了他的话，按照他的吩咐烧了一万纸钱过去，然而李某竟没有醒来，溘然长逝了。有人说："这是因为李某从家人那里骗得了赌博本金，可以在阴间放心赌博玩乐，就不愿意再还阳了。"

奉行初次盘古成案

《北史》称"毗骞国王头长三尺[1]，至今不死"，予尝疑其诞。康熙间，浙人方文木泛海，被风吹至一处，宫殿巍峨，上署"毗骞殿"三字，方大惊，俯伏殿外。两霞帔者引之入[2]。有长头王上坐，冕如巨桶，珍珠四垂，须拂拂然相触有声，问文木曰："汝浙人乎?"曰："然。"王曰："离此五十万里矣。"赐文木饭，米大如枣。文木知王神灵，跪拜求归。王顾谓侍臣曰："取第一次盘古皇帝成案，替他一查。"文木大骇，叩头曰："盘古皇帝有几个乎?"王曰："天地无始无终，有十二万年，便有一盘古。今来朝天者，已有盘古万万余人，我安能记明数

[1] 毗骞（pí qiān）国：传说中的国家，在大海洲中，距越南八千里。传说其王身长丈二尺，头长三尺，自古以来不死。
[2] 霞帔（pèi）：古代贵族妇女礼服的一部分，披在肩上。

目？但元会运世之说[1]，已被宋朝人邵尧夫说破。可惜历来开辟，总奉行第一次开辟之成案，尚无人说破，故风吹汝来，亦要说破此故，以晓世人耳。"

文木不解所谓。王曰："我且问汝，世间福善祸淫，何以有报有不报耶？天地鬼神，何以有灵有不灵耶？修仙学佛，何以有成有不成耶？红颜薄命，而何以不薄者亦有耶？才子命穷，而何以不穷者亦多耶？一饮一啄，何以有前定耶？日食山崩，何以有劫数耶？彼善推算者，何以能知而不能免耶？彼怨天尤天者，天胡不降之罚耶？"文木不能答。

王曰："呜呼！今世上所行，皆成案也。当第一次世界开辟，十二万年之中，所有人物事宜，亦非造物者之有心造作，偶然随气化之推迁，半明半暗，忽是忽非，如泻水落地，偶成方圆；如孩童着棋，随手下子。既定之后，竟成一本板板帐簿，生铁铸成矣。乾坤将毁时，天帝将此册交代与第二次开辟之天帝，命其依样奉行，丝毫不许变动，以故人意与天心往往参差不齐。世上人终日忙忙急急，正如木偶傀儡，暗中为之牵

[1] 元会运世：北宋邵雍构建出的计算人世时间的单位，认为一元有十二会，一会有三十运，一运有十二世，一世有三十年，经历一元后，世界会重新开始，循环往复。

丝者。成败巧拙，久已前定，人自不知耳。"文木恍然，曰：
"然则今之所谓三皇五帝，即前此之三皇五帝乎？今之《二十一史》中之事，即前此之《二十一史》中之事乎？"王曰："然。"

言未毕，侍臣捧一册至，上书"康熙三年，浙江方文木泛海至毗骞国，应将前定天机漏泄，俾世人共晓，仍送归浙江"云云。文木拜谢，临别泣下。王摇手曰："子胡然？十二万年之后，我与汝又会于此矣！何必泣为？"既而笑曰："我错，我错！此一泣，亦是十二万年中原有两条眼泪，故照样誊录，我不必劝止也。"文木问王年寿，左右曰："王与第一次盘古同生，不与第千万次盘古同死。"文木曰："王不死，则乾坤毁时，王将安归？"王曰："我沙身也，历劫不坏。万物毁坏，变为泥沙而极矣。我先居于极坏之处，劫火不能烧，洪水不能淹，惟为恶风所吹荡。上至九天，下至九渊，殊觉劳顿。每每枯坐数万年，等盘古出世，觉日子太多，殊可厌耳。"言毕，口嘘气吹文木，文木乘空而起，仍至海船上。

月余归浙，以此语毛西河先生。先生曰："人但知万事前定，而不知所以前定之故，今得是说，方始豁然。"

子不语

【译文】

《北史》中记载"毗骞国王头长三尺，至今不死"，我曾经怀疑这是一个很荒诞的传言。

康熙年间浙江人方文木出海，被海风刮到一处未曾知晓的地方，宫殿巍峨壮丽，上面写着"毗骞殿"三个大字，方文木为此大吃一惊，匍匐在大殿外。两个系着彩色披风的人引他进了大殿，大殿中坐着长头王，长头王戴的冠冕如同一只巨桶，珍珠串在冠冕四周垂下，长头王胡须浓密，与冠冕上的珍珠串相接，时时发出声响。国王问道："你是浙江人吗？"方文木答："是。"国王道："离这里有五十万里啊。"下令赐方文木菜饭，每粒米有枣子般大小。方文木知道国王神通广大，跪拜在地，请求国王放他回家。国王对身边的侍臣说道："把第一位盘古皇帝的案卷拿来，替他查一查。"方文木听罢大惊，叩头再问道："盘古皇帝难道还有好几个吗？"国王说道："天地是没有开端，也没有终止的，每隔十二万年，就有一个盘古皇帝出现。现在来朝拜上天的盘古已经有万万人以上，我哪里能记清楚到底有多少个盘古呢？然而宇宙变迁的奥义，已经被宋朝人邵尧夫说破了。可惜历来每一位盘古开天辟地，都是奉行第一位盘古开天辟地的成例，尚没有人看透其中的奥妙，所以刮大风将你吹过来，是要让你懂得其中的玄妙，并回去开导世人。"

方文木并不理解国王这席话的意味，国王又开导他道："我且问你，世间人所做的福善祸淫之事，为什么有的会有报应，有的却没有报应？世人向天地鬼神祷告，为什么有的会灵验，有的不会灵验？世人修仙学佛，为什么有的能修成正果，有的不能？世人都说红颜薄命，为什么也有命不薄的？世人都说才子命穷，为什么不穷的才子也很多？投生作何种生物，为什么是出生时就已经预定好了？发生日食和山崩，为什么都应着劫数出现？那些善于算命的人，为什么能预测出别人的命运，却不能使自己免遭劫难？那些怨恨、指责上天的人，上天为什么不降下灾难去惩罚他？"方文木默然回答不上。

国王叹了一口气说道："现在人世上通行的规则，都是冥冥之中已经注定了的。在第一次盘古开天地的十二万年之中，所有的人、事，也并非造物者有心安排的，只是偶然随着天地之间的气化之变动，半明半暗，似是而非，如同水流泻到地上，偶尔形成了或方或圆的图形；又好似小孩子下棋，随手落子。然而落子之后，就成了一本不能改动的账簿，如同生铁铸成的一样。天地将要毁灭时，天帝将第一次开天辟地的记录簿册交给第二次进行开天辟地的盘古，命令他依照簿册上记载的方式进行，丝毫不许变动，由此人的意志与上天的定数往往参差不齐，世上的人终日忙忙碌碌，其实像木偶戏中的傀儡，命运在暗中都掌握在牵线者手中，人事的成败与否，聪明或是愚昧，早已经预定好了，只是世人不知道罢了。"方文木恍然大悟，便问国王道："那今人所说的三皇五帝，就是前一轮的三皇五帝吗？今天《二十一史》所记载之事，便是前一轮《二十一史》所记载的吗？"国王说："对。"

　　国王的话还没有说完，侍臣就捧着一本册子呈了上来，上面写道："康熙三年，浙江方文木乘船海上，到达毗骞国，应该让他将万事皆前定的天机泄露出去，让世人知晓，仍将方文木送回浙江。"等等。方文木拜谢国王，临别不舍泪下，国王摇手说道："你这是为什么？十二万年之后，我又会与你在此相会，为什么要哭泣呢？"说罢又笑着说："是我的错，是我的错，你这一流泪，也是前一轮十二万年中本来就有的两行泪，这是照样出现的，我不必劝阻你。"方文木又问国王的年纪，国王身边的侍从说道："国王与第一次开天辟地的盘古同时出生，却不会和此后千万轮的盘古一同赴死。"方文木又问道："国王不死，每一轮天地毁灭时，国王会去哪里呢？"国王说："我的身躯是泥沙做成的，历尽劫难也不会毁灭。万物遭到劫难毁坏到极点，无非变成沙子，我先达到这个最坏的境界，在历经浩劫时火不能将我烧死，洪水不能将我淹死，只是被狂风吹刮，向上达于九天，向下至于九渊，觉得颇为劳顿。我常常独坐数万年，等待下一个盘古出世，觉得日子太长，很是乏味。"说罢，国王对着方文木吹了一口气，方文木顺着这口气腾空而起，仍旧落在了海船上。

　　月余后，方文木回到浙江，将这件事告诉了毛西河先生。毛先生说："世上的人只知道万事都是定好了的，却不知道其中的缘故。现在知道了这种说法，才豁然开朗。"

白虹精

浙江塘西镇丁水桥篙工马南箴，撑小舟夜行，有老妇携女呼渡，舟中客拒之，篙工曰："黑夜妇女无归，渡之亦阴德事。"老妇携女应声上，坐舱中，嘿无言。时当孟秋[1]，斗柄西指，老妇指而顾其女笑曰："猪郎又手指西方矣，好趋风气若是乎！"女曰："非也，七郎君有所不得已也。若不随时为转移，虑世间人不识春秋耳。"舟客怪其语，瞠愕相顾。妇与女夷然，绝不介意。舟近北关门，天已明，老妇出囊中黄豆升许谢篙工，并解麻布一方与之包豆，曰："我姓白，住西天门，汝他日欲见我，但以足踏麻布上，便升天而行，至我家矣。"言讫不见。篙工以为妖，撒豆于野。

归至家，卷其袖，犹存数豆，皆黄金也。悔曰："得毋仙乎！"急奔至弃豆处迹之，豆不见而麻布犹存。以足蹑之，冉

---

[1] 孟秋：秋季第一个月，农历七月。

冉云生，便觉轻举，见人民村郭，历历从脚下经过。至一处，琼宫绛宇[1]，小青衣侍户外曰："郎果至矣。"入，扶老妇人出，曰："吾与汝有宿缘，小女欲侍君子。"篙工谦让非耦[2]。妇人曰："耦亦何常之有？缘之所在即耦也。我呼渡时，缘从我生；汝肯渡时，缘从汝起。"言未毕，笙歌酒肴，婚礼已备。

　　篙工居月余，虽恩好甚隆，而未免思家。谋之女，女教仍以足蹑布，可乘云归。篙工如其言，竟归丁水桥。乡亲聚观，不信其从天而下也。嗣后屡往屡还，俱以一布为车马。篙工之父母恶之，私焚其布，异香屡月不散，然往来从此绝矣。或曰："姓白者，白虹精也。"

【译文】

　　浙江塘西镇的丁水桥，有一名渡船船工马南箴，一天夜晚撑船航行时，有一名老妇带着女儿招呼船工渡河，船中的乘客都让他不要去搭载，马南箴说道："黑夜妇女无船渡河归家，搭载她们是积阴德。"于是让她们二人上船，老妇带着女儿上了船，坐在舱中默然无语。当时正是初秋时分，北斗星的斗柄

[1]　琼宫绛（jiàng）宇：美玉做成的宫殿，深红色的楼宇。
[2]　非耦：不相配的婚姻。

指向西方，老妇指着北斗星笑着对女儿说道："猪郎又用手指着西方了，他真是喜好追赴气候时节啊！"女儿对老妇说道："不是的，七郎君这样做也是不得已的，如果不随着时日的变化而转移指示方向，就怕世人连季节也分不清了。"船上的乘客都觉得她们的对话很奇怪，惊讶地瞪着眼睛，老妇与女儿则处之泰然，毫不在意。等船只到了北关门时，天已经亮了。老妇从布袋中倒出了一升许的黄豆赠送给马南箴作为酬谢，并解下一方麻布将这些黄豆包好，对马南箴说道："我姓白，住西天门，日后如果想见我，可以脚踏这块麻布之上，便可以斗天到我家了。"说罢便消失不见。马南箴以为她们母女二人是妖怪，于是将黄豆撒在了田野上。

等到归家，整理自己的衣袖，发现还有几粒豆子残存，仔细一看，全是黄金，于是后悔起来，想到："她们莫不是神仙？"于是急忙赶到自己抛洒黄豆的地方，豆子已经不见了，而麻布还在，马南箴踩到麻布上面，感到脚下便是白云，俯瞰乡民和村舍，都从自己的脚下飘过，随后看到一座琼楼玉宇，一名身穿青衣的婢女守候在门外，说道："郎君果然来了。"说罢入门扶着老妇人走了出来，老妇人对马南箴说道："我和你有前缘，我将小女许配给你。"马南箴谦让着说自己配不上，老妇人回道："这世上哪有配不配得上？缘分在了就会相配，我叫你渡我们过河时，缘分就从我这产生了；你愿意来渡我们，缘分从你那也发生了。"话还没有说完，歌舞酒乐和菜肴就准备好了，随即举行了婚礼。

马南箴在老妪家住了月余，虽然夫妻恩爱，生活优渥，但日久未免想念自己的家，于是将思乡之情告诉了妻子，妻子教他仍然和来时一样脚踏麻布之上，就可以腾云还家了。马南箴按照妻子所教，果然又飞回了丁水桥。同乡亲友都聚过来围观，难以相信他真的是从天上飞下来的。此后马南箴屡屡往返于天上和人间，都是以这块麻布作为交通工具。马南箴的父母对他的行为感到很厌恶，私下将这块麻布焚烧掉了，焚烧时麻布发散出来的异香数月都未散尽，马南箴上天之路从此就断绝了。有人说："老妪人自称姓白，大概是天上的白虹精。"

仙鹤扛车

方绮亭明府作令江西，其同僚郭姓者，四川人，言少时曾上峨眉山，意欲弃世学道，见老翁长髯秀貌，戴羽巾，飘飘然导之前行。至一处，宫殿巍峨，似王者居，翁指示曰："汝欲学道，非王命不可。王外出未归，汝少待。"俄而仙乐嘹嘈，异香触鼻，两仙鹤扛水精车[1]，车中坐王者，状如世上所画香孩儿，红衣文葆[2]，洁白如玉，口嬉嬉微笑，长不满尺许，

....

[1] 水精车：即水晶车。
[2] 文葆：绣花的襁褓。

诸神俯伏迎入宫。老翁奏曰："有真心学道人郭求见。"王命传入，注视良久，曰："非仙才，速送回人间。"老翁掖郭下。郭问曰："王何以年少？"老翁笑曰："为仙为圣为佛，及其成功，皆婴儿也。汝不闻孔子亦儒童菩萨，孟子云：'大人者，不失其赤子之心'乎？吾王已五万岁矣！"郭无奈何，仍自山下归家，犹记其殿门外朱书二对，云："胎生卵生湿生化生，生生不已；天道地道人道鬼道，道道无穷。"

【译文】

方绮亭府君在江西任县令时，有一名郭姓同僚，是四川人。他说自己年少时曾经到峨眉山求仙，想要不问世事研修道术，遇到一位头戴羽巾，胡须很长，容貌清秀的老翁，轻飘飘地引领他前行。到了一处地方，宫殿巍峨，像是帝王的寝宫。老翁对他说道："你想要跟着我修道，需要有大王的命令。大王今日外出未归，你在此稍作等待。"过了一会儿传来了宏亮的仙乐，异香扑鼻，两只仙鹤扛着水晶做的车，车中坐着大王，大王的形貌很像人世间所绘的香孩儿，身着红衣绣花肚兜，肌肤洁白如玉，张嘴微微嬉笑，身高不到一尺，诸神跪拜在地迎接大王进宫，老翁向前启奏道："有一名真心学道的郭某求见。"大王下令宣他进来，注视良久，说道："他不是修仙的料，快将他送回人间。"

老翁扶着郭某的臂膀下了宫殿。郭某问老翁道："大王为什么这么小？"老翁笑着说："不管是做神仙、做圣人还是做佛，等到功德圆满以后，都是婴儿的模样。你难道没有听说过孔子也是儒童菩萨吗？孟子曾说过，圣人不会失去赤子之心。我们的大王已经五万岁了。"郭某无奈，独自下山返家，他仍记得峨眉山宫殿上的对联，上面用红笔写道："胎生卵生湿生化生，生生不已；天道地道人道鬼道，道道无穷。"

狮子大王

贵州人尹廷洽，八月望日早起，行礼土地神前。上香讫，将启门，见二青衣排闼入[1]，以手推尹扑地，套绳于颈而行。尹方惶遽间，见所祀土地神出而问故，青衣展牌示之，上有"尹廷洽"字样，土神笑不语，但尾尹而行。

里许，道旁有酒饭店，土神呼青衣入饮。得间语尹曰："是行有误，我当卫君前行。倘遇神佛，君可大声叫冤，我当为君脱祸。"尹颔之，仍随青衣前去。

约行大半日，至一所，风波浩渺，一望无际。青衣曰："此

---

[1] 青衣：婢仆、差役。

银海也，须深夜乃可渡，当少憩片时。"俄而土神亦曳杖夹，青衣怪之。土神曰："我与渠相处久，情不能已于一送，前路当分手耳。"

正谈说间，忽天际有彩云旌旗，侍从纷然。土神附耳曰："此朝天诸神回也。汝遇便可叫冤。"尹望见车中有神，貌狞狞然，目有金光，面阔二尺许，即大声喊冤。神召之前，并饬行者少停，问："何冤？"尹诉为青衣所摄。神问："有牌否？"曰："有。""有尔名乎？"曰："有。"神曰："既有牌，又有尔名，此应摄者，何冤为？"厉声叱之。尹词屈，不知所云。

土神趋而前，跪奏："此中有疑，是小神令其伸冤。"神问："何疑？"曰："某为渠家中霤，每一人始生，即准东岳文书知会其人应是何等人，应是何年月日死，共计在阳世几岁，历历不爽。尹廷洽初生时，东岳文中开应得年七十二岁；今未满五十，又未接到折算文书，何以忽尔勾到？故恐有冤。"

神听说，亦迟疑久之，谓土神曰："此事非我职司，但人命至重，尔小神尚肯如此用心，我何可漠视？惜此间至东岳府往还辽远，当从天府行文至彼方速。"乃唤一吏作牒，口授云："文书上只须问民魂尹廷洽有勾取可疑之处，乞飞天符下东岳到银海查办，急急勿迟。"尹从旁见吏取纸作书，封印不殊人

世，但皆用黄纸。封讫，付一金甲神，持投天门。又呼召银海神，有绣袍者趋进，命看守尹某生魂，俟岳神查办，毋误。绣袍者叩头。领尹退，而神已倏忽入云雾中矣。

此时尹憩一大柳树下，青衣不知所往。尹问土神："面阔二尺者是何神耶？"曰："此西天狮子大王也。"少倾绣衣者谓土神曰："尔可领尹某往暗处少坐，弗令夜风吹之；我往前途迎引天神，闻呼可即出答应。"尹随土神沿岸行，约半里许，有破舟侧卧滩上，乃伏其中。闻人号马嘶及鼓吹之音，络绎不绝，良久始静。土神曰："可以出矣。"尹出，见绣衣人偕前持牒金甲人，引至岸上空阔处云："立此少待，岳司即到。"

须臾海上数十骑如飞而来，土神挟尹伏地上。数十骑皆下马，有衣团花袍、戴纱帽者上坐，余四人著吏服，又十余人武士装束，余悉狰狞如庙中鬼面，环立而侍。上坐官呼海神，海神趋前，问答数语，趋而下，扶尹上。尹未及跪，土神上前叩头，一一对答如前。上坐官貌颇温良，闻土神语即怒，瞋目竖眉，厉声索二青衣。土神答久不知所往。上坐者曰："妖行一周，不过千里；鬼行一周，不过五百里，四察神可即查拿！"有四鬼卒应声腾起，怀中各出一小镜，分照四方，随飞往东去。

少顷，挟二青衣掷地上，云在三百里外枯槐树中拿得。上坐官诘问误勾缘由，二青衣出牌呈上，诉云："牌自上行，役不过照牌行事；倘有舛误，须问官吏，与役无干。"上坐官诘云："非尔舞弊，尔何故远扬？"青衣叩首云："昨见狮子大王驾到，一行人众，皆是佛光；土神虽微员，尚有阳气；尹某虽死，未过阴界，尚系生魂，可以近得佛光；鬼役阴暗之气，如何近得佛光？所以远伏。及狮王过后，鬼役方一路追寻，又值朝天神圣接连行过，以故不敢走出，并未知牌中何弊。"上坐官曰："如此，必亲赴森罗一决矣[1]。"

令力士先挟尹过海，即呼车骑排衙而行。尹怖甚，闭目不敢开视，但觉风雷击荡，心魂震骇。少顷，声渐远，力士行亦少徐。

尹开目即已坠地，见官府衙署，有冕服者出迎，前官入，分两案对坐堂上。先闻密语声，次闻传呼声，青衣与土神皆趋入。土神叩见毕，立阶下，青衣问话毕，亦起出。有鬼卒从庑下缚一吏入，堂上厉声喝问，吏叩头辩，若有所待者然。又有数鬼从庑下擒一吏，抱文卷入，尹遥视之，颇似其族叔尹信。

---

[1] 森罗：世间万物，此处指地府。

　　既入殿，冕服者取册查核。许久，即掷下一册，命前吏持示后吏，后吏惟叩首哀求而已。殿内神喝杖，数鬼将前吏曳阶下，杖四十。又见数鬼领朱单下，剥去后吏巾服，锁押牵出，过尹旁，的是其族叔。呼之不应，叩何往，鬼卒云："发往烈火地狱去受罪矣。"尹正疑惧间，随呼尹入殿。

　　前花袍官云："尔此案已明。本司所勾系尹廷治，该吏未尝作弊。同房吏有尹姓者，系廷治亲叔，欲救其侄，知同族有尔名适相似，可以朦混，俟本司吏不在时，将牌添改'治'字作'洽'字，又将房册换易，以致出牌错误，今已按律治罪，尔可生还矣。"回头顾土神云："尔此举极好，但只须赴本司详查，不合向狮子大王路诉，以致我辈均受失察处分。今本司一面造符申覆[1]，一面差勾本犯，尔速引尹廷洽还阳。"

　　土神与尹叩谢出，遇前金甲者于门迎贺曰："尔等可喜，我辈尚须候回文，才得回去。"尹随土神出走，并非前来之路，城市一如人间，饥欲食，渴欲饮，土神力禁不许。城外行数里，上一高山，俯视其下，有一人僵卧，数人守其旁而哭。因叩土神此何处，土神喝曰："尚不省耶！"以杖击之，一跌而寤，已死两昼夜

[1]　申覆：申请复核审查。

矣。棺椁具陈，特心头微暖，故未殓耳。遂坐起，稍进茶水，急唤其子趋廷治家视之。归云其人病已愈二日，顷复死矣。

【译文】

贵州人尹廷洽八月十五早起祭拜土地神。上完香刚要开门时发现两个鬼差闯了进来，把他推倒后用绳子勒住脖子就走。尹廷洽正感到惊恐，只见他刚才祭拜的土地神走了出来，他赶紧问土地神这是什么原因？黑衣鬼差拿出逮捕的牌子给土地神看，上面写着"尹廷洽"三个字。土地神笑而不语，只是跟着他走。

走了一里多路遇见一个酒店，土地神便招呼鬼差进去喝酒，趁着间隙告诉他说："他们可能搞错了，我会保你平安的。前面路上如果遇到神佛，你就大声喊冤，我会帮你消灾的。"尹廷洽点了点头，辞别土地神，仍旧跟着差人前行。

走了大半天，来到一个荒凉辽阔的地方。鬼差说："此处是银海，须等到天黑才能渡过去了。我们先歇一会儿。"不久，土地神也拄着拐赶到了，鬼差感到奇怪，土地神解释道："我与他认识久感情深，所以忍不住送别，到了前面自会分手。"

谈话之间，突然天边出现彩云旌旗和众多的侍从。土地神对尹廷洽耳语道："这是去天庭朝拜的各路神仙回家了，你遇到他们赶快大声喊冤。"尹廷洽远远望见一位凶神恶煞、眼露金光、二尺宽脸的天神，立即大声喊冤。天神命令随从先停下

询问原因，尹廷洽便将自己被差人拘捕的情形告诉了神君。神君问："有拘牌吗？"尹廷洽回答："有。"又问："那牌上可有你的姓名？"回答说："有。"神君大怒呵斥说："既然拘捕文牒齐全，那你乱喊什么，还不去地府报告？"尹廷洽无言以对。

这时，土地神赶紧上前跪奏说道："此事可疑，是我让他喊冤的。"天神问："有什么可疑？"土地神答道："我是他家供奉的土地神，他家有人出生，我就请东岳府文书查清楚是哪等人，应在何年何月何日去世，该在阳间生活多少年，每次都没有出错。尹廷洽刚刚出生时东岳府的公文里明明写了他可以活七十二岁，他如今五十岁不到，又没有减他命的公文，怎么就要勾他魂呢？所以小神觉得此事可疑。"

神君听后迟疑了许久，然后对土地神说："此事不归我管，但人命关天，你身为小神尚且如此用心，我肯定不可以坐视不理。可惜从这儿到东岳府来回一趟很远，应该从天庭直接送去公文，这样更快一些。"

神君令小吏写了文书，口授道："文书只需写明尹廷洽被押往阴间很是可疑，请赶快下令，命泰山府君到银海查办此事，要快！"尹廷洽在一旁看见那小吏拿出纸笔，盖的印章和人间一样，但用的是黄纸。小吏封好文书后交给一个身穿金甲的神让他投递到天门。神君下令召见银海神，只见一个穿绣袍的神走上前来。神君就命银海神守住尹廷洽的生魂等候泰山府君查办，以防事情有变。银海神叩头领命后带着尹廷洽退下。此时神君就忽然消失了。

　　这时尹廷洽在一棵大柳树下休息，两个鬼差却不知到哪里去了。他问土地神："那脸宽二尺的神君你可认识？"土地神说："那是西天的狮子大王。"过了一会儿，银海神对土地神说："你可以带着尹廷洽到一个隐蔽的地方先等着，别让晚风吹到你们。我到前面去迎天神，你们听到我叫你们再出来就行了。"尹廷洽跟着土地神沿着岸边走了差不多半里路，看见一条破船横倒在沙滩上，于是就待在破船里了。中途只听到人喊马叫号角轰鸣，往来车马络绎不绝，过了好久才安静下来。土地神说："咱们可以出来了。"尹廷洽爬出破船，看见银海神与先前见过的金甲神，他们把尹廷洽领到岸边的宽阔地方说道："你在这里等一下，泰山府君马上就来了。"

　　不一会儿，海上几十人骑马飞奔而来，土地神忙将尹廷洽按倒叩拜。来的人下了马，其中一位花袍纱帽的神官坐在上位，身边四个神穿着官服，还有十几名下属是武士打扮，其余的随从一个个面目狰狞如同庙里的鬼面金刚，围成一圈听候调遣。

　　居上位的神官传召银海神，银海神赶紧上前，回答了几句后就去扶着尹廷洽来晋见。尹廷洽还没有跪下，土地神抢先一步跪下奏事。这个神官本来还很镇定温和，但听了土地神的一番说辞后气得眼珠瞪出、眉毛竖起，大叫着把那两个鬼差抓过来。土地神说："他们早就跑了。"神官说："妖行一周不过千里；鬼行一周不过五百里。四位察神可火速把他们带回来。"四位察神听到这话立刻腾空而起，从怀中取出一面小镜子向四

方照射搜寻，确定方位后便一齐向东飞去。

不一会儿，他们就把鬼差带回来扔到地上，回复道："这两个家伙是在三百里外的枯槐树丛中被抓到的。"神官责问这两个鬼差为何乱抓人，鬼差呈上拘牌解释道："拘牌乃是上司发的，我们只是奉命行事，即使有错也罪不在我。"神官反问："既然不干你们的事，那你们跑什么？"鬼差叩头说道："昨天狮子大王驾到，他们一行人马都自带佛光；土地神官小但阳气不小；尹廷洽虽然死了，但还没跨过阴界，尚有生气可以靠近佛光；我俩鬼差一身都是阴暗之气，怎敢靠近佛光？所以只有远远趴着。等狮子大王走后我们才一路追寻，又碰巧遇到各路神仙朝拜归来，所以我们不敢出来，并不是因为知道拘牌背后有什么问题。"神官说："如此说来，我只有亲自去地府走一趟再看了。"

神官于是命令大力士先带着尹廷洽过海，又命令车马列队而行。尹廷洽非常恐惧，吓得不敢睁开眼睛，只觉得耳边风声大作，风雷轰鸣。不久声音渐渐离得远了，力士也降速慢行了。

尹廷洽睁开双眼发现自己已落在地上，眼前是官衙，有个官员模样的神出来迎接。神官走进去，二神分两桌对坐。起先宾主还是小声讨论，接着，鬼差和土地神被招进来。土地神行礼后站在阶下；鬼差被讯问后就退下了。这时鬼卒从廊房下绑来一名官员，上殿后神官大声呵斥他，这官员看起来像是在等什么。此时几个鬼卒又从廊下捉来一名官吏并抱着文卷进来了。尹廷洽远远望去发现这人很像他的族叔尹信。

等那官吏入殿后，神官拿过案卷查看核对，随后扔下一本，命令先被抓来的官员拿给后被抓来的官吏仔细瞧瞧，后者一个劲地求饶。神官命令行刑，鬼卒将先抓来的官员拉到阶下杖打了四十大板。又见几个鬼卒拿着一张红色的单子下来后，剥去了后者的官服头巾，戴上枷锁后就押了出去。尹廷洽路过的时候发现这个人果然是他的族叔尹信。尹廷洽向他打招呼，但是尹信却不予理睬，尹廷洽便问鬼卒准备把叔叔押到哪儿去。鬼卒回复说："押往烈火地狱受罪去。"尹廷洽疑惑恐惧之时，突然听到有人传他上殿。

神官对尹廷洽说："我们已经查明真相，本来要抓的是尹廷治，挨打的官员并没徇私枉法，与他同住一起的官吏是尹廷治的亲叔叔尹信，尹信想救他的侄子，知道同族中你的名字正好和尹廷治相似，就趁其他官员不在时将牌上的"治"涂改成了"洽"，又将案卷调换，所以错抓了你。现在我已按刑律给他们定罪了，你可以回人间去了。"神官说完又对土地神说道："你做得很好，只是应该直接到我这儿来，不该直接拦住狮子大王去告状，害得我也因为失职被处罚了。我现在派人向玉帝呈报，同时也会拘捕尹廷治。你快领尹廷洽还阳去吧。"

土地神与尹廷洽叩头拜谢后退了出去，在门口遇到金甲神，金甲神祝贺他们道："恭喜你们！我们还要在此等候回文到手才能离去。"尹廷洽随土地神一路走去，却不是来时的路了，此处市井景象跟人间一样。尹廷洽感到饥渴想吃东西，但是土地神坚决不准。他们离城后又走了几里上了一座高山，往

下俯视看见一个人僵卧在地，几个人正围着他大哭。尹廷洽问土地神："这是哪里？"土地神呵斥他说道："你还不明白吗！"于是用拐杖打了他一下，尹廷洽跌倒在地，一下子就醒来了。原来他已经死了两天，家里棺材等丧葬用具早就备好了，只因为他心口尚有余温这才迟迟没有入土。尹廷洽随后坐起喝了点茶水，赶紧叫儿子去尹廷治家看看情况。儿子回家说："尹廷治本来病都好了两天，就在刚才突然死了。"

龙 母

常熟李氏妇，孕十四月，产一肉团，盘曲九折，莹若水晶。惧，弃之河，化为小龙，擘空而去。逾年，李妇卒，方殓，雷雨晦冥，龙来哀号，声若牛吼。里人奇之，为立庙虞山，号"龙母庙"。乾隆壬午夏，大旱，牲玉斯罄[1]，卒无灵，桂林中丞以为大戚[2]，其门下士薛一瓢曰："何不登堂拜母乎？"中丞遣官以牲牢祷龙母庙，翌日雨降。

---

[1] 牲玉：祭祀用的牺牲和玉器。罄：用尽。
[2] 桂林中丞：指乾隆时期的著名大臣陈宏谋，广西桂林人，所以也以桂林代称。

【译文】

常熟李家媳妇，怀孕十四个月，产下了一个肉团，弯弯曲曲的形貌，晶莹若水晶，全家人都感到很害怕，将肉团扔弃在了河里，随后肉团化成了一条小龙，腾空而走。过了一年，李家媳妇去世，刚要埋葬时，天空乌云密布、打雷下雨，一条龙过来哀嚎，声音像牛吼一样。当地人为此感到很惊奇，为李家媳妇在虞山立庙，号曰"龙母庙"。乾隆壬午年夏天，常熟大旱，当地举行了盛大的祭祀和献牲典礼，然而毫不灵验，巡抚陈宏谋十分难过，他门下的幕僚薛一瓢说道："为什么不去龙母庙祭拜一下？"于是陈宏谋派遣下属以牲畜为祭品向龙母庙祷告求雨，第二天就降下了甘霖。

秀民册

丹阳荆某，应童子试。梦至一庙，上坐王者，阶前诸吏捧册立，仪状甚伟。荆指册询吏："何物？"答曰："科甲册。"荆欣然曰："为我一查。"吏曰："可。"荆生平以鼎元自负，首请鼎甲册，遍阅无名；复查进士、孝廉册，皆无名。不觉变色。一吏曰："或在明经秀才册乎！"遍查亦无。荆大笑曰："此妄耳。以某文学，

可魁天下，何患不得一秀才！"欲碎其册，吏曰："勿怒，尚有秀民册可查[1]。秀民者，皆有文而无禄者也。人间以鼎甲为第一，天上以秀民为第一。此册为宣明王所掌，君可向王请之。"

如其言，王于案上出一册，黄金丝穿白玉牒，启第一页，第一名即"丹阳荆某"。荆大哭，王笑曰："汝何痴也！汝试数从古有几个名状元、名主试乎？韩文公孙衮中状元[2]，人但知韩文公，不知有衮；罗隐终身不第[3]，至今人知有罗隐。汝当归而求之实学可耳。"荆问："科第中皆无实学乎？"王曰："既有文才，又有文福，一代不过数人，如韩、白、欧、苏是也。此其姓名，别在紫琼宫上，与汝尤无分也。"荆未对，王拂衣起，高吟曰："一第区区何足羡，贵人传者古无多。"荆惊醒，怏怏，卒不第以终。

【译文】

丹阳人荆某，参加秀才考试，晚上梦到走进一座寺庙，正

---

[1] 秀民：德才兼备的平民。

[2] 韩衮：韩愈的孙子，唐懿宗咸通七年（866）状元及第。

[3] 罗隐：唐、五代时期著名文学家、诗人，曾参加十多次进士试而均落第，后改名罗隐隐居。

中央坐着一位大王，台阶前诸官吏捧着簿子，仪态庄严，荆某指着簿子问官吏道："这是什么东西？"官吏回答道："这是中举者的名册。"荆某欣喜地说道："快帮我查一查。"官吏说："可以。"荆某对自己的才学颇为自负，认为自己能高中第一甲前三名，首先让官吏看状元、榜眼、探花的名册。把册子翻遍了也没有自己的名字。于是又让官吏查看进士、举人的名册，一样没有记录自己的名字，荆某不觉变了脸色。另一个官吏安慰他说道或许在秀才的名册上，翻遍了还是没有荆某的名字，荆某大笑着说道："这些册子都是胡编的吧，以我的才学，可以冠绝当世文坛，难道还得不到一个秀才？"说罢就想要撕碎名册，官吏劝到："息怒！我们这还有一类秀民册可查。秀民之意，即有文才而得不到功名的人。人间以状元为文坛第一，而天上则是以秀民为文坛第一。秀民册为宣明王掌管，您可以向他请求一观。"

荆某照着官吏的话去做了，宣明王从桌上拿出一本册子，这本册子以黄金做丝带，以白玉做书页，翻开第一页，秀民第一名就是丹阳荆某，荆某放声大哭，宣明王笑道："你为什么这么痴顽呢？你试着数数看，从古至今，有几个有名的状元、有名的主考官？韩愈的孙子韩衮中了状元，但是世人都只知道韩愈的大名，而不知道有韩衮这一号人物。罗隐终身没有考取功名，而今人都知道他。你回去以后当追求实学，不要贪恋功名。"荆某又问道："科举高中的难道都是没有真才实学的吗？"宣明王说道："既有文才，又有功名福气的，一代也不过数人，

像韩愈、白居易、欧阳修、苏轼是也。他们的名字，是登记在紫琼宫上的，你是没有这个福分的。"荆某无言以对，宣明王拂袖而起，大声说道："考中科举有什么值得羡慕的，自古以来被人们称誉相传的又有几个?"荆某惊醒以后闷闷不乐，此后果然一直到死也没有考上。

鬼魅

罗刹鸟

雍正间，内城某为子娶媳，女家亦巨族，住沙河门外。新娘登轿后，骑从簇拥。过一古墓，有飙风从冢间出，绕花轿者数次。飞沙眯目，行人皆辟易[1]，移时方定。顷之至婿家，轿停大厅上，嫔者揭帘，扶新娘出。不料轿中复有一新娘，掀帏自出，与先出者并肩立。众惊视之，衣妆彩色，无一异者，莫辨真伪。

扶入内室，翁姑相顾而骇，无可奈何，且行夫妇之礼。凡参天祭祖，谒见诸亲，俱令新郎中立，两新人左右之。新郎私念娶一得双，大喜过望。夜阑，携两美同床，仆妇侍女辈各归寝室，翁姑亦就枕。

忽闻新妇房中惨叫，披衣起，童仆妇女辈排闼入[2]，则血淋漓满地，新郎跌卧床外，床上一新娘仰卧血泊中，其一不

---

[1] 辟易：退开避让，多因为恐惧。
[2] 排闼（tà）：推门。

知何往。张灯四照，梁上栖一大鸟，色灰黑而钩喙巨爪如雪。众喧呼奋击，短兵不及。方议取弓矢长矛，鸟鼓翅作磔磔声，目光如青磷[1]，夺门飞去。

新郎昏晕在地，云："并坐移时，正思解衣就枕，忽左边妇举袖一挥，两目睛被抉去矣，痛剧而绝，不知若何化鸟也。"再询新妇，云："郎叫绝时，儿惊问所以，渠已作怪鸟来啄儿目，儿亦顿时昏绝。"后疗治数月，俱无恙，伉俪甚笃，而两盲比目，可悲也。

正黄旗张君广基为予述之如此。相传墟墓间，太阴，积尸之气久，化为罗刹鸟[2]，如灰鹤而大，能变幻作祟，好食人眼，亦药叉、修罗、薜荔类也。

【译文】

清朝雍正年间，北京城有个富豪给儿子张罗娶老婆。女方家乃是住在沙河门外的名门望族。新娘上轿后一路上都是随从车马前呼后拥而行。经过一座古墓时，一股狂风突然从墓中吹

[1] 青磷（lín）：尸体腐烂时，分解出的磷化氢气体燃烧形成的青绿色的光焰。
[2] 罗刹（chà）：佛教所云以吃人为生的恶鬼。

出绕着花轿来回数次，飞沙迷眼使得行人纷纷避开。一个时辰后风才停下来。轿子很快就到了男家大厅上，迎亲的人撩起轿帘扶新娘子下花轿，不料轿中居然还有一个新娘走了出来，与先出来的新娘并排站立。众人一看顿时惊呆了，这两人无论是衣服、打扮都丝毫不差，很难清楚孰真孰假。

亲戚们将两位新娘扶进内房拜见公婆等亲戚，公婆叔姑见了也是吃惊又无奈，只能硬着头皮举行婚礼。拜天地、祭祖宗、参见亲朋好友这些仪式，都是让新郎居中新娘分立左右。新郎想到自己本来娶一个老婆却得了一双，激动得不得了。夜深人散后新郎与两位新娘同床共寝，仆人和父母也都各自回房睡觉。

深夜新房中突然传出惨叫声把全家吓醒，大家披衣而起，仆人和女眷们推门而入。只见新房满地都是血，新郎倒在床下；床上一个新娘浑身是血地仰着，另一个则不知去向。一家子人点灯到处找，只见房梁上停着一只毛色灰黑、嘴巴尖利、下有两只雪白巨爪的大鸟。大家对着鸟又喊又打，可惜家伙什太短够不着。当大家正商量取弓箭射死它的时候，那只鸟突然眼露青磷之火，展翅夺门飞走了。

新郎昏倒后醒来对大家说："当时我们三人并坐在一起准备脱衣上床，我左边的新娘举起袖子往我眼前一挥就把我眼睛给带走了，我疼得晕死过去，不知她什么时候就变成了鸟。"新娘则说道："我听见相公大叫吓得赶紧问他出了什么事，结果那女人变成怪鸟来啄我眼睛，疼得我直接晕了。"夫妻二人治疗了几个月终于恢复了，感情依旧和谐，但成了一对瞎子实

在是让人惋惜。

这个故事是正黄旗人张广基告诉我的。据说废墟、坟墓这种地方阴气很重，尸气积的时间一长就会化变为灰鹤一样巨大的罗刹鸟，这鸟能变幻为人形作祟，最爱吃的就是人的眼珠子，与药叉、修罗、薜荔等妖魔鬼怪是一类的。

南昌士人

江南南昌县有士人某，读书北兰寺，一长一少，甚相友善。长者归家暴卒，少者不知也，在寺读书如故。天晚睡矣，见长者披闼入，登床抚其背曰："吾别兄不十日，竟以暴疾亡。今我鬼也，朋友之情，不能自割，特来诀别。"

少者畏惧，不能言。死者慰之曰："吾欲害兄，岂肯直告？兄慎弗怖。吾之所以来此者，欲以身后相托也。"少者心稍定，问："托何事？"曰："吾有老母，年七十余，妻年未三十，得数斛米，足以养生，愿兄周恤之，此其一也；吾有文稿未梓，愿兄为镌刻，俾微名不泯，此其二也；吾欠卖笔者钱数千，未经偿还，愿兄偿之，此其三也。"少者唯唯。死者起立曰："既承兄担承，吾亦去矣。"

言毕欲走，少者见其言近人情，貌如平昔，渐无怖意，乃泣留之，曰："与君长诀，何不稍缓须臾去耶？"死者亦泣，回坐其床，更叙平生。数语复起曰："吾去矣。"立而不行，两眼瞠视，貌渐丑败。少者惧，促之曰："君言既毕，可去矣。"尸竟不去。少者拍床大呼，亦不去，屹立如故。少者愈骇，起而奔，尸随之奔。少者奔愈急，尸奔亦急。追逐数里，少者逾墙仆地，尸不能逾墙而垂首墙外，口中涎沫与少者之面相滴涔涔也[1]。

天明，路人过之，饮以姜汁，少者苏。尸主家方觅尸不得，闻信，舁归成殡。识者曰："人之魂善而魄恶，人之魂灵而魄愚。其始来也，一灵不泯，魄附魂以行；其既去也，心事既毕，魂一散而魄滞。魂在，则其人也；魂去，则非其人也。世之移尸走影，皆魄为之，惟有道之人为能制魄。"

【译文】

江西南昌有两个书生，他们一起在北兰寺读书学习，虽然年龄差距大，但彼此关系很好。年长的书生某天回家后突然就死了，年轻书生不知道，还像平日一样在寺里读。夜黑睡觉

---

[1]　涔涔（cén cén）：本意是多雨，此处指湿漉漉。

时分，年长的书生推门上床拍着年轻书生的背说道："我离开你不到十天就暴病身亡，现在已成了鬼。你我朋友之间感情很深，我心里放不下，所以专程过来跟你道别。"

年轻的书生被吓得说不出话来。年长的书生安慰他说："我如果想害你又何必告诉你？你不用担心。我到你这儿来是有事要拜托你。"年轻的书生听完心安，问年长的书生有何事。年长的书生说："我有个七十多岁的母亲，二十多岁的老婆。她们一年有个几斛米就能过日子了，求你照顾一下她们，这是第一件事。我有一部文稿尚未刊行，求你帮哥哥刻印好，让我死后留名，这是第二件事。最后是我还欠那卖笔墨的商家几千文钱没还，你帮忙还了吧，这是第三件事。"年轻的书生听着连连答应。年长的书生便起身告辞道："承蒙兄弟仗义，我就不打扰了。"

年长的书生说完就要走，年轻的书生见他言谈外表和生前一样，渐渐地就不怕了，哭着挽留他说："此次一别恐不复相见，何不多待一会儿再走？"年长的书生也哭了，于是坐到床边开始回忆往日的交情，然后起身说："这下我真的要走了。"可是说罢站着不动，双眼瞪着的同时面容逐渐丑化。年轻的书生吓得催促他说："兄长既然说完了就快走吧。"年长的书生还是站着不动。年轻的书生吓得又拍床又吼，但他还是不动。年轻的书生吓得起身就往外跑，那尸体追了他好几里路，年轻的书生只能翻墙逃命，结果把腿摔断了，尸体翻不上墙，只能脑袋靠在墙上流口水，把年轻的书生弄得浑身湿透。

天亮后，过路人发现了年轻的书生，用姜汤把他给灌醒了。年长的书生的家属则急着找他的尸体，听到这个消息急忙赶过来把尸体抬回家安葬。

有识者就此评论说："人的魂是善的，魄却是恶的；魂是聪明的，魄却是愚蠢的。人刚出生的时候，魂灵是完整的，魄依附着魂。要死的时候没了心事，魂散了魄却留下来了。魂在的时候是人，魂没有就不算人了。世间的行尸走肉都是只剩下魄的缘故，只有那些道德高尚的人，才能控制住自己邪恶的魄。"

钟孝廉

余同年邵又房，幼从钟孝廉某，常熟人也。先生性方正，不苟言笑，与又房同卧起。忽夜半醒，哭曰："吾死矣。"又房问故，曰："吾梦见二隶人从地下耸身起，至榻前，拉吾同行。路浟浟然[1]，黄沙白草，了不见人。行数里，引入一官衙，有神乌纱冠，南向坐。隶掖我跪堂下，神曰：'汝知罪乎？'曰：

---

[1] 浟浟：深远广大之意。

'不知。'神曰：'试思之。'我思良久，曰：'某知矣。某不孝，某父母死，停棺二十年，无力卜葬，罪当万死。'神曰：'罪小。'曰：'某少时曾淫一婢，又狎二妓[1]。'神曰：'罪小。'曰：'某有口过，好讥弹人文章。'神曰：'此更小矣。'曰：'然则某无他罪。'

"神顾左右曰：'令渠照来。'左右取水一盘，沃其面，恍惚悟前生姓杨，名敞，曾偕友贸易湖南，利其财物，推入水中死。不觉战栗，匍伏神前曰：'知罪。'

"神厉声曰：'还不变么！'举手拍案，霹雳一声，天崩地坼[2]，城郭、衙署、神鬼、器械之类，了无所睹；但见汪洋大水，无边无岸，一身渺然，飘浮于菜叶之上。自念叶轻身重，何得不坠？回视己身，已化蛆虫，耳目口鼻，悉如芥子，不觉大哭而醒。吾梦若是，其能久乎？"又房为宽解曰："先生毋苦，梦不足凭也。"先生命速具棺殓之物。越三日，呕血暴亡。

【译文】

我有一个名叫邵又房的同年学人，他从小跟一位钟姓举人

----

[1] 狎（xiá）：亲昵而不庄重。
[2] 坼（chè）：裂开。

读书。钟先生是一个性格耿直且不苟言笑的常熟人。钟举人与邵又房住在一间屋子里。某天夜里钟举人猛然醒来，然后哭着说道："我快要死了！"邵又房忙问怎么回事，钟举人回答说："我梦见两个当差的从地下钻出来把我从床上拉走，一路上视野开阔，满是黄沙白草，但却人影子都看不到。走了几里路后，我被带进了衙门，一个头戴乌纱的神坐北朝南。两个当差的各自捉住我一只手臂让我跪在堂下。

"神说：'你可知罪？'我说：'不知道。'神又说：'再想一想。'我想了很久说：'我知罪。我是个不孝子，我父母死了有二十年了，我因为没钱一直没让他们入土为安，我罪该万死。'神说：'这只是小罪。'我说：'我年轻时曾强奸过一名婢女，又与两个妓女鬼混过。'神说：'这也是小罪。'我说：'我多嘴多舌，喜欢讥讽别人的文章。'神说：'这个更是小罪了。'我说：'此外我没有犯过罪。'

"神于是对左右两个差人说：'还不让他清醒一下。'差人于是取来一盆水泼在我脸上，我这才想起来我前世本名杨敞，曾和一位朋友结伴去湖南做生意，我贪图他的财物，竟然把朋友推入河中给淹死了。想到这里我不禁浑身发抖，赶紧跪倒在神面前说道：'我知罪。'

"神厉声说：'你还不变回你的庐山真面目？'然后就举手猛拍了一下桌子，一声霹雳后，天崩地裂，周围的一切顿时无影无踪；只看到漫无边际的汪洋大海，我一个人浮在海上的菜叶之上。我很好奇菜叶这么轻是如何把我载起的？回头一看发

现我已经变成了一条蛆虫，耳、目、口、鼻都只有芥菜般大小，我一下子就吓的哭醒过来了。你说我做梦做成这样还能活几天？"邵又房安慰他说："先生不必为此苦恼，不过是梦，不必在意。"钟举人叫人赶紧准备后事。三天后，他果然莫名其妙地吐血身亡了。

酆都知县

四川酆都县[1]，俗传人鬼交界处。县中有井，每岁焚纸钱帛镪投之[2]，约费三千金，名"纳阴司钱粮"。人或吝惜，必生瘟疫。

国初，知县刘纲到任，闻而禁之，众论哗然。令持之颇坚。众曰："公能与鬼神言明乃可。"令曰："鬼神何在？"曰："井底即鬼神所居，无人敢往。"令毅然曰："为民请命，死何惜？吾当自行。"命左右取长绳，缚而坠焉。众持留之，令不可。其幕客李诜，豪士也，谓令曰："吾欲知鬼神之情状，请与子

---

[1] 酆（fēng）：民间信仰中指代阴间。

[2] 镪（qiǎng）：成串的铜钱。

俱。"令沮之，客不可，亦缚而坠焉。

入井五丈许，地黑复明，灿然有天光。所见城郭宫室，悉如阳世。其人民藐小，映日无影，蹑空而行，自言"在此者不知有地也"。见县令，皆罗拜曰："公阳官，来何为？"令曰："吾为阳间百姓请免阴司钱粮。"众鬼啧啧称贤，手加额曰："此事须与包阎罗商之。"令曰："包公何在？"曰："在殿上。"引至一处，宫室巍峨，上有冕旒而坐者，年七十余，容貌方严。群鬼传呼曰："某县令至。"

公下阶迎，揖以上坐，曰："阴阳道隔，公来何为？"令起立拱手曰："酆都水旱频年，民力竭矣。朝廷国课[1]，尚苦不输，岂能为阴司纳帛锾，再作租户哉？知县冒死而来，为民请命。"包公笑曰："世有妖僧恶道，借鬼神为口实，诱人修斋打醮[2]，倾家者不下千万。鬼神幽明道隔，不能家喻户晓，破其诬罔。明公为民除弊，虽不来此，谁敢相违？今更宠临，具征仁勇。"

语未竟，红光自天而下。包公起曰："伏魔大帝至矣，公少避。"刘退至后堂。少顷，关神绿袍长髯，冉冉而下，与包公

[1] 课：指赋税。
[2] 醮（jiào）：指僧道设坛举行祭神仪式。

行宾主礼，语多不可辨。关神曰："公处有生人气，何也？"包公具道所以。关曰："若然，则贤令也，我愿见之。"令与幕客李惶恐出拜。关赐坐，颜色甚温，问世事甚悉，惟不及幽冥之事。

李素戆，遽问曰[1]："玄德公何在？"关不答，色不怿，帽发尽指，即辞去。包公大惊，谓李曰："汝必为雷击死，吾不能救汝矣。此事何可问也！况于臣子之前呼其君之字乎！"令代为乞哀。包公曰："但令速死，免致焚尸。"取匣中玉印，方尺许，解李袍背印之。令与幕客李拜谢毕，仍绁而出。甫到酆都南门，李竟中风而亡。未几，暴雷震电，绕其棺椁，衣服焚烧殆尽，惟背间有印处不坏。

【译文】

四川的酆都县在民间的传说里是一座人鬼交界的地方。县中老百姓每年都会花掉三千多两白银烧纸投递东西进一口井，说是给鬼神老爷们纳粮，稍有一点怠慢，城里就会流行瘟疫。

清朝初年刘纲出任酆都知县，听说此事后马上下令禁止，老百姓顿时惊呆了。刘纲不为所动坚持要禁。大家对他说：

......

[1]　遽（jù）：急切、赶快。

"老爷若能向鬼神说明白，禁了想来也不会有问题。"刘纲问："那鬼神在哪里？"众人说："就在这井底下，可没有人敢下井去。"刘纲毅然地说道："我是为民请命，死了又有何妨，今日我亲自下去走一趟。"说完就叫差役把绳子拿来，往腰上缠好后就准备下去。众人苦劝但他根本不听。他的幕客李诜也是一位豪杰，对刘纲说："我也想看看鬼神长什么样，不如我们一块去吧。"刘纲拗不过他，于是二人一块去了。

入井大约五丈深，原本黑洞洞的地下忽然亮得如同天光一般，城墙、宫廷、房屋全与人世间一模一样。只是这里的人都很矮小，而且他们照不出影子，走起路来双脚腾空，自称不知道有什么天地之分。众鬼见到刘纲都围绕着下拜，说："老爷是阳世的官，来此有何贵干？"刘纲说："我为免去百姓的纳贡钱粮一事而来。"众鬼们听了都连连称赞他是个好官，双手放置额前，恭敬地说："这件事一定要和阎罗包老爷去说才行。"刘纲说："包公在哪里？"众鬼说："在阎罗大殿那儿呢。"于是带他们来到一座富丽堂皇的宫殿，殿上高坐着一位七十多岁头戴华冠、一脸严肃的老人。两旁的群鬼看见他赶紧传呼道："酆都县令到！"

包阎罗亲自下殿迎接刘纲，作揖行礼后让刘纲上座，说："阴阳两地本不通，不知刘县令到此有何贵干？"刘纲站起身拱手说道："酆都县这几年来被水旱灾害弄得经济困顿，朝廷每年下派的课税都快交不起了，哪里还有能力负担起您这里的赋税？本县冒死而来就是为民请命。"包公听完就笑了，说："世

上就是有这么一些假和尚假道士，他们借着鬼神的名义搞这种祭拜，骗的钱何止千千万啊。只是因为阴阳界不通，没办法让他们的丑恶行径公之于众。明公今天是为民除害，就是不到阴司来商量，难道还有人敢抗命不从吗？何况您今天特地到来，足见您是位大仁大勇的人啊。"

话未说完一道红光从天而降，包公赶紧起身说："伏魔大帝驾到，请明公稍稍回避一下。"刘纲于是到后堂等候。不一会儿，只见身穿绿袍、须髯飘逸的关帝爷缓步上殿而来，与包公行了宾主之礼，他们之间的谈话却大多听不清楚。关帝爷说："大人这里好像有人间之气，不知什么原因？"包公于是把刘纲前来之事仔细说了一遍。关帝爷说："若是你说的这样，那还真是一位好县令，我倒愿意会他一会。"包公就叫刘纲与幕客李诜一起出来拜见关帝爷。关帝爷请刘、李入坐，态度很和蔼，详细地问了阳间的情况，惟独不谈阴司之事。

李诜为人一向直率，突然发问道："玄德公刘备如今身在何处？"关帝爷很不高兴，没有回答他，然后怒气冲冲地就离去了。包公吃惊地对李诜说道："你怎么可以这样和关帝爷说话呢？又怎么能在一个臣子面前，直呼他帝君的字号呢？你肯定会被雷劈死，我也救不了你了。"刘纲于是替李诜求情，包公说："既然如此，我就让李诜快点死，不然尸身都会被烧毁。"说完就从匣中取出一枚一尺见方的玉印，解开李诜的袍子在他背上盖了一下。刘纲与李诜向包公行礼拜谢后就回去了。李诜才走到酆都城南门就中风死了。没多久雷电绕着李诜的棺材不断轰击，把尸体上的衣服都给烧光了，惟独脊背间盖过印的地方丝毫无损。

骷髅报仇

常熟孙君寿，性狞恶，好慢神虐鬼。与人游山，胀如厕，戏取荒冢骷髅，蹲踞之，令吞其粪，曰："汝食佳乎？"骷髅张口曰："佳。"君寿大骇，急走。

骷髅随之滚地，如车轮然。君寿至桥，骷髅不得上。君寿登高望之，骷髅仍滚归原处。君寿至家，面如死灰，遂病。日遗矢[1]，辄手取吞之，自呼曰："汝食佳乎？"食毕更遗，遗毕更食，三日而死。

【译文】

常熟人孙君寿为人非常残暴且喜欢戏谑鬼神。有一天他跟别人去爬山，途中感到肚子疼就去如厕。孙君寿居然这时候还想着取笑，他从荒野坟山间找来一个骷髅，蹲在上面拉屎让骷髅吞其粪便，还问："吃得还舒服吗？"骷髅忽然开口回复道：

---

[1] 矢：指粪便。

"味道真不错。"孙君寿吓得赶紧跑了。

这骷髅跟车轮一样一路跟着他，孙君寿上了桥骷髅才作罢。孙君寿在高处回看发现骷髅仍旧滚回到原来的地方。孙君寿回到家里面如死灰，然后生了大病。每天上厕所的时候就用手涂了粪便往嘴里送，一边吃还自问自答说道："香吗？"如此循环往复，三日后就死了。

两僵尸野合

有壮士某，客于湖广，独居古寺。一夕，月色甚佳，散步门外，见树林中隐隐有戴唐巾飘然来者，疑其为鬼。旋至松林最密中，入一古墓，心知为僵尸。素闻僵尸失棺上盖便不能作祟，次夜，先匿于树林中，伺尸出，将窃取其盖。

二更后，尸果出，似有所往。尾之，至一大宅门外，其上楼窗中先有红衣妇人，掷下白练一条牵引之[1]。尸攀援而上，作絮语声，不甚了了。壮士先回，窃其棺盖藏之，仍伏于松深处。夜将阑，尸匆匆还，见棺失盖，窘甚，遍觅良久，仍从原

[1] 白练：白色的绢条。

路踉跄奔去。再尾之，至楼下且跃且鸣，唶唶有声[1]；楼上妇亦相对唶唶，以手摇拒，似讶其不应再至者。鸡忽鸣，尸倒于路侧。明早，行人尽至，各大骇。同往楼下访之，乃周姓祠堂。楼停一柩，有女僵尸，亦卧于棺外。众人知为僵尸野合之怪，乃合尸于一处而焚之。

【译文】

有一位壮士在湖广一带客居，独自在古庙内居住，一天夜晚，月色甚美，出门散步，看到松林间隐隐约约有戴着唐时头巾的人飘然而至，心疑他是鬼怪。不一会儿头戴唐巾者走到了松林深处，进入了一座古墓，壮士心想这肯定是一具僵尸了，他素来听闻僵尸如果没有了棺材盖，就不能作祟，于是第二天夜晚他先隐匿在松林之中，准备等僵尸出来后，把棺材盖窃取掉。二更后，僵尸果然出来了，似乎是要去什么地方，于是他悄悄地尾随着，到了一座大宅门外，看到楼上窗户探出一名红衣妇女，扔下一条白色绸带，牵引着僵尸，僵尸顺着绸带向上攀爬，张着嘴不知道在说什么。壮士随即返回松林之中，将僵尸的棺材盖藏匿了，潜伏在松林深处观察。

夜色将尽之时，僵尸匆匆返回，见到棺材盖不见了，非常

---

[1] 唶唶（jiè jiè）：赞叹声，语气词。

窘迫慌张，寻觅了很久也没有找到，又顺着回来时的原路跟跟跄跄地跑走了。壮士又在其后尾随，到了楼下，看到僵尸对着楼上又跳又叫，不断嘶吼着，楼上的妇女也对着僵尸说着什么，不断摇手，似乎在示意僵尸不该再到这儿来。黎明公鸡忽然鸣叫起来，僵尸就倒在了路边。到了早晨，行人从此路过，看到僵尸都感到很惊异，一起到楼下访求出现僵尸的缘由，原来这座楼是周氏祠堂，楼上停放着一口棺材，有一具女性僵尸也躺在棺材外面，众人知道此事乃男女僵尸野合，于是将这两具僵尸放置一处焚毁了。

裹足作俑之报

杭州陆梯霞先生，德行粹然，终身不二色。人或以戏旦、妓女劝酒，先生无喜无愠，随意应酬。有犯小罪求关说者，先生唯唯，当事者重先生，所言无不听。或訾先生自贬风骨，先生笑曰："见米饭落地，拾置几上心才安，何必定自家吃耶？凡人有心立风骨，便是私心。

"吾尝奉教于汤潜庵中丞矣。中丞抚苏时，苏州多娼妓，中丞但有劝戒，从无禁捉。语属吏曰：'世间之有娼优，犹世间之有僧尼也。僧尼欺人以求食，娼妓媚人以求食，皆非先王法。然而欧公《本论》一篇，既不能行，则饥寒怨旷之民作何安置？今之虐娼优者，犹北魏之灭沙门毁佛像也。徒为胥吏生财，不揣其本而齐其末，吾不为也。'"

一日者，先生梦皂隶持帖相请[1]，上书"年家眷弟杨继盛拜"，先生曰："吾正想见椒山公。"遂行。至一所，宫殿巍然，椒山公乌纱红袍，下阶迎曰："继盛蒙玉帝旨，任满将升，此坐需公。"先生辞曰："我在世间，不屑为阳官，故隐居不仕，今安能为阴间官乎？"椒山笑曰："先生真高人，薄城隍而不为。"语未毕，有判官向椒山耳语，椒山曰："此案难判，须奏玉帝再定。"

先生问何案，曰："南唐李后主裹足案也。后主前世本嵩山净明和尚，转身为江南国主，宫中行乐，以帛裹其妃窈娘足，为新月之形，不过一时偶戏。不料相沿成风，世上争为弓鞋小脚，将父母遗体矫揉穿凿，以致量大校小，婆怒其媳，夫憎其妇，男女相赖，恣为淫亵。不但小女儿受无量苦，且有妇人为此事悬梁服卤者[2]。

"上帝恶后主作俑，故令其生前受宋太宗牵机药之毒，足

....

[1] 皂隶：旧时衙门里的差役。
[2] 卤：本意是盐，此处指毒药。

欲前，头欲后，比女子缠足更苦，苦尽方薐。近已七百年，悔满将还嵩山修道矣。不料又有数十万无足妇人，奔走天门喊冤，云：'张献忠破四川时，截我等足，堆为一山，以足之至小者为山尖。虽我等劫运该死，然何以出乖露丑，一至于此，岂非李王裹足作俑之罪？求上帝严罚李王，我辈目才瞑。'

"上帝恻然，传谕四海都城隍议罪。文到我处，我判孽由献忠，李后主不能预知，难引重典。请罚李王在冥中织履一百万，偿诸无足妇人，数满才许还嵩山。奏草虽定，尚未与诸城隍会稿，先生以为何如？"

先生曰："习俗难医，愚民有焚其父母尸以为孝者，便有痛其女子之足以为慈者，事同一例也。"椒山公大笑。先生辞出，醒竟安然。嗣后椒山公不复来请。寿八十余卒。常笑谓夫人曰："毋为吾女儿裹足，恐害李后主在阴司又多织一双履也。"

【译文】

杭州人陆梯霞品德高尚，终身都只娶过一个妻子。有人用戏子、妓女来劝酒，他不高兴也不生气，很轻松就应付过去了。有人犯了小错来求他说情的，他也一口答应，当时的人都很尊敬他，他说的话就没人不听从的。有人说他是自贬身份，他笑着说："看见米饭掉在地上捡起来，那是为了安心，难道一定要吃了不成？但凡人讲究风骨，一定是出于私心。"

陆梯霞接着说道："我曾经接受汤潜庵巡抚的教诲。汤公任苏州巡抚时，苏州有很多妓女。汤巡抚只劝她们从良，并不会拘禁。他曾对下面人讲：'世间有娼妓和戏子，就和有和尚和尼姑一个道理。和尚尼姑讲经说法不过是来求施舍，妓女以色事人也不过是为了解决衣食，这都不符合先王法度。可是欧阳修写的《本论》一文也没能流传后世，那么可怜的百姓又如何处理呢？现在如果限制妓女和戏子，那就跟北魏时灭佛一样了，只能让贪官污吏借机发财，治标不治本的事情，我绝不会做。'"

一天，陆梯霞梦见鬼差拿着请帖，上面写着"家眷弟杨继盛拜"，陆梯霞笑着说："我正想见一见椒山公。"于是就跟着去了，来到一气势宏伟的宫殿。头戴乌纱，身穿红袍的椒山公走下台阶亲自迎接，说道："接玉帝的圣旨，我的任期到了，即将升迁，接下来就该你坐这把椅子了。"陆梯霞拒绝说："我在阳间就无心为官，所以一直隐居，怎么会做阴间的官呢？"椒山公笑着说："先生真是高人，城隍神都不愿做。"话还没说完，就有个判官在椒山公耳边嘀咕，椒山公说："这件案子不好判决啊，需要请玉帝来做主。"

陆梯霞问："什么案子？"椒山公说："就是南唐李后主裹足一案啊。后主前世原是嵩山的净明和尚，后来转世做了江南国主。他在宫中玩乐，用丝缎将女人的脚裹成新月形，这不过

是闹着玩的，可没想到居然成了风气，世间女子争相效法做弓鞋裹小脚，硬是将父母生下来的形体扭曲变形，还要比脚大脚小，到了最后，婆婆不满意媳妇，丈夫不满意老婆，男女互相调侃、放纵淫亵。裹足这种陋习不但使年轻女子受了大罪，甚至逼得妇女为此上吊服毒自杀。

"玉帝不满李后主开了这个恶例，所以才让李后主生前中了宋太宗的牵机药之毒，至死都是头脚无法协调，比起女子缠足之苦更加悲惨，受尽痛苦方才薨逝。这事情算到今天已经七百年了，他忏悔结束后将返回嵩山修道，却不承想到数十万妇女跑到天宫门口喊冤，说：'张献忠入川后砍掉我们的脚堆成山，还把最小的脚放在顶端。虽然我们命中该死，可是为什么让我们出乖露丑呢？这难道不是李后主带来的恶劣先例吗？玉帝不严惩李后主，我们死不瞑目！'

"玉帝深表同情，立刻传旨四方城隍来讨论定罪。现在圣旨已到，我认为这是张献忠制造的罪孽，李后主不可能预知未来，很难判他重罪，就请玉帝罚李后主在阴间织一百万双鞋，作为给那些失去双脚的妇人的补偿吧，等他如数织完鞋再让他回嵩山修炼。奏章我拟定好了，但是还没有跟其他城隍商议，你意下如何？"

陆梯霞说："习俗难以根除。愚蠢的百姓既然认为火化父母的遗体是尽孝的，自然就会有父母认为带给女儿裹足的痛苦乃是仁慈与关怀的体现，两个其实一个道理。"椒山公大笑，陆梯霞也告辞走了。梦醒之后陆梯霞什么事也没有。

此后椒山公没有再来请陆梯霞，陆梯霞活到八十多岁才去世。他生前常笑着对陆夫人说："不要再为我女儿裹脚了，我怕李后主在阴间织鞋的任务量又要增加一双！"

淫谄二罪冥责甚轻

老仆朱明死一日而复苏，告人曰：我被阴间唤去，为前生替人作债负中证，两造互讦，必须我到，才得明白。我见阎罗王之后，据实剖陈，其案遂定，放我还阳。我出殿门，见柱上有一对联云："是是非非地，明明白白天。"我叹赏之，以为不愧神明口气。

正徘徊间，见有一群托生之鬼从堂上下来，大半多不相识，只有一女子、一老叟，皆我邻也。女有淫行，叟谄富家，以为此二人者，必坠阿鼻地狱矣。及判官走过，手持托生簿，因而问之。判官曰："某妇甚孝，故托生山西贵人家为公子；叟甚慈，故托生山东为富家女。"

朱大不服，曰："我素知某妇不端，某叟没品，俱得托生好处，然则阎罗衙门，何得为是是非非、明明白白乎？"判官叹

曰："此乃所以谓之是是非非、明明白白也。何也？男女帷薄不修，都是昏夜间不明不白之事，故阳间律文载：捉奸必捉双。又曰：非亲属不得擅捉。正恐黯昧之地，容易诬陷人故也。阎罗王乃尊严正直之神，岂肯伏人床下而窥察人之阴私乎？况古来周公制礼，以后才有妇人从一而终之说。试问未有周公以前，黄农虞夏一千余年史册中，妇人失节者为谁耶？至于贫贱之人，谋生不得，或奔走权门，或趋跄富室，被人耻笑，亦是不得已之事。所谓顺天者昌，有何罪过而不许其托生善地哉？况古人如陈太丘吊张让而解党祸[1]，康海见刘瑾以救李崆峒[2]，贬其身而行其仁，功德尤大，上帝录之入菩萨一门，且有善报矣。至于因淫而酿成人命，因诮而陷害平人，是则罪

----

[1] 陈太丘吊张让而解党祸：张让是东汉末年执掌朝政的宦官，为当时的读书人所不齿。张让父亲去世后，在颍川安葬，地方名流都不愿去祭拜，地方名士陈寔（字太丘）则孤身前往吊唁，张让甚为感动，此举为名教中人所嘲讽，后爆发宦官打击名士的"党锢之祸"，张让顾念陈寔的恩德而网开一面，陈寔也借机保全了许多士人。

[2] 康海见刘瑾以救李崆峒：刘瑾为明朝著名的大太监，与士大夫群体势同水火。同乡康海为著名的文人学士，刘瑾一心拉拢而不得。后李梦阳准备弹劾刘瑾，被下狱准备处死，康海为救李梦阳拜谒刘瑾而保全了他的性命。

之大者，阴间悬一照恶镜，孽障分明，不待冤家告发也。"朱闻之大悟而醒。云：判官亦其族叔，名启宏，作黄冈州吏目，生前以端谨闻。

【译文】

老仆人朱明死了一天而后复苏，告诉别人说，他被阴间传唤过去，因为前生替人做借债的中间证人，现在借贷双方在阴间相互争执，必须要他到场才能说明白。朱明见到阎罗王后，据实陈述，案子遂判决清楚了，而后放他还阳。走出殿门，看见柱子上挂着一副对联："是是非非地，明明白白天。"朱明对此赞叹不已，认为不愧是神明的口气。

正在门外闲看时，见到一群将要转世投胎的鬼从堂上下来，大半不曾相识，只有一名女子和一名老者是他的邻居。朱明知道女子和外边男子私会行为放纵，而老者喜欢向富贵人家谄媚，遂认为他们二人一定会坠入阿鼻地狱。等到判官走过来，朱明看到判官手上持有托生簿，于是问判官两名邻居将托生何处。判官说道："这名姁女很孝顺，所以托生到山西贵人家做公子；这名老翁很慈善，托生到山东为富家小姐。"

朱明对此颇不服气，说："我素来知晓该女子行为不端，该老者没有品节，而如今他们都托生到好人家，如此则阎罗王殿怎么称得上是是非非、明明白白？"判官叹了一口气说道："这正是阴间衙门处事是是非非、明明白白之处。为什么这么

说？男女关系放纵，做的都是黑夜里不明不白的事情，故此阳间法律条文记载捉奸必捉双，又规定除非是男女的亲属，否则不许擅自捉奸，乃是害怕夜间男女昏暗暧昧之事，容易遭人诬陷，阎罗王尊严正直，怎么能夜晚埋藏在女人的床脚下窥探女子的隐私？况且自从周公制礼以后，才有了妇女应从一而终的说法。试问在周公为妇女制定准则之前，黄帝、炎帝、虞舜、大禹这一千多年里，有记载过哪一位妇女失节吗？至于那一位老翁，乃是贫贱之人，谋生艰难，或者为权贵效命，或者向富室谄媚，被人耻笑，也是不得已的事情，所谓'顺天者昌'，他又有什么罪过，为什么不许他托生去好人家呢？况且古代有陈太丘吊唁张让的父亲而让友朋得免于党锢之祸，康海求见刘瑾得以搭救李崆峒，他们都自贬其身结交权贵而借此来施行仁义，功德尤为宏大，上天将他们二人列为菩萨门，并获得善报。至于那些因行为淫乱而闹出人命，通过谄媚来陷害良善者的这类人，则是罪大恶极之辈，阴间自有照恶镜，会照出其罪孽，不用仇家告发。"朱明听了以后，恍然大悟。朱明说这位阴间的判官正是自己的族叔，名启宏，曾在黄冈州做小吏，生前以公正谨慎闻名。

负妻之报

　　杭城仙林桥徐松年，开铜店。年三十二，骤得瘵疾[1]。越数月，疾渐剧，其妻泣谓曰："我有两儿俱幼，君或不讳，我不能抚，我愿祷于神，以寿借君。君当抚儿，待其长娶媳，可以成家，君不必再娶矣。"夫许之，妇投词于城隍，再祷于家神，妇疾渐作，夫疾渐瘳，浃岁而卒[2]。松年竟违其言，续娶曹氏。合卺之夕，床褥间夹一冷人，不许新郎交接，新妇惊起，盖前妻附魂于从婢以闹之也。口中痛责其夫，共寝五六月，斋祷不灵，松年仍以瘵殁。

【译文】

　　杭州仙林桥有个叫徐松年的人，开了一家铜器店，三十二岁那年，突然得了重症，过了几个月，病情越发严重，他的妻

[1] 瘵（zhài）疾：急性传染病、结核病。

[2] 浃（jiā）岁：经年。

子泣诉道："我们的两个孩子都还小，你要是走了，我没有能力把他们抚养长大，我想向神祷告，把我的阳寿借给你，你好好抚育孩子，让他们得以成人，娶妻成家，但我死后，你不能再娶。"徐松年同意了。于是他的妻子就先到城隍庙祷告，再向家神祈祷。妻子渐渐病重，而丈夫的病却慢慢好了起来。一年后妻子就死了，而徐松年竟违背了对亡妻的誓言，续娶了曹氏。新婚当夜，床铺上二人之间竟出现了一个冰冷的女人，不许徐松年亲近曹氏，曹氏惊慌而起，随后发现是自己的婢女，原来是亡妻的阴魂附在婢女身上前来报仇，婢女痛责了徐松年一番。这样亡灵在夫妻二人之间闹腾了五六个月，不得安宁，徐松年斋戒祭祀都不灵验，旧病复发很快去世了。

煞神受枷

淮安李姓者，与妻某氏琴瑟调甚[1]。李三十余病亡，已殓矣。妻不忍钉棺，朝夕哭，启而视之。故事：民间人死七日，则有迎煞之举，虽至戚，皆回避。妻独不肯，置子女于别室，己坐亡者帐中待之。

....

[1] 琴瑟调甚：比喻夫妻感情和谐。

至二鼓，阴风飒然，灯火尽绿。见一鬼，红发圆眼，长丈余，手持铁叉，以绳牵其夫，从窗外入。见棺前设酒馔，便放叉解绳，坐而大啖。每咽物，腹中喷喷有声。其夫摩抚旧时几案，怆然长叹，走至床前揭帐，妻哭抱之，泠然如一团冷云，遂裹以被。红发神竞前牵夺。妻大呼，子女尽至，红发神踉跄走。妻与子女以所裹魂放置棺中，尸渐奄然有气，遂抱至卧床上，灌以米汁，天明而苏。其所遗铁叉，俗所焚纸叉也。复为夫妇二十余年。

妻六旬矣，偶祷于城隍庙，恍惚中见二弓丁舁一枷犯至。睬之，所枷者，即红发神也。骂妇曰："吾以贪馋故，为尔所弄，枷二十年矣！今乃相遇，肯放汝耶！"妇至家而卒。

【译文】

江苏淮安有个姓李的人，和妻子感情生活很美满。李某在三十多岁时突然病亡，虽然已经入殓，妻子却不忍钉上棺材盖，朝夕哭泣，时常打开棺盖探看丈夫的尸体。按照民间习俗，人死七日之后，就要举行迎煞神的仪式，在举行迎煞神的仪式的时候，即便是至亲也需要回避。但是李某的妻子唯独不肯，将子女放在别室，自己坐在丈夫的床帐里等候。

到了二鼓时分，阴风呼啸而来，灯烛都变成了绿色，此时一个红发圆眼，身高丈余的鬼手持铁叉，用绳子牵着李某从窗外进

来了。鬼看到棺材前设有酒食，就放下手中的叉子和牵着李某的绳子，坐在棺材前大口饮食，咽下食物时腹部发出啧啧的声音。李某用手抚摸生时用的书桌、茶几，怆然长叹，走到床前揭开了妻子所在的帐子，二人四目相对嚎哭着相拥，妻子感觉丈夫全身冰冷，如同一团冷云，于是将他裹到了被子里。红发鬼看到了急忙过来捉拿李某，李某妻子大声呼喊，子女都进入了房间，红发鬼跟跟跄跄地跑了。妻子和子女们将被子里包裹的李某的魂魄放置到棺材里，李某的尸体渐渐有了生气，于是众人将李某抱上床，给他灌米汤，等到了天明就苏醒了过来。再去看红发鬼所遗留的铁叉，原来是祭拜时所焚烧的纸叉。此后李某和妻子又做了二十多年的夫妻。

李某妻子六旬以后，一日到城隍庙祷告，恍惚间看到两个弓着腰的鬼卒拉着一个戴枷锁的囚犯走了过来，仔细一看，戴枷锁的囚犯正是之前所见的红发鬼，红发鬼骂道："我因为贪吃，被你愚弄，已经戴罪了二十余年，今日相遇，岂能放了你？"李某妻子回到家以后就去世了。

鬼有三技过此鬼道乃穷

蔡魏公孝廉常言："鬼有三技：一迷二遮三吓。"或问："三技云何?"曰：我表弟吕某，松江廪生，性豪放，自号豁达先生。尝过泖湖西乡，天渐黑，见妇人面施粉黛，贸贸然持绳索而奔[1]。望见吕，走避大树下，而所持绳则遗坠地上。吕取观，乃一条草索。嗅之，有阴霾之气。心知为缢死鬼。取藏怀中，径向前行。其女出树中，往前遮拦，左行则左拦，右行则右拦。吕心知俗所称鬼打墙是也，直冲而行。鬼无奈何，长啸一声，变作披发流血状，伸舌尺许，向之跳跃。

吕曰："汝前之涂眉画粉，迷我也；向前阻拒，遮我也；今作此恶状，吓我也。三技毕矣，我总不怕，想无他技可施。尔亦知我素名豁达先生乎?"鬼仍复原形，跪地曰："我城中施姓女子，与夫口角，一时短见自缢。今闻泖东某家妇亦与其夫不睦，故我往取替代。不料半路被先生截住，又将我绳夺去。我实在计穷，只求先生超生。"

吕问："作何超法?"曰："替我告知城中施家，作道场，请高僧，多念《往生咒》，我便可托生。"吕笑曰："我即高僧也。我有《往生咒》，为汝一诵。"即高唱曰："好大世界，无遮无碍。死去生来，有何替代? 要走便走，岂不爽快!"鬼听毕，恍然

[1] 贸贸：轻率冒失，考虑不周。

大悟，伏地再拜，奔趋而去。后土人云："此处向不平静，自豁达先生过后，永无为祟者。"

【译文】

　　孝廉蔡魏公常对人说："鬼有三大伎俩，一是迷人心窍，二是把人挡住，三是吓唬人。"有人问他具体情况，他就说了他表弟的故事。他表弟吕某是松江廪生，性格豪放，所以自号豁达先生。一次天快黑时路过泖湖西乡，看见一个涂脂抹粉的妇人，这妇人拿着一条绳子慌里慌张地跑。她发现吕某后躲到大树下，原先拿在手里的那条绳子就掉在了地上。吕某捡起发现是条草绳，用鼻子一闻就感受到一股阴湿晦气的气味。他意识到自己是遇上了吊死鬼，就将草绳藏在怀里继续往前走。那妇人从树后跳出来把他拦住。吕某往左走她就在左边拦；吕某朝右边走她就在右边拦。吕某心想自己怕是遇到俗话说的"鬼打墙"了，索性直接往前走。那鬼无计可施，一声长啸后变成了披头散发、满脸是血、舌头老长的模样，向着吕某跳了过来。

　　吕某说："你一开始画眉涂粉无非是想迷惑我；而后在前面挡住我去路是想阻拦我；现在整成这个丑样子是想吓唬我。你的伎俩已经用完了，我根本不怕，你已经没辙了吧。你可知我一向有'豁达先生'的雅号吗？"那鬼于是现出原形跪在地上说："我原住在城里，姓施，与丈夫吵架后赌气上吊死了。

今天打听到泖湖东边某家的妇人也与她的老公在斗嘴，所以我特地前去想找她做我的替身。不料在半路上被先生挡住了路，绳子也被拿走了，我也确实没辙了，请先生助我超生。"

　　吕某问怎么超生，鬼说："你替我告诉施家帮我做一次道场，请高僧多念几遍《往生咒》就可以了。"吕某笑着说："我就是高僧，就替你念一遍《往生咒》吧。"当即高声诵读道："好大一个世界，无遮拦又无阻碍，死的死生的生，何必托生替代！要走就快走，岂不很爽快！"鬼听完吕某的唱诵恍然大悟，伏在地上不住地跪拜，然后飞也似地走了。后来听当地人说，这一带原先一直不太平，自从豁达先生到过以后，就再也没有出现妖魔鬼怪了。

水仙殿

　　杭州学院临考，诸廪生会集明伦堂[1]，互保应试童生[2]，号曰"保结"。廪生程某，在家侵晨起，肃衣冠出门。

----

[1] 廪生：明清时期由地方政府按时发给银子和粮食补助生活的秀才。明伦堂：旧时各地孔庙的大殿。
[2] 童生：尚未考取生员（秀才）资格的以科举为业的读书人。

行二三里，仍还家。闭户坐，嚅嚅若与人语。家人怪之，不敢问。少顷又出，良久不归。明伦堂待保童生到其家问信，家人愕然。方惊疑问，有箍桶匠扶之而归，则衣服沾湿，面上涂抹青泥，目瞪不语。

灌以姜汁，涂以朱砂，始作声，曰："我初出门，街上有黑衣人向我拱手，我便昏迷，随之而行。其人云：'你到家收拾行李，与我同游水仙殿，何如？'我遂拉渠到家，将随身钥匙系腰。同出涌金门，到西湖边，见水面宫殿金碧辉煌，中有数美女艳妆歌舞。黑衣人指向余曰：'此水仙殿也。在此殿看美女，与到明伦堂保童生，二事孰乐？'余曰：'此间乐。'遂挺身赴水。忽见白头翁在后喝曰：'恶鬼迷人，勿往！勿往！'谛视之，乃亡父也。黑衣人遂与亡父互相殴击。亡父几不胜矣，适箍桶匠走来，如有热风吹入水中者。黑衣人逃，水仙殿与亡父亦不见，故得回家。"家人厚谢箍桶匠，兼问所以救之之故。匠曰："是日也，涌金门内杨姓家唤我箍桶。行过西湖，天气炎热，望见地上遗伞一柄，欲往取之遮日。至伞边，闻水中有屑索声，方知有人陷水，扶之使起。而君家相公埋头欲沉，坚持许久，才得脱归。"

其妻曰："人乃未死之鬼也，鬼乃已死之人也。人不强鬼以为人，而鬼好强人以为鬼，何耶？"忽空中应声曰："我亦生员读书者也。书云：'夫仁者，己欲立而立人，己欲达而达人。'我等为鬼者，己欲溺而溺人，己欲缢而缢人，有何不可耶?"言毕，大笑而去。

【译文】

　　杭州学校每次临近考试时，就学的廪生们都会会集到明伦堂，为前来应试的童生做担保，这种做法称为"保结"。有一名程姓廪生，在家很早就起身，整理好衣冠后出门赴明伦堂，走了二三里后，又回到了家中。闭门而坐，嘴巴嘟囔像是在和旁人说话，家里人感到很奇怪，又不敢过问。过了一会儿，又走了出去，过了很久也没有回来。在明伦堂等着他去做担保的童生到了他家中探问音讯，家里人也为其踪迹全无感到惊愕不已。正在既惊且疑的时候，一名箍桶匠扶着他回来了，只见他全身湿透了，脸上也满是青泥，眼睛直瞪，不能言语。

　　家人给他灌了姜汤，脸上涂上朱砂，才开口说道："我今天第一次出门时，遇到街上有个黑衣人向我拱手，我便神思恍惚，跟着他走了。黑衣人对我说道：'你回家中去收拾一下行李，和我一起到水仙殿游玩，怎么样?'于是我便拉着黑衣人到了家中，取好了钥匙挂在腰间，离家后跟着他出了涌金门，到了西湖边上，见到水面上有一座金碧辉煌的宫殿，宫殿里有美艳的女子载歌载舞，黑衣人指着她们对我说道：'这就是水仙殿，在殿内看美女，和到明伦堂为童生做担保相比，哪个更

快乐？'我说：'在这里更快乐。'说着就挺直身子将要走进水里，忽然看到一个白头老翁在我背后厉声喝到：'这是恶鬼在迷惑人，不要去，不要去！'我仔细打量这名白头老翁，发现是已经死去的父亲。黑衣人气急败坏地走了过去和我的父亲打了起来，亡父快支撑不住的时候，正好遇到箍桶匠走了过来，顿时感到一股热风吹入了水中，黑衣人见状马上逃走了，水仙殿和亡父也消失了，由此才得以回家。"廪生的家人重谢了箍桶匠，并问他搭救廪生的经过。箍桶匠说道："今日涌金门内有个姓杨的人家叫我去箍桶，途中经过西湖，天气炎热，看见地上丢弃着一把雨伞，就想拿来遮挡太阳。到了伞边，忽然听到水边有窸窸窣窣的声音，才知道有人掉到了水里，于是将相公扶了起来。而你家相公低着头想要沉到水里去，我坚持了许久，才把他扶上了岸。"

廪生的妻子气愤地说道："人是还没有来得及死的鬼，而鬼是已经死去了的人。人不会强迫鬼去做人，而鬼喜欢强迫人去做鬼，为什么是这样啊！"忽然空中有鬼回答道："我也是一名秀才，也是读书人，书上说：'夫仁者，已欲立而立人，已欲达而达人。'而我等做鬼的，自己在水中溺死的，就希望别人也淹死在水中；自己上吊而死的，也希望别人上吊而死，有什么不可以呢？"说完，鬼大笑了几声而去。

灵璧女借尸还魂

王砚庭知灵璧县事。村中有农妇李氏，年三十许，貌丑而瞽，病膨胀十余年，腹大如豕。一夕卒，夫入城买棺。棺到将殓，妇已生矣，双目尽明，腹亦平复。夫喜，近之。妇坚拒，泣曰："吾某村中王姑娘也，尚未婚嫁，何为至此？吾之父母姊妹，俱在何处？"其夫大骇，急告某村，则举家哭其幼女，尸已埋矣。其父母狂奔而至。妇一见泣抱，历叙生平，事皆符合。其未婚之家亦来眕视，妇犹羞涩，赤见于面。遂两家争此妇，鸣于官。砚庭为之作合，断归村农。乾隆二十一年事。

【译文】

王砚庭曾在灵璧县做县令，该县村中有一名农妇李氏，三十余岁，相貌丑陋，双目失明，患膨胀病十多年，腹部如猪肚般大，一天夜里突然死了，丈夫到城里买了棺材，带回来准备装殓妻子的尸体时，发现妻子已经活了过来，双目复明，腹部也平坦了，丈夫大喜，想亲近的时候，却被妻子拒绝了。她哭

着说:"我是某村中王家的姑娘,尚未婚配,为什么会在你家?我的父母姐妹,现在都在哪儿?"丈夫为此十分惊讶,急忙到她所说的这家村子去寻找其家人,此时王家正在为幼女哭丧,尸体已经安葬完毕,父母听闻后狂奔到农夫家,托身李氏的王家姑娘一见他们就抱头痛哭,叙说历经之事,皆符合刚死去的王家姑娘生平。她的未婚夫家也前来慰问,"李氏"见到未婚夫家人尤感羞涩,满脸通红。未婚夫家与李氏的丈夫就为"李氏"的归属争了起来,最后告到了官府。王砚庭为之处置,将"李氏"仍旧判给了其丈夫。这是乾隆二十一年发生的事。

瓜棚下二鬼

海阳邑中刘氏女,夏日在瓜棚下刺绣。薄暮,家人铺蒲席招凉,女忽于座间顾影絮语[1],众怪其诞,呵之。乃大声曰:"唉!我岂若女耶?我为某村某妇,气忿缢死多年,欲得替人,故在此。"语毕大笑,举带自勒其颈。阖室尽惊,取米豆厌胜之[2]。不退,

---

[1] 絮语:絮絮叨叨地说。
[2] 厌(yā)胜:中国民间流行的避邪、祈吉的仪式活动。用法术诅咒或祈祷以达到制胜所厌恶的人、物或鬼怪的目的。

乃哀求曰："我女年年为他人压金线[1]，取钱易米，家贫可怜。与汝素无冤，幸相舍。不然，天师将至，我当往诉。"鬼惧曰："吓人，吓人。虽然，我不可以虚返，当思所以送我。"众曰："供香楮何如？"不应。曰："加斗酒只鸡何如？"乃有喜色，且颔之。如其言，女果醒。

未三日，家人方相庆，女衣袖忽又翩舞，愤语曰："汝等如此薄待我，回想不肯干休，仍须讨替。"更作恶状，以带套颈。众察其音，不类前鬼。正惊疑间，俄闻瓜棚下淬淬履响，仍在女口叱曰："鬼婢！冒我姓名，来诈钱镪[2]，辱没煞人！亟去！亟去！不然，我将讼汝于城隍神。"又劳问女家："勿怕，此无赖鬼。我在此，他不敢为厉。"言毕，其女颊晕红潮，状若羞缩者。食顷，两鬼寂然皆退。次日，其女依旧临镜。询其事，杳然如梦。

老人李某，海阳人。薄暮，自邑中还家，觉腰缠重物，解视无有，勉荷而归。时已月上，家人闻叩扉声，走相问安，老人瞪目无言；为设酒脯，亦不食；愈益怪之。既而取布幅许悬

---

[1] 压金线：以手指按压金线缝制于布料制作服装。
[2] 钱镪（qiǎng）：钱贯。

梁间，作缢状，曰："余缢死鬼也，今与汝翁作交代[1]。"众惊，诘以前因。曰："余为李氏，栖泊城中。曾至某家，祟其女于瓜棚下。因其家中哀求，我亦念伊女婉弱，是以舍去，别寻替代。奔及城门，有二大人司管甚严，不敢走过。以此日日受苦，一言难尽。"众家人曰："城门大人既然拦阻，汝今日何能复来？"乃嘻嘻笑曰："此实大巧事。今早，乡人以粪桶寄门侧，大人者恶其臭也，两相谓曰：'昨宵雨歇，城头山色当佳，盍一凭眺乎？'遂约伴登山去矣。余得乘间出城。遇汝翁归，附他腰带间，蒙其负荷。急于得生，故仍欲相借重耳。"

众闻其言软，似可以情动者，乃哀求曰："翁年老，墓木已拱，你不忍于弱女，宁独甘心于秃翁[2]？如蒙哀怜，当为延名僧修法事，令你生天人境界，何如？"鬼拍手喜曰："我前在瓜棚下，原欲挽彼作此功德，视其家贫，是以勿言。今众居士既能发大愿力[3]，余又何求？虽然，世人惯作哄鬼伎俩，惟求居士勿忘此言。"众唯唯，鬼即作顶礼状。食顷，老人已起，索水浆饮矣。翌日，广延僧众，作七日道场，瓜

---

[1] 作交代：移交给接替的人，在此指替自己做鬼。

[2] 秃翁：指年老而无官势的人。

[3] 大愿力：佛、菩萨普度一切众生的广大誓愿力。

棚下从此清净。

【译文】

　　海阳县城中有个姓刘的女子，夏天在瓜棚下刺绣，天色将晚，家人在瓜棚下铺了凉席乘凉，正在刺绣的女儿忽然对着自己的影子絮絮叨叨地说起话来，家人对她的怪诞行为感到很不适，于是呵责起来，不料女子突然像换了个人一样用怪异的腔调说道："唉！我哪里是你们家的女儿呢？是某村某家的媳妇儿，多年前因为怒气积郁在胸，不得排解而悬梁自尽，现在正在找个替身，好投胎做人，所以附体到你们女儿身上。"说罢大笑，拿起带子就往脖颈上猛勒，全家人都被眼前的场景惊呆了。从屋舍中拿出驱邪的米、豆撒了过去，并念咒驱逐，但是鬼仍然纠缠着女子。于是女子的家人对鬼哀求道："我们家的女子一年到头都是为其他人家压金线，做衣裳，靠这点手工活换钱买米，我们家很穷，确实可怜。再说，我们与你素无冤仇，希望你能放了她。如果不放，等张天师来到此地，我们就会去上诉，请他做法拿你。"鬼此时露出了惧色，说道："别吓我！别吓我！但是，我不能白白跑一趟，我可以放了这位女子，你们应该想想怎样回报我。"众人说道："用香蜡钱纸祭祀超度你怎么样？"鬼没有回应他们。众人又说："再加一斗酒，一只鸡，一起贡献给你，怎么样？"此时鬼有了喜色，点头答应。家人照着之前所说的供奉完毕后，女子果然苏醒恢复了。

不过三日，家人正在庆幸驱鬼成功之时，女子又被鬼附身，她挥舞着衣袖翩然起舞，神情恍惚地说道："你们竟敢对我如此凉薄，我上次回去之后，细细回想，心有不甘，于是又回来了，还是得让她做我的替身。"说罢，又做出种种令人反感和恐怖的行径，将带子往脖颈上猛套，众人察觉到她的声音与上次的鬼不同，正感惊疑的时候，忽然听到瓜棚下传来急促的脚步声，上次的鬼借着女子的嘴巴呵斥到："鬼婢女！竟敢冒充我姓名来讹诈别人的财物，真是太丢脸了。快走！快走！否则，我就到本地城隍那告你。"又和颜悦色地对刘家人安慰道："你们不要害怕，她就是个无赖鬼，有我在这，她不敢胡作非为。"说罢，女子脸颊泛起了一阵红晕，像娇羞、胆怯的模样。一顿饭工夫，两个鬼就悄悄走了，第二天，刘家女子照常对着镜子梳妆打扮，问起她昨天发生的事情，迷迷糊糊的记不真切，如同是经历了一场梦。

海阳县还有一名老人李某，天色将晚时分从县城回乡下家中，在路途中发觉腰上缠着很重的东西，揭开腰带查看，并没有发现什么，只有勉力负重而归。走到家门口时，已经明月当空，家人听到敲门的声音，就过来开门问安，老人直瞪着眼睛不言不语地进了屋内，给他准备好了晚上吃的酒肉，也不吃，家人对他的举止更加感到奇怪。过了一会儿，老人取来长布悬挂在屋内的横梁上，做出准备上吊自杀的样子，厉声说道："我是上吊而死的鬼，现在找到你们家老头子作替身。"家人为这番话感到甚为惊恐，问他说这番话的缘由。鬼借着老人之口说道："我姓李，在县城中暂住，曾经到了一户人家中，在瓜棚下附体到了他们家女子身上，准备以这名女子作为我的替身，由于他们家苦苦哀求，我就动了恻隐之心，又念及被我附身的这名女子太娇弱，于是放了她，另外寻找替身。我又快步奔向了城门口，无奈有两位大人看管城门极严，我不敢从城门进出，于是日日受苦，一言难尽。"家人们又问道："既然守城门的大人阻拦你外出，为什么今日又能到我们乡下来了？"被鬼附体的老人嬉笑着说道："这确实是一件很巧的事情。今天早上有一个乡下人把挑的粪桶寄放在城门边上，守城门的大人嫌弃其味甚臭，就商量说：'昨天晚上下了一场雨，现在已经停了，城头山上的景色一定很美，我们何不一起去登山远眺呢？'于是他们便相约结伴登山去了，我才有机会趁着间隙出了城，路上偶然遇到了你们家老头子，就附在了他的腰带上，承蒙他托着我行了这么远的路。我急于投胎托生，所以想借用老人作替身。"

众人听了他说的这番话，发觉似乎可以用情打动他，于是苦苦哀求道："我们家老头子年纪已经很大了，如果他只活到一般人的年岁，现在墓地上的树木也有两手合围这么粗了。您宅心仁厚，不忍心欺凌一个弱女子，难道独独忍心害了这样一位可怜的老人吗？如果承蒙您可怜我们家，放过我们家老头子，我们将聘请高僧做法事为您超度，让您得以飞升进入到超凡入圣的天人之境，您看怎么样？"鬼听后拍手喜道："我前一次在瓜棚下附体女子，原本也是想让他们做一次法事为我超

度，但是我发现他们家很贫穷，就没有开口。现在各位居士既然大发慈悲发下宏愿，我还有什么更多的要求呢？只是阳间的人常常会做出哄骗我们孤魂野鬼的把戏，惟有希望各位居士不要忘记对我许下的诺言。"众人听罢连连答应，鬼借着老人身体顶礼拜谢。一顿饭工夫，之前被附体的老人就苏醒着起身了，要喝水解渴。第二天家人请了很多的僧人开设超度亡魂的道场，做了七天的法事，瓜棚下从此就清净了。

波儿象

江苏布政司书吏王文宾昼寝，闻书室有布衣綷縩声，视之，一隶卒也，见便昏迷，身随之行。至一处，殿宇清严，中坐两官：一白须年老者上坐，一壮年面麻而黑须者旁坐。阶下以金丝熏笼罩一兽，壮如猪，尖嘴绿毛。见王来，张嘴奋跃，欲前相啮。王惧，跪身向左。左一人蓝缕枯瘠，状如乞丐，怒目睨王。

白须官手招王跪近前，问曰："五十三两之项，汝曾记得乎？"王愕然不解。壮年者笑曰："长船变价案也，汝前生事耳。"王恍然悟是前明海运一案。前明海运既停，海船数百只，追价充公。王前世亦为江苏书吏，专司此案。运丁追比无出[1]，凑银贿王，图准充销，为居间者中饱，案仍不结。此蓝缕者，乃追比缢死之运丁也。王悟前世事由，即侃侃实对。两官点头曰："冤既有主，当别拘中饱者治罪，汝可回阳。"命隶卒引出。黄埃蔽天，王知泉下，问狱卒曰："彼乞丐睨我者，吾知为冤鬼矣。彼似猪非猪，欲啮我者，是何物耶？"隶卒曰："此名波儿象，非猪也。阴间畜养此兽，凡遇案件，讯明罪重之人，即付彼吞噬，如阳间投畀豺虎故事。"王悚然。行至大河侧，被隶卒推入水，惊醒，妻子环榻而泣，昏沉者已三日矣。

【译文】

　　江苏布政司衙门书吏王文宾白天正在睡觉，忽然听闻书房内有人走路时衣服摩擦的声音，睁眼一看，乃是一名衙役，此时王文宾忽然头脑昏迷，不由自主地随着他前行，往前到了一处地方，殿堂庄严，中间坐了两名官员，年老白胡子的官员上

[1] 运丁：隋唐以后负责漕粮运输的船员。追比：古代政府限定期限交税、完成差事等，过期则会受到严惩。

坐，麻脸、黑须的青壮官员坐在旁边。台阶下全丝编织而成的
薰笼里罩着一只怪兽，形状如猪，尖嘴绿毛，它看到王文宾走
了过来，张着嘴向前跳跃，似乎想要吃掉他。王文宾很惧怕，
向左移了一点跪在地上，猛然看到左边还有一个衣衫褴褛、骨
瘦如柴、像乞丐打扮的人，正怒目盯着自己。

　　白胡子的官员招手示意王文宾近前，问道："五十三两银
子这笔款项的事，你还记得吗？"王文宾哑然失色，疑惑不解。
青壮官员见状笑着说："此事乃变卖公船一案，是你前生所犯
的事情。"王文宾恍然大悟，原来是指的前朝明代的海运一案。
明代漕粮海运停止后，数百条官府的船只作低价卖给船员，船
员需按期缴纳购船款项，收归国库。王文宾前世为江苏书吏，
专门负责此事。船员们过了期限交不出购船的款项，于是凑了
五十三两银子准备贿赂王文宾，希望可以延缓缴纳期限，不想
这五十三两银子为中间人所私吞，催缴欠款一事王文宾仍照章
严办，衣衫褴褛似乞丐者即是到期付不了船款被迫自缢身亡的
船员。王文宾忽然想起了前世的经历，将事件的过程详细地据
实陈奏。听罢两名官员点头道："冤案既然已经知道主犯是谁，
当另外将中饱私囊者捉拿审问，你可以返回阳间了。"于是令
衙役将王文宾带出殿堂。出了殿堂只见尘埃遮天蔽日，王文宾
知道此处是在黄泉下，问衙役说："刚才睥睨我的像乞丐一样
的人，我已经知道是个冤鬼，而那只似猪非猪，想要吃我的，
是什么东西？"衙役说道："它叫做波儿象，并不是猪，阴间蓄
养它，凡是遇到审讯案件，犯人被定下重罪之后，就投给它吞

食掉，如同阳间将罪犯投给豺狼虎豹吃掉的酷刑一样。"王文宾听后毛骨悚然。随后行走到一条大河边上，王文宾被衙役推进水里，忽然惊醒，此时妻子正在床前哭泣，才知道自己已经昏睡了三天了。

一目五先生

　　浙中有五奇鬼，四鬼尽瞽，惟一鬼有一眼，群鬼恃以看物，号"一目五先生"。遇瘟疫之年，五鬼联袂而行，伺人熟睡，以鼻嗅之。一鬼嗅则其人病，五鬼共嗅则其人死。四鬼怅怅然，斜行踉蹡，不敢作主，惟听一目先生之号令。

　　有钱某宿旅店中，群客皆寐，己独未眠，灯忽缩小，见五鬼排跳而至。四鬼将嗅一客，先生曰："此大善人也，不可。"又将嗅一客，先生曰："此大有福人也，不可。"又将嗅一客，先生曰："此大恶人也，更不可。"四鬼曰："然则先生将何餐？"先生指二客曰："此辈不善不恶、无福无禄，不啖何待？"四鬼即群嗅之，二客鼻声渐微，五鬼腹渐膨亨矣。

【译文】

　　浙中有五个奇鬼，四个是瞎子，只有一个鬼有一只眼睛，他们五个都靠那一只眼睛看东西。有眼睛的鬼因此自称是"一目五先生"。每到瘟疫流行的时候，他们五个就组队出没用鼻子去嗅人，被一个鬼嗅，就会生病，要是被五个鬼都嗅了，就必死无疑。四个瞎鬼畏畏缩缩，走起路来东倒西歪，不敢自作主张，一切行动都仰仗看得见的鬼先生的命令。

　　有个姓钱的人住在旅店，别人都睡着了只有自己醒着，突然灯光变弱，他看见五个鬼蹦蹦跳跳出来。就在四个瞎鬼准备嗅某人的时候，只听那鬼先生说道："这个人是大好人，不能嗅。"四个瞎鬼于是换了一个目标，又被告诫这是有大福气的。他们于是又换了一个目标，又被告诫这个是大恶人，更是嗅不得。四个瞎鬼问道："那先生准备吃谁？"只听那个鬼先生说道："那两个人不好不坏，升不了官也发不了财，你们还等什么？"四鬼听了立刻冲过去猛嗅，钱某只见那两个旅客逐渐没有了呼吸声，而那些鬼的肚子却渐渐饱胀起来了。

治鬼二妙

　　娄真人劝人遇鬼勿惧，总以气吹之，以无形敌无形。鬼最畏气，转胜刀棍也。张岂石先生云："见鬼勿惧，但与之斗，斗胜固佳，斗败，我不过同他一样。"

【译文】

娄真人告诫大家，看见鬼不要怕，总之记住对着鬼吹气，以无形的气对战无形的鬼。鬼最怕人气了，用气来对付鬼，比起刀枪棍棒还管用。张岂石也说："遇见鬼不要怕，只管和他斗，打胜了更好，打输了大不了就是也变成鬼。"

鬼相思

岳州张某，号"鬼三爷"，以其行三，为鬼所生故也。父某，府学廪生，妻陈氏有色，忽凭妖，自称郧阳小神，白昼现形，与之交接。张虽同床，无故自离，若有梏其手足者[1]。其家遍请符箓，毫无效验。三月后，陈氏受胎生子，空中群鬼啾啾，争来作贺，掷下纸钱无数。张忿甚，将到龙虎山求救于天师。

....

[1] 梏（gù）：古代一种木制刑具，作用和手铐类似。也引申为束缚之意。

忽一日，小神踉跄来，汗如雨下，语其妻曰："吾几阔祸！昨夜入汝邻毛家偷其金盆，被他家所挂钟馗拔剑相逐，我惧为所伤，不得已急走，将金盆掷在巷西池塘中，脱逃来此。汝速具酒，替我压惊。"

次日，妻告张，张往毛府刺探，果失金盆，合家喧吵，将控官捉贼。张止之曰："我有法替汝取来，作何谢我？"毛氏大喜，曰："果得金盆，凭君取索。"张诡作念咒状，良久，唤毛氏家人径往塘所，命善泅者入水取之，果得金盆。

毛延张上座，问："以何物作谢？"张笑曰："我读书人，不受财帛，只须君家收藏书画与我一二件足矣。"其家尽出所藏，张选取文徵明《芙蓉》一幅。其家觉谢礼太薄，心抱不安。张乃指壁上所挂钟馗像曰："赐此画，凑成两件何如？"毛氏唯唯。张取归，悬空中，小神从此永不再来，但闻园中树上鬼哀哭三日。人称"鬼相思"云。

【译文】

岳州人张某外号鬼三爷，因为他排行老三，又是鬼所生的缘故。张某的父亲是府学的秀才，母亲陈氏长的很漂亮。有一天忽然有个妖怪自称郧阳小神，青天白日居然就敢现形与陈氏交合。张秀才虽然与陈氏同床，但只要妖怪一来他就会莫名其妙地离开，好像被捆住了手脚一样。张家到处请道士捉妖但根本没用。三个月后陈氏怀孕了，生产当天，天上有许多鬼争着来祝贺叫好，还遍地洒纸钱。张秀才气得发抖，准备到龙虎山求张天师来捉妖。

那妖怪有一天很着急地进了屋子，大汗淋漓地对陈氏说："我差点就回不来了。昨晚我去了你邻居毛家偷金盆，结果他家挂的钟馗突然拔剑追赶。我怕被他打死，只好把金盆抛在巷子西面的池塘里赶紧跑回来。你快去弄点酒来给我压压惊。"

第二天陈氏把这事告诉了张秀才。张秀才立刻往毛家去打听，发现毛家果然金盆不见了，一家人正吵着要报官抓贼。张秀才劝阻了他们，说："我有办法替你们找回来，你们打算怎么谢我？"毛家的人高兴地说："果真能找回，什么条件都答应你。"张秀才装作念咒，不一会儿，他告诉毛家人派一个会水的家仆去水塘捞盆，果然一下就找到了。

毛家的人恭恭敬敬地款待张秀才，问他想要什么。张秀才说："我是读书人，不喜欢钱，你们家收藏的书画众多，送我一两件就可以了。"毛家把所有的书画都拿出来让他挑选。张秀才挑了幅文徵明的《芙蓉》。毛家觉得太少了，有点难为情。张秀才于是指着墙上的钟馗像说："那就再送我这幅，凑成双数怎么样？"毛家的人赶紧取下来交给了张秀才。张秀才回家就把钟馗的画像挂了起来，那妖怪果然不敢来了，只是听到园中树上有鬼嚎哭了三天，大家戏称是鬼在相思。

旱魃

乾隆二十六年，京师大旱。有健步张贵，为某都统递公文，至良乡漏下[1]，出城行至无人处，忽黑风卷起，吹灭其烛，因避雨邮亭。有女子持灯来，年可十七八，貌殊美，招至其家，饮以茶，为缚其马于柱，愿与同宿。健步喜出望外，绸缪达旦。鸡鸣时，女披衣起，留之不可，健步体疲，乃复酣寝。梦中觉露寒其鼻，草刺其口。天色微明，方知身卧荒冢间，大惊，牵马，马缚在树上，所投文书，已误期限五十刻。官司行查至本都统，虑有捺搁情弊，都统命佐领严讯，健步具道所以。都统命访其坟，知为张姓女子，未嫁与人通奸，事发，羞忿自缢，往往魇祟路人[2]。或曰："此旱魃也[3]。猱形披发，一足行者，为兽魃；缢死尸僵，出迷人者，为鬼魃。

---

[1] 漏下：计时器的水面下落，指时间已晚。

[2] 魇祟（yǎn suì）：用妖术迷惑人。

[3] 旱魃（bá）：传说中可以招致旱灾的怪物。

获而焚之，足以致雨。"乃奏明启棺，果一女僵尸，貌如生，遍体生白毛。焚之，次日大雨。

【译文】

乾隆二十六年京师大旱，有一名负责递送公文的差役张贵，奉命为某都统传信，到了良乡时天色已晚，出城后走到一处无人的地方。忽然黑风卷起，吹灭了手上的灯火，察觉骤雨将至，张贵走到驿站亭子里避雨，此时一女子手持灯烛而来，年龄十七八岁，美貌异常。女子邀请张贵到她家做客，并沏茶款待，女子将张贵的马系在柱子上，随后提出一同就寝。张贵喜出望外，二人缠绵了一夜，鸡鸣时，女子披衣而去，张贵挽留不住，感觉身体疲倦，又睡了过去。睡梦中张贵感觉露珠滴在自己的鼻子上，非常寒冷，野草锋利，刺伤了自己的嘴巴。待天色微亮，张贵醒来才发觉自己卧在荒野坟地之间，大惊前去牵马，发现马还缚在树边，但需要投递的文书已经超过了期限五十刻钟。后衙门发文至都统处，要求彻查以防张贵有意延误公文传递，图谋不轨。都统下令属下严格审讯张贵，张贵将城外遇到美女的情节细述了一遍。都统于是派人前去调查这座坟墓，得知墓主是一名张姓女子，未有婚配而与人通奸，被发现后羞愧自缢身亡，往往在此对过路人作祟。有人说："这是旱魃。外形像猱，披散着头发，一只脚行走的叫兽魃；上吊而死，出来迷惑人的叫鬼魃。将它捉到焚烧掉，可以招来雨水。"

于是向上启奏开棺，果然躺着一具女僵尸，容貌如生，全身长着白毛，将僵尸焚烧掉，第二天就下起了大雨。

灵鬼两救兄命

　　武昌太守汪献琛之弟名延生者，暑月暴亡。后乾隆二十八年秋日，其堂兄希官亦得危疾，数夜不寐。医者开方，以补剂治之。其母方煎药，病者忽发声曰："大婶娘毋再误也！我昔误于庸医，今希哥又遭此难，我不忍坐视其死。"言毕，即将药碗掷地。希母问曰："汝何人，凭我儿？"曰："我即延生也，死未一年，婶娘不能辨我声音耶？"希母曰："汝死后作何事？"曰："阴司神念我性直，且系屈死，命我为常州城隍司案吏。因本官移文浙省城隍，会议总督到任差务要事，命我赍文来此[1]，我故得来一探希哥，不意渠已卧病，几为庸医所杀。此刻我往城隍衙门，将公事了结再来。"语毕，即闭目卧，竟夜安眠。

....

[1] 赍（jī）：拿给、送给。

次早醒，问之，茫然无知。至晚，忽作延生声曰："愈矣，速具水浆来解渴。"希母与之。又云："可呼八兄来，我有话说。"八兄者，即其胞兄也。既至，慰问若生时，且云："八兄，汝何贪戏若此！前在祖宗祠堂池内自荡小舟，几为石柱碰毙。其时幸我在旁，使柱旁倒，不然难逃此厄。柱下有古冢一丘，因我父浚池不察，使他枯骨日浸水中，故欲来报怨。我再三求之，彼方允诺。八兄须为迁葬。"又呼其妹三人至前曰："大妹二妹有福不妨，小妹禄甚薄，不若随我去，交与母亲照管，何苦在此常受庶母之气？"大笑拱手作别状，曰："再会再会。"言毕，希忽仰卧如初。越数日，病愈，不半年，其幼妹果亡。

二十九年冬，希哥梦延生至曰："兄今愈矣。弟办完此差，小有功绩，可望受职。从此别矣，后会难期。"语竟而去，希哥悲呼而醒。

【译文】

武昌太守汪献琛的弟弟汪延生，夏季得了急病突然就去世了，到了乾隆二十八年秋天，汪延生的堂兄汪希官也得了重病，好几天难以入睡，请来的医生开的药方，主张以滋补的方式治疗，其母正在煎药时，汪希官忽然大喊道："大婶娘不要

再误事了，我昔日死于庸医之手，现在堂兄又遭遇此难，我不忍坐视他死去。"说罢，就将药碗抛掷在地下。汪希官的母亲惊慌地问道："你是什么人？为什么附身在我儿子身上？"附体在汪希官身上的魂灵说道："我就是延生啊，死去不到一年，婶娘已经不能辨识出我的声音了吗？"汪希官的母亲问道："你死后在阴间做什么事情？"魂灵回道："阴司顾念我秉性正直，且受屈而死，任命我为常州城隍司案吏。因上官给浙江城隍写信，共同商议总督到任以后的治理情况，特派我来此间送信，所以我得空前来探访堂兄，不想堂兄也重病缠身，几乎为庸医所害，现在我得去城隍衙门，公事办结后再来。"魂灵说完汪希官就闭目睡去了，一夜安眠。

第二天早晨母亲问汪希官可曾说过什么，汪希官全然不知。到了晚上，魂灵又附到汪希官身上说道："今日办公太累了，婶娘快拿杯水来给我解渴。"汪希官的母亲将水递了过去，喝了水以后，魂灵又叫道："婶娘可以将八兄叫过来，我有话对他说。"八兄也是汪延生的胞兄，等到了床边，魂灵亲切地慰问他，如同汪延生在世时一样，又说道："八兄，你为什么如此贪玩？前几日你在祖宗祠堂前的水池内一人荡舟而行，差点为石柱砸死，幸亏我当时在你身边，让石柱倒在一旁，你才脱离此劫难。石柱下是一座古墓，因为当年我父亲修造水池时没有注意，使得古墓中枯骨长年浸泡在水中，所以想来找我们家人复仇，我再三恳求，他才允诺不再追究这件事，八兄后日需要为他迁葬。"又将胞妹三人叫到床前，说道："大妹和二妹，都是命中有福，不需要操心，而小妹福缘很浅，不如跟着我一同去阴间，还可以得到母亲的照顾，何苦在此受后母的气呢？"说罢大笑作拱手作别之状，说道："再会再会。"说完，汪希官忽然仰卧在床上如同平时。过了几天，病情就痊愈了，不到半年，小妹果然就去世了。

二十九年冬，汪希官又梦到汪延生走过来说："哥哥现在已经康复了，小弟在此的差事已经办完，小有功绩，可望加官进爵，从此就和你相别了，后会难期。"说完就走了，汪希官伤心地叫喊着从睡梦中醒了过来。

花魄

婺源士人谢某，读书张公山。早起，闻树林鸟声啁啾，有似鹦哥。因近视之，乃一美女，长五寸许，赤身无毛，通体洁白如玉，眉目间有愁苦之状。遂携以归，女无惧色。乃畜笼中，以饭喂之。向人絮语，了不可辨。畜数日，为太阳所照，竟成枯腊而死。洪孝廉宇麟闻之，曰："此名花魄，凡树经三次人缢死者，其冤苦之气结成此物，沃以水，犹可活也。"试之果然。里人聚观者，如云而至。谢恐招摇，乃仍送之树上。须

俄间，一大怪鸟衔之飞去。

【译文】

婺源地方士人谢某，在张公山读书，一天早上起来，听闻树林里鸟声啁啾，似鹦鹉的声音，走过去一看，乃是一个美女，身长五寸许，全身赤裸没有羽毛，肌肤洁白如玉，眉目间满是愁苦之色，张某将她带了回家，女子毫无惧色，随后张某将她畜养在笼子里，给她喂饭，女子对人絮絮叨叨地说着什么，全然听不清楚。养了几天，受到阳光的照射，女子竟变成了枯腊而死。当地的孝廉洪宇麟听闻后说："她叫做花魄，凡是哪一棵树上有三次上吊死人的，他们的冤苦之气就会凝结成此物，给她浇水，就又会活过来。"谢某照着他的话试了下，果然活了过来。当地人都来聚集围观，纷纷绘绘，谢某恐怕会招来事端，仍旧将她送回树上。马上就有一只大的怪鸟将她衔走了。

僵尸夜肥昼瘦

俞苍石先生云：凡僵尸夜出攫人者，貌多丰腴，与生人无异。昼开其棺，则枯瘦如人腊矣。焚之，有啾啾作声者。

【译文】

俞苍石先生说：凡是夜间出来捉人的僵尸，面貌大多丰腴，与活人没有什么不同，白天开棺，则会发现其瘦削干枯如同人腊，将它焚烧，就会发出啾啾的叫声。

鬼着衣受网

庐州府舒城县乡民陈姓者妻，忽为一女鬼所凭，或扼其喉，或缚其颈，旁人不能见，妇甚苦之。时将手抓领内，多出麻草绳索。

夫授以桃枝一束，曰："来即击之。"鬼怒，闹更甚。夫无可奈何，乃入城求叶道士，赠以二十金，延之家中，设坛作法。布八卦阵于四方，中置小瓶；以五色纸剪成女衣十数件，置瓶侧。道士披发持咒。

漏三下，妇人曰："鬼来矣，手持猪肉。"夫以桃枝迎击之，果空中坠肉数块。道士告妇人曰："如彼肯穿我纸衣，便好拿矣。"少顷，鬼果取衣。妇故意喝曰："不许窃衣。"鬼笑曰："这样华服，理该我着。"乃尽服之。衣化为网，重重包裹，始宽

后紧，遂不能出其阵中。

道士书符作咒，以法水一杯当头打去，水泼而杯不破。鬼在东，杯击之于东；鬼在西，杯击之于西。杯碎，而鬼头亦裂矣。随即擒纳瓶内，封以法印五色纸，埋桃树下。复以二符入绛香末[1]，搓为二团，付妇人曰："此鬼亦有丈夫，半月内必来复仇，以此击之，可无患矣。"越数日，果有男鬼狰狞而来。妇如其法，鬼乃逃去。

【译文】

庐州府舒城县一个陈姓乡民的老婆突然被女鬼附身，那女鬼不是掐她的喉咙就是勒她的颈部，旁人看不见女鬼，这让陈某的妻子很是苦恼，她有时候用手往衣领内抓，居然能抓出很多麻绳。

陈某给了她一束桃树枝条，说等女鬼再来就用这个打她。女鬼很是气愤，作妖比以前更厉害了。陈某无奈之下进城，用二十两银子请来一个姓叶的道士。陈某在家中搭了祭坛请叶道士登坛作法。叶道士朝着四方布下八卦阵，祭坛中央还放着一只小瓶，瓶的边上有用红、黄、蓝、白、黑五种颜色的纸剪成

[1] 绛（jiàng）香：中药名，用于止血、活血，主治肝郁胁痛、跌扑伤痛、呕吐腹痛等症。

的女人穿的衣服十多件。一切准备妥当后，那道士披头散发地念起咒来。

半夜三更陈某妻子说："女鬼手持猪肉来了。"陈某拿起桃树枝就是一顿打，空中果然掉下几块肉。这时道士告诉陈某妻子说："如果能让女鬼穿上我剪的纸衣就好捉住她了。"不一会儿那女鬼果然来拿纸衣，陈某妻子故意言语刺激她道："不许偷我的衣服！"女鬼笑着说："这么漂亮的衣服，就应该我来穿才对。"说完，女鬼就把这些纸衣全部穿在身上，不料这些衣服立刻成了网将她给包了起来，先松后紧，女鬼因此无法逃出八卦阵。

叶道士又画符念咒，用装着法水的杯子照着女鬼打了过去，水泼在女鬼头上，可杯子一点也没坏。女鬼往哪里跑，杯子也会一路跟着跑。而后杯子碎了，那女鬼的头也碎了。叶道士将女鬼捉住放在坛上的小瓶中，以五色纸封印好后埋在了桃树下面。道士又用两张符纸和绛香末搓成团子交给陈某妻子，说道："这女鬼有个丈夫，半个月内必定来找你报仇，到时候你用这两个团子砸他，就可保你无事。"过了几天，果然有个丑陋的男鬼来了，陈某妻子照道士的办法做了，男鬼只能落荒而逃。

精怪

南山顽石

海昌陈秀才某，祷梦于肃愍庙[1]。梦肃愍开正门延之，秀才逡巡。肃愍曰："汝异日我门生也[2]，礼应正门入。"坐未定，侍者启："汤溪县城隍禀见。"随见一神峨冠来[3]。肃愍命陈与抗礼，曰："渠属吏，汝门生，汝宜上坐。"秀才惶恐而坐。闻城隍神与肃愍语甚细，不可辨，但闻"死在广西，中在汤溪，南山顽石，一活万年"十六字。城隍告退，肃愍命陈送之。至门，城隍曰："向与于公之言，君颇闻乎?"曰："但闻十六字。"神曰："志之，异日当有验也。"入见肃愍，言亦如之。惊而醒，以梦语人，莫解其故。

....

[1] 肃愍庙：祭祀明代大臣于谦的庙宇。于谦，明代政治家、军事家，1449年明英宗北伐瓦剌，在土木堡兵败被俘，史称"土木之变"。于谦力排众议扶立明代宗，组织北京保卫战，后英宗复辟，将于谦处死，家无余财，后被追赠为特进光禄大夫、柱国、太傅，谥号肃愍，建祠祭祀。

[2] 门生：科举考试及第者对录取自己的主考官自称"门生"。

[3] 峨冠：高冠。

陈家贫，有表弟李姓者，选广西某府通判[1]，欲与同行。陈不可，曰："梦中神言'死在广西'，若同行，恐不祥。"通判解之曰："神言'始在广西'，乃始终之'始'，非死生之'死'也。若既死在广西矣，又安得'中在汤溪'乎？"陈以为然，偕至广西。

通判署中西厢房，封锁甚秘，人莫敢开。陈开之，中有园亭花石，遂移榻焉。月余无恙。八月中秋，在园醉歌曰："月明如水照楼台。"闻空中有人拊掌笑曰："'月明如水浸楼台'，易'照'字便不佳。"陈大骇，仰视之，有一老翁，白藤帽、葛衣，坐梧桐枝上。陈悸，急趋卧内。老翁落地，以手持之曰："无怖。世有风雅之鬼如我者乎？"问："翁何神？"曰："勿言。吾且与汝论诗。"陈见其须眉古朴，不异常人，意渐解。入室内，互相唱和。老翁所作字，皆蝌蚪形，不能尽识。问之，曰："吾少年时，俗尚此种笔画，今颇欲以楷法易之，缘手熟，一时未能骤改。"所云少年时，乃娲皇前也[2]。自此每夜辄来，情甚狎。

---

[1] 通判：官名。掌管州府的粮运、家田、水利和诉讼等事项，对州府的长官有监察的责任。
[2] 娲皇：即女娲氏。中国上古神话中的创世女神。

　　通判家僮常见陈持杯向空处对饮，急白通判。通判亦觉陈神气恍惚，责曰："汝染邪气，恐'死在广西'之言验矣。"陈大悟，与通判谋归家避之。甫登舟，老翁先在，旁人俱莫见也。路过江西，老翁谓曰："明日将入浙境，吾与汝缘尽矣，不得不倾吐一言：吾修道一万年，未成正果，为少檀香三千斤[1]，刻一玄女像耳[2]。今向汝乞之，否则将借汝之心肺。"陈大惊，问："翁修何道？"曰："斤车大道。"陈悟"斤""车"二字，合成一"斩"字，愈骇，曰："俟归家商之。"

　　同至海昌，告其亲友，皆曰："肃愍所谓'南山顽石'者，得毋此怪耶？"次日，老翁至。陈曰："翁家可住南山乎？"翁变色，骂曰："此非汝所能言，必有恶人教汝。"陈以其语语友。友曰："然则拉此怪入肃愍庙可也。"如其言，将至庙，老翁失色反走。陈两手挟持之，强掖以入。老翁长啸一声，冲天去。自此，怪遂绝。后陈生冒籍汤溪，竟成进士。会试房师，乃状元于振也。

【译文】

　　海昌有一个姓陈的秀才，一日到肃愍庙中去祷告求梦，祈

---

[1] 檀（tán）香：名贵的木材，常作为高级器具用材。

[2] 玄女：即九天玄女，道教信仰中地位崇高的女仙。

求神仙指点迷津，归家后当晚梦到于谦（谥号"肃愍"）打开肃愍庙的正门请他进来，秀才惶惶不安，在门前进退徘徊，不敢入门，于谦笑道："日后你当成为我的门生，按礼应当从正门进入。"秀才惴惴不安地入了正门，尚未坐定，侍者前来报说："汤溪县城隍前来请见。"随后就见到一位戴着高耸的帽子的神仙走了进来，于谦让陈秀才和城隍以平等之礼相待，对陈秀才说道："他是我的下官，你是我的门生，你应当上座。"秀才诚惶诚恐地入座了。于谦和城隍神说话的声音很轻，陈秀才听不真切他们在说什么，只听到"死在广西，中在汤溪，南山顽石，一活万年"十六字。城隍神禀报完公务后告退，于谦命陈秀才送他出门，到了门口，城隍神问陈秀才："我刚才和于公说的话，您听到了吗？"陈秀才胆怯地回道："只听清了十六个字。"城隍神说道："记下来，后日就会应验的。"随后陈秀才回房内，于谦也说了和城隍神一样的话，突然陈秀才就惊醒了，将梦中的十六字和诸位亲友说了，都不能解出这句话的含义。

陈秀才家里非常贫穷，恰好有一个姓李的表弟，被选任到广西某府任通判，想让陈秀才同行，陈秀才心有不安拒绝了，说："梦中神仙对我说'死在广西'，如果我和你同行到了广西，恐怕会遭遇不测。"表弟宽慰道："神仙说的是'始在广西'，是始终的'始'，不是死生之'死'。如果你真的会死在广西，又怎么应验后日'中在汤溪'这句话？"陈秀才认为说得有道理，于是和表弟一同去了广西。

　　表弟李通判的官署中有间西厢房，锁得很严密，没有人敢打开入内。陈秀才一日将这扇门打开，进去后发现别有洞天，其间有花园、凉亭、花草、奇石，景致优美，陈秀才遂搬进去居住，在此待了一个多月，也没有发现什么异常。八月中秋夜晚，陈秀才在花园里酒醉后歌唱道："月明如水照楼台。"忽然听到空中有人拍掌笑道："应作'月明如水浸楼台'，用'照'字便不好了。"陈秀才大惊，向天仰视，见到一名老翁，戴着白藤帽，穿着葛布衣，坐在梧桐树的树枝上，陈秀才感到很害怕，急忙跑回房间，老翁从树枝上跳下，拉住陈秀才说道："先生不要害怕，世上难道还有像我这样懂风雅、有才学的鬼吗？"陈秀才问道："老人家是什么神呢？"老翁回道："不要多问，我现在就和您切磋诗文。"陈秀才仔细端详老翁，见他须发、眉毛古朴，与常人没有什么不同，惧意稍解，于是请老翁到自己的房间，互相吟唱。老翁所写的字都是蝌蚪形状，陈秀才不能全然辨识，问老翁为什么会用此种古老的字体，老翁说道："我年少的时候，当时通用的还是此种写法，现在很想用楷书书写，将写蝌蚪文的习惯改过来，由于写惯了，一时改不过来。"这位老翁说自己年少的时候，乃是指女娲以前的远古时代了。从此每天晚上老翁都会来与陈秀才玩乐，十分亲昵。

　　此后李通判家的童仆常常见到陈秀才一个人拿着酒杯对着空地敬酒对饮，急忙把这个情况告诉了李通判，李通判也发觉表兄精神恍惚，斥责陈秀才说："你沾染上了邪气，恐怕'死在广西'这句话会应验了。"陈秀才听闻后大悟，与李通判谋

划归家躲过此劫。二人刚登上回家的船，陈秀才就看到老翁已经先行一步坐在了船中，而其他人都看不见，陈秀才假装没有看到默然不语。船只经过江西境内的水域时，老翁凑过来对陈秀才说道："明天船只就会进入浙江境内了，我和你的缘分也将尽了。我现在不得不和你说一句藏在心底的话：我修道修了一万年，但是至今还未能修成正果，乃是因为缺少三千斤檀香木来雕刻一座九天玄女神像。现在我祈求你，帮我弄到三千斤檀香木，如果不给我，我就要借你的心肺了。"陈秀才大惊，颤抖着问道："老先生修的是什么道？"老翁说道："修的斤车大道。"陈秀才领悟到"斤""车"二字，合成即是一"斩"字，内心更加恐惧，说道："等我回家和亲戚们商议此事。"

回到海昌家中，陈秀才将此事告诉了亲友，都说："于公所说的'南山顽石'，莫非就是这个妖怪？"第二天，老翁又来找陈秀才，陈秀才对他说道："老先生的家可是在南山？"老翁变了脸色骂道："这话不是你能说出来的，一定是背后有坏人在教唆你。"陈秀才把老翁说的话告诉了亲友，亲友们说："将这个妖怪拉进肃愍庙，他定当惧怕。"陈秀才照着他们说的话将老翁引至肃愍庙，老翁到了庙前脸色大变欲逃，陈秀才两手挟持住老翁，强行将老翁拖进了肃愍庙。老翁长啸一声，冲天而走。自此以后，这个妖怪就不再来找陈秀才了。后来陈秀才冒充汤溪的籍贯参加科考，竟然中了进士。会试时录取他的官员，正是一名姓于叫于振的前科状元。

狐生员劝人修仙

赵大将军之子襄敏公，总督保定，夜读书西楼，门户已闭，有自窗缝中侧身入者，形甚扁；至楼中，以手搓头及手足，渐次而圆，方巾朱履，向上长揖拱手曰："生员狐仙也[1]，居此百年，蒙诸大人俱许在此。公忽来读书，生员不敢抗天子之大臣，故来请示。公必欲在此读书，某宜迁让，须宽限三日。如公见怜，容其卵息于此，则请扃锁如平时[2]。"

赵公大骇，笑曰："尔狐矣，安得有生员？"曰："群狐蒙太山娘娘考试[3]，每岁一次。取其文理精通者为生员，劣者为野狐。生员可以修仙，野狐不许修仙。"因劝赵公曰："公等贵人，可惜不学仙耳。如某等，学仙最难。先学人形，再学人

---

[1] 生员：明清时代指通过最低一级科举考试（院试），取入府、县学就读的人，俗称秀才。

[2] 扃（jiōng）锁：锁闭。

[3] 太山娘娘：即泰山娘娘，碧霞元君，道教中的重要女神，在明清时期深受华北地区民众信奉。

语；学人语者，先学鸟语；学鸟语者，又必须尽学四海九州岛之鸟语[1]；无所不能，然后能为人声，以成人形，其功已五百年矣。人学仙，较异类学仙少五百年功苦。若贵人、文人学仙，较凡人又省三百年功苦。大率学仙者，千年而成，此定理也。"公喜其言，即于次日屌西楼让之。此二事得于镇远太守讳之坛者，即将军之孙，且曰："吾父后悔未问太山娘娘出何题目考狐也。"

【译文】

赵良栋大将军的儿子襄敏公，曾任职保定总督，一天夜晚在西楼读书，门窗都已经关闭，忽然发现一个形体很扁的东西从窗户的缝隙处侧着身子进入了房间，随后用手搓揉出头和身躯、四肢，整个身形逐渐圆满了起来。再一看，是一位戴着方巾、穿着红靴，一副文雅穿扮的读书人。此人对着襄敏公长长地作了一揖，拱手说道："小生是一名狐仙生员，在此楼居住了百余年，承蒙在此办公的诸位大人恩准，一直在此安身。大人忽然来此楼读书，小可不敢抗拒天子派来的大臣，因此来向您请示：大人如果一定要在此楼读书，我应该迁离退让，但请求宽限三日搬离的时间；如果您可怜我，允许我在此栖身，则

....

[1] 四海九州岛：泛指全中国。

请您像往日一样将此楼锁上。"

襄敏公听了以后吓了一跳，笑道："你既然是狐狸，怎么会有生员身份？"狐生员说道："我们狐狸会参加泰山娘娘主持的考试，每年一次。文理精通的狐狸被录取为生员，考得差的被列为野狐。有生员身份的狐狸可以修仙，野狐则不许修仙。"又劝襄敏公说："您这样的贵人，不修仙真是太可惜了。像我们这些狐狸，修仙是最难的。我们需要先学会变成人形，再学会说人话；在学人话之前，先要学会说鸟语；学鸟语时，又必须将四海九州各种各样的鸟语都学会；当对鸟语无所不能之后，才能学作人声，变成人形，这一番工夫修炼，需要花费五百年。人修仙，则相较于我们这些异类修仙可以少花五百年工夫，像您这样的贵人、文人修仙，相较于普通人修仙又可以减省三百年的工夫。一般来说，修仙需要花费千年才能大功告成，此为定理。"襄敏公很喜欢狐生员所说的这番话，第二天就将楼紧锁，让给了狐生员居住。《赵大将军剌皮脸怪》和《狐生员劝人修仙》这两则故事我都是从赵大将军的孙子、镇远太守赵之坛那儿听说的，赵之坛太守还对我说："我父亲很后悔没有问狐生员泰山娘娘是出什么题目来考它们的。"

江中三太子

苏州进士顾三典，好食鼋[1]，渔者知之，每得鼋，必售顾家。顾之岳母季氏，夜梦金甲人哀求曰："吾江中三太子也，为尔婿某所获；幸免我，必不忘报。"次早，遣家人驰救，则厨人已解之矣。是年进士家无故火自焚，图史散尽。未焚之夕，家畜一犬，忽人立，以前两足擎双盂水献主人；又见屋壁上有历代祖宗状貌如绘。识者曰："此阳不藏阴之象也，其将火乎?"已而果然。

【译文】

苏州进士顾三典喜欢吃癞头鼋。捕鱼的人知道他的这个爱好，只要捉到这种鼋必定卖给顾家。顾三典的岳母季氏一天夜里梦见一个身穿金甲的人哀求她道："我是江神的三太子，被你女婿给抓了。若能救我一命，一定报答你的大恩大德。"第

[1] 鼋（yuán）：鳖的一种，俗称癞头鼋。

二天一大早季氏就派家丁去救那只鼋，到了才发现已被厨子杀了。结果就在这一年，顾三典家的藏书莫名其妙地被火烧得精光。失火的前夜，顾家养的一条狗忽地像人一样站立起来，用两只前脚捧着两盆水献给主人，又看见房间墙上浮现出历代祖宗像，就像画出来的一样。有见识的人说："这是阳不藏阴的卦象啊，看来要失火了。"事实证明果然如此啊。

蝴 蝶 怪

京师叶某，与易州王四相善。王以七月七日为六旬寿期，叶骑驴往祝。过房山，天将暮矣。一伟丈夫跃马至，问冷何往，叶告以故。丈夫喜曰："王四吾中表也[1]。吾将往祝，盍同行乎？"

叶大喜，与之偕行。丈夫屡蹑其背，叶固让前行，伪许而仍落后。叶疑为盗，屡回顾之。时天已黑，不甚辨其状貌，但见电光所烛，丈夫悬首马下，以两脚踏空而行。一路雷与之

---

[1]　中表：父系血统亲戚称内，父系血统之外亲戚称外，含称中表。

俱，丈夫口吐黑气，与雷相触，舌长丈余，色如硃砂。叶大骇，卒无奈何，且隐忍之，疾驱至王四家。

王出与相见，欢然置酒。叶私问与路上丈夫何亲曰："此吾中表张某也。现居京师绳匠胡同，以镕银为业。"叶稍自安，且疑路上所见眼花耳。酒毕叶就寝，心悸不肯与同宿，丈夫固要之，不得已，请一苍头伴焉[1]。叶彻夜不寐，而苍头酣寝矣。三鼓，灯灭，丈夫起坐，复吐其舌，一室光明，以鼻嗅叶之帐，涎流不已，伸两手，持苍头噉之，骨星星坠地。叶素奉关神，急呼曰："伏魔大帝何在？"忽訇然有钟鼓声，关帝持巨刃排梁而下，直击此怪。怪化一蝴蝶，大如车轮，张翅拒刃。盘旋片时，又霹雳一震，蝴蝶与关神俱无所见。

叶昏晕仆地，日午不起。王四启门视之，具道所以。地有鲜血数斗，床上失一张某与一苍头矣。所骑马宛然在厩，急遣人至绳匠胡同踪迹张某，张方踞炉烧银，并无往易州祝寿之事。

【译文】

京城人叶某与易州王四交情不错。王四在七月七日过六十

---

[1]　苍头：奴仆。

大寿，叶某骑驴前去祝贺。路过房山时天色已晚。忽然一个高大的男子骑着马上前问叶某要去哪里，叶某告知后这人很开心，说："王四是我的亲戚。我也是去祝贺的，不如同行吧？"

叶某欣喜地和他一同前往。这个男子多次躲到叶某身后，叶某坚持让他先走，他还是一直跟在后面。叶某怀疑遇见了强盗，多次回头观察情况。当时天已经黑的看不清楚长相，只是打闪电的时候发现这个男子居然头在马下，两脚踏空赶路，一路上都是雷电相伴，这男子口吐黑气，朱红的舌头足有一丈多长，叶某吓得只能装作不知，然后加紧去王四家。

王四出门迎接，看见他激动地备酒接风。叶某偷偷打听这个男子是不是王四的亲戚，王四告诉他说："这个人是我表亲张某，现居住在京城的绳匠胡同以熔炼白银为业。"叶某听完这才稍微安心，怀疑自己路上所见是自己眼花了。叶某喝完酒打算睡了，但是心有余悸，不想和张某一块住，但是张某坚持要同宿，叶某不得已，请了一个家仆去跟他们一块住。叶某整晚都睡不着，家仆则是睡得很香。三鼓时分灯熄了，张某又坐起来吐舌头，房间也一下子亮了起来，张某过来唤叶某，口水流个不停。接着又伸手抓住家仆的脑袋啃咬，不时地吐出骨头，零星落地声清晰可闻。叶某一向信奉关帝爷，赶紧大叫："伏魔大帝在哪里？"忽然就听到了钟鼓声，关帝爷拿着大刀从房梁上下来对着张某一刀劈去，张某化作一只如车轮一般大的蝴蝶，展开翅膀来抵挡大刀，盘旋了一会儿，突然一阵霹雳，蝴蝶和关帝爷都消失了。

叶某吓得昏倒在地，中午都没醒过来。直到王四开门查看时他才醒来，告诉了昨晚的见闻。此时地上还有数斗鲜血，张某和家仆都不见了。张某所骑的马还在马厩里，王四赶紧找人去绳匠胡同找人，发现张某正蹲在炉子旁边铸银，根本就没去易州祝寿这档子事。

不倒翁

蒋生某往河南，过巩县，宿焉。店家有西楼，洒扫极净，蒋爱之，以行李往。店主笑曰："公胆大否？此楼不甚安。"蒋曰："椒山自有胆[1]。"秉烛坐至夜深，闻几下如竹桶泛水声，有跃出者：青衣皂冠，长三寸许，类世间差役状。睨蒋许久，叱叱而退。

少顷，数短人舁一官至，旗帜马车之类，历历如豆。官乌纱冠危坐，指蒋大詈，声细如蜂蚕[2]。蒋无怖色。官愈怒，

---

[1] 椒山自有胆：杨继盛号椒山，为明朝大臣，因弹劾权臣严嵩而受酷刑入狱，友人送来蚺蛇（蟒蛇）胆，谓可止痛，杨继盛说："椒山自有胆，何蚺蛇为！"

[2] 蚕（chài）：蝎子一类的毒虫。

小手拍地，麾众短人拘蒋。众短人牵鞋扯袜，竟不能动。官嫌其无勇，攘臂自起。蒋以手撮之，置于几上，细视之，世所卖不倒翁也。块然僵仆，一土偶耳。其舆从俯伏罗拜，乞还其主。蒋戏曰："尔须以物赎。"应声曰："诺。"墙穴中嗡嗡有声，或四人舁一钗，或二人扛一簪。顷刻，首饰金帛之属布散于地。蒋取不倒翁掷与之，复能举动如初。然队伍不复整矣，奔窜而散。

天渐明，店主大呼："失贼！"问之，则楼上赎官之物，皆三寸短人所偷店主物也。

【译文】

书生蒋某前往河南，经过巩县，夜晚投宿。旅店的西楼打扫得很干净，蒋某很满意，准备将行李搬过去，店主笑着对他说："先生胆子大吗？这座楼不是很安全。"蒋某说："杨椒山说过椒山自有胆，我亦有胆。"蒋某在西楼秉烛而坐直到深夜，忽听闻茶几下传来如同竹桶打水的声音，随后跳出一个身着青衣黑帽，身长三寸的小人，穿戴与世上的差役相似，小人瞪了蒋某许久，嘴里絮絮叨叨地退了下去。

过了一会儿，几个小人抬着一名官员而至，身边的旗帜、车马之类，如同豆子一样小，官员头戴乌纱帽正襟危坐，指着

蒋某大骂，声音细小如同蜜蜂，蒋某毫无惧色。官员见状更为恼怒，以小手拍地，命令手下的小人们前去捉拿蒋某，这些小人拉扯蒋某的鞋袜，竟不能动，官员嫌手下们无用，卷起袖子亲自来，蒋某用手指将官员撮取放在茶几上仔细看，原来是市场上卖的不倒翁，此时已僵硬成一个泥人了。官员的手下们都围着蒋某拜倒在地，祈求释放主公，蒋某和他们开玩笑说："你们需要拿财物来赎取。"众小人回道："好。"随后墙壁洞穴中传来嗡嗡的声音，或者四人搬运一枚钗，或者两人扛着一根簪，顷刻之间，首饰、金银、布帛之类散布在客房内，蒋某遂将不倒翁抛掷给他们。不倒翁又像之前那样能活动了，此时队伍已经散乱，迎着官员落荒而逃。

天色渐明，店主人大声喊道："有贼！"蒋某前往询问，原来楼上小人们搬来的赎取官员的财物，都是从店主家盗窃而来的。

斧断狐尾

河间府丁姓者，不事生业，以狎邪为事。闻某处有狐仙迷人，丁独往，以名帖投之，愿为兄弟。是晚狐果现形，自称愚兄吴清，年五十许。相得如平生欢。凡所求请，愚兄必为张罗。丁每夸于人，以为交人不如交狐。

一日，丁谓吴曰："我欲往扬州观灯，能否？"狐曰："能。河间至扬，离二千里，弟衣我衣，闭目同行，便至矣。"从之，凭空而起，两耳闻风声，顷刻至扬。有商家方演戏，丁与狐在空中观。忽闻场上锣鼓声喧，关圣单刀步出，狐大惊，舍丁而奔。丁不觉坠于席上，商人以为妖，械送江都县，鞫讯再三[1]，解回原籍。

见狐咎之，狐曰："兄素胆小，闻关帝将出，故奔，且偶忆汝嫂，故急归。"丁问嫂何在，曰："我狐也，焉能婚娶？不过魇迷良家妇耳[2]。邻家李氏女，即汝嫂也。"丁心动，求见嫂。狐曰："有何不可！但汝人身，无由入人密室。我有小袄，汝着之，便能出入窗户，如履无人之境。"丁如其言，竟入李家。李女久被狐蛊，状如白痴，丁登其床，女即与交。女为狐所染，气奄奄矣，忽近人身，酣畅异常，病亦渐愈。丁告以故，女秘之不言，而渐渐有乐丁厌狐之意。

狐知之，召丁语曰："开门揖盗，兄之罪也。近日嫂竟爱弟而憎我，弟固两世人身，女子爱之诚宜。然非兄之丑亦无由显

[1] 鞫（jū）：审问。

[2] 魇（yǎn）：梦中遇可怕的事而呻吟、惊叫。

弟之美也。"丁闻之愈自得也。狐妒丁夺妇宠，阴就女子之床，取小袄归。丁傍晓钻窗，窗不开矣，块然坠地。女家父母大惊，以为获怪，先喷狗血，继沃屎溺，针灸倍至，受无量苦[1]。丁以实情告，其家不信，幸女爱之，私为解脱，曰："彼亦被狐惑耳，不如送之还家。"

丁得脱归，将寻狐咎之，狐避不见。是晚，大书一纸，贴丁门曰："陈平盗嫂，宜有此报。从此拆开，弟兄分灶。"嗣后丁与女断，狐仍往。其家设醮步罡，终不能禁。女一胎生四子，面状皆人类，而尻多一尾[2]，落地能行，颇尽孝道，时随父出采蔬果奉母。

一日，狐来向女泣曰："我与卿缘尽矣。昨泰山娘娘知我蛊惑妇女，罚砌进香御路，永不许出境。吾将携四子同行。"袖中出一小斧，交其女，曰："四儿子尾不断，终不得修到人身。卿人也，为我断之。"女如其言，各拜谢去。

【译文】

河间府有个姓丁的人，整日里不务正业。丁某听得某处有

[1] 无量：佛教用语，泛指数量多，程度深。
[2] 尻（kāo）：屁股。

狐狸精作妖，竟然独自跑过去递上自己的名帖，表示要和狐仙结拜为兄弟。当天晚上，狐仙果然化成人形来找他，自称愚兄，名吴清。他五十多岁，与丁某一见如故，说话投机，丁某有什么事找他，都能办好。丁某每次和人交谈都会说，做朋友的话，狐仙比人可强多了。

有一天丁某对狐仙说："你有办法带我去扬州观灯吗？"狐仙说："有办法啊。从河间到扬州虽然有两千多里，你只要穿上我的衣服闭着眼睛跟我一起走，很快就可以到达。"丁某照狐仙说的话做了，忽然整个人腾空而起，伴随着耳边风声一下子就到了扬州。有个商人家里正在演戏，丁某与狐仙就在天上看着。突然间舞台上传来喧天的锣鼓声，关羽提着单刀从后台走出，狐仙看见关羽吓得丢下丁某就跑了。丁某一下子从天而降落到宴席上，被众人误以为是妖怪，结果被铐起来送进江都县衙，县太爷查不出问题就将丁某押回原籍河间。

后日丁某见了狐仙不由得埋怨起来，狐仙说："愚兄向来胆小，见到关羽就紧张。加上我想起你嫂子，所以急着赶回来了。"丁某问他嫂子在哪里。狐仙说："狐狸怎么能结婚？你嫂子不过是我迷惑的隔壁的李氏女。"丁某听了有点心动，想去见一见嫂子，狐仙说："可以倒是可以！只是你一个凡人无法进入密室。我有一件小袄子，你穿上它就能自由进出了。"

丁某听了狐仙的话，穿了小袄子果然顺利地进了李家。李氏女被狐仙迷惑太久，神态痴呆。丁某一上床，李氏就与他交欢。李氏女本来已经被狐精的妖气熏染得气息奄奄，接触到人

气顿时浑身舒畅，病也慢慢的好了。丁某告诉了李氏女关于狐精的事，李氏女听完嘴上什么也没说，但心里渐渐更喜欢丁某，对狐仙愈来愈不满。

狐仙发觉后把丁某叫来，说："我自己把你这个强盗引进门，怪我自己。近日来你嫂子愈来愈向着你了，你两世都是人，喜欢你也无可厚非。要不是我太丑，怎么能够对比出你的英俊。"丁某一听更加得意。

狐仙很不服气丁某夺取了李氏女，趁丁某与李氏不备，悄悄地走近床边，把那件小夹袄拿走了。天快亮了，丁某发现只有钻窗户离开，可是窗户也是关得死死的，一个不小心反而摔了下来。李氏的父母进房看见丁某吓了一跳，以为是狐仙，朝丁某身上又是泼狗血又是泼粪，针扎火熏都用上了，丁某苦不堪言。丁某将实情告诉李家人，但根本没人信，幸亏李氏女还喜欢丁某，私下里为他掩饰说："他也是被狐仙迷了心窍，不如早日放他回去吧。"

丁某回到家立刻就去找狐仙算账，但狐仙一直躲着不见他。当天晚上狐仙用一张纸写了大字，贴在丁某的门口。纸上写着："你夺我李氏好比陈平盗嫂，活该有此报应。从今以后你我兄弟之情一刀两断，此生不再相见。"丁某看了之后就和李氏女断绝往来。狐仙则照常去李家。李家请了僧道诵咒驱邪，但是根本拦不住。后来李氏女怀孕生了四个儿子，除了屁股多了一条尾巴，其他都与常人都一样，他们一下地就会走路，也很孝顺李氏女，时常跟狐仙一块采集瓜果孝敬母亲。

一日狐仙对李氏女说："你我的缘分到头了。昨天泰山娘娘得知我在人间迷惑良家妇女，惩罚我去修上泰山进香的路，永远不准离开。我准备带四个儿子离开这儿。"狐精从袖中取出一把小斧头交给李氏女说："四个儿子尾巴不割掉就永远变不成人。你可以帮我将他们的尾巴割了。"李氏女照着他说的做了，狐仙和儿子们拜谢后自此离开。

关东毛人以人为饵

关东人许善根，以掘人参为业。故事[1]，掘参者须黑夜往掘。许夜行劳倦，宿沙上，及醒，其身为一长人所抱。身长二丈许，遍体红毛，以左手抚许之身，又以许身摩擦其毛，如玩珠玉者然。每一摩抚，则狂笑不止。

许自分将果其腹矣。俄而抱至一洞，虎筋、鹿尾、象牙之类，森森山积。置许石榻上，取虎鹿进而奉之。许喜出望外，然不能食也。长人俯而若有所思，既而点首，若有所得。敲石为火，汲水焚锅为烹，熟而进之，许大啖。

---

[1] 故事：此处指过去的例子，成例。

黎明，长人复抱而出，身挟五矢[1]，至绝壁之上，缚许于高树。许复大骇，疑将射己。俄而，群虎闻生人气，尽出穴，争来搏许。长人抽矢毙虎，复解缚，抱许曳死虎而返，烹献如故。许始心悟长人养己以饵虎也。

如是月余，许无恙，而长人竟以大肥。许一日思家跪长人前，涕泣再拜，以手指东方不已。长人亦潸然，复抱至采参处，示以归路，并为历指产参地，示相报意。许从此富矣。

【译文】

关东人许善根靠着挖人参生活。按照经验，挖人参得半夜里才可以。他夜晚走路实在太困，就在沙土上睡着了，醒过来后发现自己被一个身长二丈多、通体红毛的巨人给抱住了。那人用左手抚摸许善根的身体，又用许善根的身体来摩擦他的红毛，就像在把玩珠宝玉器一样。而且每次抚摸的时候都狂笑不止。

许善根心想，自己八成要被毛人给吃了。不一会儿，他被野人抱到一个山洞，里面虎筋、鹿尾、象牙之类堆得和山一样。野人把他放在石床上后拿来老虎和鹿肉给他吃。许善根很

----

[1] 矢（shǐ）：箭。

是开心，但这些他难以入喉。野人看见他这样子似乎明白了什么，于是敲石取火来烧水煮肉，煮熟后给他，许善根不客气地大口进食起来。

天亮后，野人又把他带出去，身上还带着五根箭，到了绝壁就把许善根绑在了一颗大树上。许善根以为野人要射死自己吓得不行。不一会儿一群老虎嗅到了人的气息，于是从洞里钻出来想吃他。野人拿出箭把老虎都给杀了，然后给许善根松绑，抱着他拖着死老虎就回去了，对他和之前一样客气。许善根这才反应过来，原来野人养他是为了当诱饵来钓老虎。

就这样过了几个月，许善根毫发无损，野人也靠许善根收获了很多猎物，富裕了起来。许善根很想家，跪倒在野人面前，用手指着东方久久不放下。野人被感动得也流下了眼泪，就把许善根带回到了当初他挖人参的地方，指引了回去的路，同时还告诉他哪些地方容易挖到人参作为报答，许善根因此成了大富翁。

人同

喀尔喀有兽，似猴非猴，中国人呼为"人同"，番人呼为"噶里"。往往窥探穹庐，乞人饮食，或乞取小刀烟具之属。被

人呼喝，即弃而走。有某将军畜养之，唤使莝豆樵汲等事[1]，颇能服役。居一年，将军任满，归。人同立马前，泪下如雨，相从十余里，麾之不去。将军曰："汝之不能从我至中国，犹我之不能从汝居此土也。汝送我可止矣。"人同悲鸣而去，犹屡回头仰视云。

【译文】

　　喀尔喀有种野兽，似猴非猴，中原人称其为"人同"，西域人称其为"噶里"。它常常到帐篷里窥探，向人讨取东西吃，或者讨要小刀、烟具之类的东西，遇到人呼喊，就马上丢下东西逃跑。一位将军饲养了一只人同，使唤它去做锄草、砍柴、打水等事，都能完成。任满一年，将军将要回到中原，人同立在将军的马前，泪如雨下，跟着走了十多里，将军让它回去，它始终不愿意。将军说道："你不应该跟随我去中原，就如我不能随你在喀尔喀久居一样。你送我到此可以留步了。"人同悲鸣着走了，不时回头仰视将军的身影。

----

[1]　莝（cuò）：锄草。

老妪变狼

　　广东崖州农民孙姓者，家有母，年七十余。忽两臂生毛，渐至腹背，再至手掌，皆长寸余；身渐伛偻，尻后尾生。一日，仆地化作白狼，冲门而去。家人无奈何，听其所之。每隔一月，或半月，必还家视其子孙，照常饮啖。邻里恶之，欲持刀箭杀之。其子妇乃买豚蹄，俟其再至，嘱曰："婆婆享此，以后不必再来。我辈儿孙深知婆婆思家，无恶意，彼邻居人那能知道？倘以刀箭相伤，则做儿媳者心上如何忍得？"言毕，狼哀号良久，环视各处，然后走出。自后，竟不来矣。

【译文】

　　广东崖州有个姓孙的农民，家有老母亲七十余岁。有一天老母亲忽然两臂长毛，渐渐蔓延到腹部，再到手掌，毛有一寸多长，身子渐渐弯曲下来，臀部长出了尾巴，后来有一天忽然倒地变成了白狼，冲出家门跑了。家里人无可奈何，只有任其所为，此后每隔一个月，或者半个月，白狼都会回到家中探视

子孙，在家照常吃饭。邻居们对白狼很厌恶，准备用刀箭杀了它。于是媳妇买了猪蹄，等到白狼再回家用餐的时候，对白狼说道："婆婆您今天享用了这顿饭，以后就不要再回家了。我们做儿孙的都知道您思家心切，并无恶意，但是邻居们哪里知道？如果您被他们用刀箭伤到了，做儿媳的心里怎么受得了？"说完，白狼哀嚎了很久，看遍了家里的各处，而后离开，此后再也没有回来。

狐祖师

盐城村戴家有女为妖所凭，厌以符咒，终莫能止，诉于村北圣帝祠，怪遂绝。已而有金甲神托梦于其家曰："吾圣帝某部下邹将军也。前日汝家妖是狐精，吾已斩之，其党约明日来报仇，尔等于庙中击金鼓助我。"翌日，戴家集邻众往。闻空中甲马声，乃奋击金钲铙鼓，果有黑气坠于庭，村前后落狐狸头甚夥。

越数日，其家又梦邹将军来曰："我以灭狐太多，获罪于狐祖师。狐祖师诉于大帝。某日，大帝来庙按其事，诸父老盍为我祈之。"众如期往，伏于廊下。

至夜半，仙乐嘹嘈，有冕服乘辇者冉冉来，侍卫甚众。后随一道人，厖眉皓齿，两金字牌署曰"狐祖师"。圣帝迎谒甚恭。狐祖师曰："小狐扰世，罪当死，但部将歼我族类太酷，罪不可逭[1]。"

圣帝唯唯。村人自廊下出，跪而请命。有周秀才者骂曰："老狐狸！须白如此，纵子孙淫人妇女，反来向圣帝说情，何物'狐祖师'，罪当万斩！"祖师笑不怒，从容问："人间和奸何罪？"周曰："杖也。"祖师曰："可知奸非死罪矣。我子孙以非类奸人，罪当加等，要不过充军流配耳，何致被斩？况邹将军斩我一子，并斩我子孙数十，何耶？"

周未及答，闻庙内传呼云："大帝有命：邹将军嫉恶太严，杀戮太重，念其事属因公，为民除害，可罚俸一年，调管海州地方。"村人欢呼合掌，向空念佛而散。

【译文】

盐城村戴家有女被妖怪附身，家人用符咒镇压也无济于事，

[1] 逭（huàn）：逃避。

于是向村北的圣帝祠求救，妖怪才消失了。不久有一个金甲神托梦告诉那名女子的父母说："我是圣帝的手下邹将军。前日你家的妖怪是个狐狸精，我已经替你斩杀了，它的同党邀约明日报仇，你们到时候可到庙中击金鼓助我一臂之力。"戴家第二天集结邻居等一堆人前往助阵。听到空中有甲马的声音，于是大力敲击金鼓，果然有黑气坠落在了庭院里，同时村子前后落下了很多狐狸的脑袋。

过了几天，戴家人又梦见邹将军来告诉他们："我因为杀狐狸太多得罪了狐祖师。狐祖师向大帝告状。等大帝来庙审讯这事的时候，希望各位父老替我说几句公道话。"到了这一天，大家都准时跪拜在廊下等候。

半夜仙乐响起，有一个戴王冠、着王袍的人带着一堆侍卫乘车缓缓而来。后面跟着一个粗眉毛大白牙的道士，两块金字招牌上写着"狐祖师"三个大字。圣帝迎接狐祖师很是恭敬。狐祖师说："小狐狸扰乱人间确实该死，可是你的部将杀狐狸也太残暴了！他的罪过不能给糊弄过去了。"

圣帝连连称是。村里的人们都从廊下走出来，跪在地上为邹将军求情。这时有个姓周的秀才骂道："老狐狸一把年纪还为老不尊，纵容你的狐子狐孙奸污人间妇女，如今反过来让圣帝处理部将。你算什么人物，按理还该凌迟处死！"狐祖师听完笑了，从容问道："人间犯下奸污罪怎样处罚？"周秀才说："理应打板子。"狐祖师又说："这就说明奸污妇女并不是死罪。我的子孙因非人类，奸污人间妇女应该罪加一等，但就算这样，最多也不过是充军，为什么非杀不可呢？何况邹将军不仅斩杀了我一个儿子，而且还斩杀了我几十个子孙，这又该怎么解释呢？"

周秀才还没来得及回答，就听见庙里有人念道："大帝有令：邹将军嫉恶如仇但杀戮太重。考虑到这件事属于公事，本意是为民除害，可以罚他一年的俸禄，调任管辖海州作为处罚。"村里人听完齐声欢呼，合掌向空中念佛后散去。

蜈蚣吐丹

余舅氏章升扶，过温州雁荡山，日方午，独行涧中。忽东北有腥风扑鼻而至，一蟒蛇长数丈，腾空奔迅，其行如箭，若有所避者，后有五六尺长紫金色一蜈蚣逐之。

蛇跃入溪中，蜈蚣不能入水，乃舞踔其群脚[1]，飒飒作声，以须钳掉水。良久，口吐一红丸如血色，落水中。少顷，水如沸汤，热气上冲。蛇在水中颠扑不已，未几死矣，横浮水面。蜈蚣乃飞上蛇头，啄其脑，仍向水吸取红丸，纳口中，腾空去。

---

[1] 踔（chuō）：跳跃、超过、快速行走。

【译文】

我舅舅章升扶曾到温州雁荡山游玩，当天正午时分他一个人在涧中行走。突然东北方向一股带着腥味的风扑鼻而至，一条几丈长的蟒蛇突然腾空像箭一样快速爬行，好像在躲什么一样，一细看原来是身后有一条五六尺长的紫金色蜈蚣在追。

蟒蛇跳进溪中，蜈蚣不能入水，于是脚都舞动了起来，发出飒飒的声音，然后用自己的胡须和钳子不停打去水面。过了一会儿蜈蚣口吐出一血红色的红丸进了水中。不一会儿这溪水就像烧开的热汤一样热气直冒。蟒蛇在水中不停挣扎，没多久就死了，然后浮在水面上。蜈蚣于是飞到了蛇头上啄食蟒蛇的脑组织，吃完后还是对着水把红丸吸进嘴里，然后腾空而去。

归安鱼怪

俗传张天师不过归安县。云前朝归安知县某，到任半年，与妻同宿，夜半闻撞门声，知县起视之。少顷，登床谓妻曰："风扫门耳，无他异也。"其妻认为己夫，仍与同卧，而时觉其体有腥气，疑而未言。然自此归安大治，狱讼之事，判若神明。

数年后，张天师过归安，知县不敢迎谒。天师曰："此县有妖气。"令人召知县妻，问曰："尔记某年月日有夜撞门之事乎？"曰："有之。"曰："现在之夫，非尔夫也，乃黑鱼精也。尔之前夫已于撞门时为所食矣。"妻大骇，即求天师报仇。

天师登坛作法，得大黑鱼，长数丈，俯伏坛下。天师曰："尔罪当斩，姑念作令时颇有善政，特免汝死。"乃取大瓮囚鱼，符封其口，埋之大堂，以土筑公案镇之。鱼乞哀，天师曰："待我再过此则释汝。"天师自此不复过归安云。

【译文】

民间俗语有张天师不会到归安县的说法。据传明朝归安县的某位知县，到任半年时的一个深夜，正与妻子睡觉，突然听到敲门声。知县起床察看了一会儿，然后回到床上对妻子说："是风把门吹响了，没什么情况。"妻子也没发现其中的问题，还以为回到床上的就是自己丈夫，此后一直与他生活，只是疑惑丈夫身上从此一直有股腥臊气息，但也不好挑明。此夜以后归安县被治理得很好，县令处理案件很公正，被大家奉为神明。

几年后，张天师路过归安县，但是知县不敢前去迎接。张天师说："归安县里有妖气"，然后派人去把知县妻子叫来，问道："你可还记得某年某月某日晚上有人敲门的事吗？"知县妻子回答说确有此事。天师说："你现在的丈夫并不是你真的丈夫，而是一条黑鱼精。你真正的丈夫已经在那天夜里被这妖怪

给吃了。"妻子听完非常害怕，请求张天师为夫报仇。

　　张天师于是登坛作法，果然抓到一条几丈长的大黑鱼，张天师让它跪在坛下后对它说道："你杀了县令罪当斩首，考虑你当县令时做了好事，所以免你一死。"说完拿了只大瓮把这大黑鱼装了进去，接着用符纸封了瓮口，然后埋在了县衙大堂下，上面还用土筑成公案加以镇压。大黑鱼可怜兮兮地求饶，张天师说："等我下次路过归安县就会将你释放的。"但是，张天师此后再也没有路过归安县。

虾蟆蛊

　　朱生依仁，工书，广西庆远府陈太守希芳延为记室[1]。方盛暑，太守招僚友饮。就席，各去冠，众见朱生顶上蹲一大虾蟆，拂之落地，忽失所在。饮至夜分，虾蟆又登朱顶而朱不知，同人又为拂落，席间看核，尽为所毁，复不见。

　　朱生归寝，觉顶间作痒。次日，顶上发尽脱，当顶坟起如

---

[1]　记室：古代吏的一种，东汉开始设置，主要负责撰写章表文檄。

瘤，作红色。皮忽迸裂，一蟆自内伸头瞪目而望，前二足踞顶，自腰以下在头皮内，针刺不死。引出之，痛不可耐，医不能治。

有老门役曰："此蛊也，以金簪刺之当死。"试之果验，乃出其蟆。而朱生无他恙，惟顶骨下陷，若仰盂然。

【译文】

有个叫朱依仁的书生，专研书法艺术，广西庆远知府陈希芳因此把他聘为府内的记室。一个盛夏酷暑日，陈希芳备酒招待僚属。入席时大家都按照礼节脱帽子。大家看见朱依仁的头顶上蹲着一只大蛤蟆，就把那蛤蟆打落在地，这蛤蟆一下子就找不到了。饮至半夜，这个蛤蟆又爬到朱依仁的头顶上，而朱依仁却根本没有感觉到。同行人再次把它打落，这蛤蟆把一桌的饭菜全给掀翻，然后又不见了。

朱依仁回到家准备上床睡觉，突然觉得头顶有点发痒。第二天起来头发全都掉了，头顶上还隆起了一个如同瘤子的鲜红色脓包。又过了一会儿那个脓包忽然破裂，一只蛤蟆从中间裂缝里探出头，瞪着眼睛到处观望，两条前腿搭在头顶上，腰以下的部分仍然深藏在脓包里，用针刺都弄不死它，暴力拉扯的话朱依仁又疼痛难忍，找来的医生都说这病治不了。

一个看门老人看了看那蛤蟆后说："这是蛤蟆蛊呀。用金制的发簪来刺它就会死的。"众人赶紧找来一只金簪，一刺，

那蛤蟆果然就去见了阎王，这才把它取了出来。朱依仁也没有其他状况，只是头顶骨从此就下陷得如同一只口朝天的杯子。

美人鱼人面猪

崇明打起美人鱼，貌一女子也，身与海船同大。舵工问云："失路耶？"点其头。乃放之，洋洋而去。

云栖放生处有人面猪，平湖张九丹先生见之。猪羞与人见，以头低下，拉之才见。

【译文】

崇明岛有人打捞起一条美人鱼，相貌和女子一样，但身体却和海船一样大。舵工问它："你是迷路了吗？"美人鱼点了点头。舵工于是把它放了，美人鱼就迟缓地游走了。

云栖放生的地方有一头脸和人一样的猪，平湖张九丹先生曾见到过。这猪羞于见人，头埋得低低的，把它脑袋拉起才看清它的长相。

狼军师

　　有钱某者，赴市归，晚行山麓间，突出狼数十，环而欲噬。迫甚，见道旁有积薪高丈许，急攀跻，执榾爬上避之[1]。狼莫能登。内有数狼驰去，少焉簇拥一兽来，俨舆卒之舁官人者，坐之当中，众狼侧耳于其口傍，若密语俯听状。

　　少顷，各跃起，将薪自下抽取枝条，几散溃矣。钱大骇呼救，良久，适有樵夥闻声共喊而至，狼惊散去，而舁来之兽独存。

　　钱乃与各樵者谛视之，类狼非狼，圆睛短颈，长喙怒牙，后足长而软，不能起立，声若猿啼。钱曰："噫！吾与汝素无仇，乃为狼军师谋主，欲伤我耶?"兽叩头哀嘶，若悔恨状，乃共挟至前村酒肆中，烹而食之。

....

[1] 榾：断掉的木头。

【译文】

有个姓钱的人进城办事后回家，晚上在山麓间行走的时候，突然跑出来几十匹狼，这群狼将他包围起来想吃掉他。正在窘迫关头，钱某看见旁边堆了一堆很高的柴火，赶紧拿起一根断木头爬上去躲避。狼爬不上来。其中有几匹狼离开了，不一会儿，它们簇拥着一头怪兽回来，那架势就好像用轿子抬来了一位官老爷。这头怪兽坐在狼群中间，狼群纷纷侧着耳朵在它嘴边，好像在听什么密语。

不一会儿，这群狼各自起身，它们从柴堆下把树枝一根一根地抽出来，弄得柴堆几乎就要垮了。钱某吓得大声呼救。过了好一会儿，恰好一群砍柴的樵夫听见了，他们互相招呼着过来，这才把狼群吓走了，而那头被狼群接过来的野兽还独自留在这里。

钱某与樵夫们仔细看了看它，这兽有点像狼，又有点不像，眼睛圆圆脖子很短，一张长嘴带着锋利的牙齿。后腿很长但无法支撑它站立，叫声和猿猴哀啼差不多。钱某对那兽说道："噫！我与你无冤无仇，你却给饿狼担任军师出谋划策，是想要伤我性命吗？"那怪兽听了吓得叩头哀叫，一副后悔不已的模样。钱某不相信它能改过自新，与樵夫们一起把它拖到前村的酒店，宰了做成菜，然后一群人就着吃了。

龙阵风

乾隆辛酉秋，海风拔木，海滨人见龙斗空中。广陵城内外风过处，民间窗棂帘箔及所晒衣物[1]，吹上半天。有宴客者，八盘十六碟随风而去，少顷，落于数十里外李姓家，肴果摆没，丝毫不动。

尤奇者，南街上清白流芳牌楼之左，一妇人沐浴后簪花傅粉，抱一孩移竹榻坐于门外，被风吹起，冉冉而升，万目观望，如虎丘泥偶一座，少顷，没入云中。

明日，妇人至自邵伯镇。镇去城四十余里，安然无恙。云："初上时，耳听风响甚怕。愈上愈凉爽。俯视城市，但见云雾，不知高低。落地时，亦徐徐而坠，稳如乘舆。但心中茫然耳。"

....

[1] 窗棂（líng）：古代木结构建筑的一种设计，即窗格子，也叫窗棂子。

【译文】

乾隆六年秋天，海上起了可以把树连根拔起的大风，海滨的居民说看见有龙在天上争斗。广陵城内外被风吹过的地方，窗框、窗帘和晾晒的衣服都被刮到了半空。有正在宴请宾客的人家，桌子上的八盘十六碟菜都随风而去。这些菜肴不一会儿落到几十里以外的李姓人家，菜品果盘的摆设居然一点也没变。

更让人啧啧称奇的是，南街上"清白流芳"牌楼旁的左边，一个妇女沐浴结束后簪花搽粉，抱着孩子把竹床搬到门外坐着，居然直接被风吹得如同虎丘泥偶一般冉冉上升，引发万人围观，不一会儿妇女和孩子就消失在云中。

第二天这妇人落到邵伯镇。邵伯镇离城四十多里，妇人落下来居然什么事也没有。她回忆道："刚被吹上天时耳边听见风声很是害怕；后来升得越高越觉得凉快，俯视城市时眼中只有一片云雾，不知道自己究竟所处有多高。落地时也是慢慢落下，稳如坐轿。除了心中茫然，其它一切都自然闲适。"

飞天夜叉

先生在乌鲁木齐，把总蔡良栋言：此地初定时，尝巡瞭至南山深处。日色薄暮，似见隔涧有人影，疑为盗，伏丛莽中密侦之。见一人戎装坐磐石上，数卒侍立，貌皆狰狞，其语稍远不可辨。惟见指挥一卒自石洞中呼六女子出，并姣丽白皙，所衣皆绘彩，各反缚其手，觳觫俯首跪[1]。以次引至坐者前，褫下裳[2]，伏地鞭之，流血号呼，凄惨声彻林谷。鞭讫径去，六女战栗跪送，望不见影，乃呜咽归洞。

其地一射可及，而洞深崖陡，无路可通。乃使弓力强者攒射对崖一树，有两矢著树上，用以为识。明日迂回数十里寻至其处，则洞口尘封。秉炬而入，曲折约深四丈许，绝无行迹，不知昨所遇者何神，其所鞭者又何物。或曰此飞天夜叉化为女子者也。

【译文】

先生在乌鲁木齐时，把总蔡良栋曾对他说：此地刚刚平定时，我曾经到南山深处巡视。天色将暗时，看见山涧对面好像有人影，我怀疑是强盗埋伏在乱草丛中侦察我们。后来我看见一人身穿戎装，坐在磐石上面，几名士兵侍立在旁，面相甚是恐怖，他们说的话因为隔得远所以听不清。只见他指挥着手下一个士兵从石洞中唤出来六个女子。这六个女子都是人美肤白，穿的全是绚丽的彩衣。她们都被反绑着手，战战兢兢地低

---

[1]　觳觫（hú sù）：吓得发抖的模样。

[2]　褫（chǐ）：脱掉，剥夺。

头跪着。士兵把这六个女子依次领到坐前，脱掉了她们下面的衣裳，然后摁在地上鞭打。这些女子被打得浑身是血，哭喊之声响彻山谷林间。打完后兵士们便走了，那些女子还战栗着跪送，等到看不见人影了才放声痛哭，然后回到洞中。

这个洞距此约有一箭射程的距离，然而山涧很深，两边崖又很陡，根本无路可通。于是我叫臂力强的弓箭手集体射击对岸山崖上的树，有两枝箭射入树干，于是就用来作为标记。第二天，我绕了几十里山路终于来到这里，可是洞口已经满是灰尘，俨然是封闭状态。我举着火把进去，曲曲折折大约有四丈多深，什么都没有发现。也不知昨天遇见的是什么神，更不知他鞭打的是什么。有人告诉我说，那六个女子乃是飞天夜叉化成的女子。

犼

常州蒋明府言：佛所骑之狮、象，人所知也；佛所骑之犼，人所不知，犼乃僵尸所变。

有某夜行，见尸启棺而出，某知是僵尸，俟其出，取瓦石填满其棺，而己登农家楼上观之。将至四更，尸大踏步归，手若有所抱持之物。到棺前，不得入，张目怒视，其光睒睒[1]。见楼上有人，遂来寻求。苦腿硬如枯木，不能登梯，怒而去梯。

某惧，不得下，乃攀树枝夤缘而坠。僵尸知而逐之。某窘急，幸平生善泅，心揣尸不能入水，遂渡水而立。尸果踯躅良久，作怪声哀号，三跃三跳，化作兽形而去。地下遗物，是一孩子尸，被其咀嚼，只存半体，血已全枯。

或曰：尸初变旱魃，再变即为狴。狴有神通，口吐烟火，能与龙斗，故佛骑以镇压之。

【译文】

常州人蒋明府说：佛所骑的狮、象，大家是知道的；佛所骑的狴大家就不知道了。狴这东西，其实是僵尸所变的。

某个夜晚，有人赶路途中看见一具尸体掀开棺材板跑出来，这人知道是僵尸，等僵尸出了棺材后他就找来瓦片、石头等东西把棺材填满，而后跑到附近农家的楼上观察。将近四更的时候僵尸大摇大摆地回来了，手里好像还抱着什么东西。到了棺材面前发现进不去，于是张眼怒视、目光闪烁。僵尸发现

---

[1] 睒睒（shǎn shǎn）：光闪烁貌。

楼上有人于是过来寻找，可是苦于腿硬得和枯木一样爬不了楼梯，僵尸一气之下把梯子给拆了。

这一举动把那人吓得惊慌失措，没有楼梯下楼，他就只能借着树枝下楼，僵尸发现后穷追不舍，弄得他狼狈不堪。幸好他一向熟知水性，想着僵尸肯定不敢入水，于是渡水到对岸站着。僵尸果然只能原地发出怪声哀叫，三跃三跳后变成一头怪兽离去。地下遗留着一具孩童尸体，被僵尸咀嚼得只剩下半截身子，血液完全被吸干了。

有人说，尸体最初是变成旱魃，再之后就变成犼。犼有神通，口吐烟火能与龙争斗，所以佛用骑着它这种方法来镇压犼。

幻相

李 通 判

广西李通判者，巨富也。家畜七姬，珍宝山积。通判年二十七疾卒。有老仆者，素忠谨，伤其主早亡，与七姬共设斋醮。忽一道人持簿化缘，老仆呵之曰："吾家主早亡，无暇施汝。"道士笑曰："尔亦思家主复生乎？吾能作法，令其返魂。"老仆惊奔，语诸姬，群讶然出拜，则道士去矣。老仆与群妾悔轻慢神仙，致令化去，各相归咎。

未几老仆过市，遇道士于途，老仆惊且喜，强持之请罪乞哀。道士曰："非我靳尔主之复生也。阴司例，死人还阳须得替代，恐尔家无人代死，吾是以去。"老仆曰："请归商之。"

拉道士至家，以道士语告群妾。群妾初闻道士之来也甚喜，继闻将代死也皆恚[1]，各相视嗫不发声。老仆毅然曰："诸娘子青年可惜，老奴残年何足惜！"出见道士曰："如老奴者代可乎？"道士曰："尔能无悔无怖则可。"曰："能。"道士曰："念汝诚心，可

----

[1] 恚（huì）：悔恨，恼怒。

出外与亲友作别，待我作法，三日法成，七日法验矣。"

老仆奉道士于家，旦夕敬礼，身至某某家，告以故，泣而诀别。其亲友有笑者、有敬者、有怜者、有揶揄不信者。老仆过圣帝庙，素所奉也，入而拜且祷曰："奴代家主死，求圣帝助道士放回家主魂魄。"语未竟，有赤脚僧立案前叱曰："汝满面妖气，大祸至矣。吾救汝，慎弗泄。"赠一纸包曰："临时取看。"言毕不见。

老仆归，偷开之，手爪五具，绳索一根，遂置怀中。俄而三日之期已届，道士命移老仆床，与家主灵柩相对，铁锁扃门，凿穴以通食饮。道士与群姬相近处筑坛诵咒。居亡何，了无他异。老仆疑之，心甫动，闻床下飒然有声[1]。两黑人自地跃出，绿睛深目，通体短毛，长二尺许，头大如车轮，目眈眈视老仆，且视且走，绕棺而行，以齿啮棺缝，缝开，闻咳嗽声，宛然家主也。二鬼启棺之前和，扶家主出，状奄然，若不胜病者。二鬼手摩其腹，口渐有声。

老仆目之，形是家主，音则道士，愀然曰[2]："圣帝之言，得无验乎？"急揣怀中纸，五爪飞出，变为金龙，长数丈，攫

....

[1] 飒（sà）然：形容沙沙作响的风声。

[2] 愀（qiǎo）然：脸色变得难看或者不开心。

老仆于空中，以绳缚梁上。老仆昏然注目下视，二鬼扶家主自棺中出，至老仆卧床，无人焉者。家主大呼曰："法败矣！"二鬼狰狞，绕屋寻觅，卒不得。家主怒甚，取老仆床帐被褥碎裂之。一鬼仰头见老仆在梁，大喜，与家主腾身取之，未及屋梁，震雷一声，仆坠于地，棺合如故，二鬼亦不复见矣。

群妾闻雷往，启户视之，老仆具道所见，相与急视道士，道士已为雷震死坛所。其尸上有硫黄大书"妖道炼法易形，图财贪色，天条决斩，如律令"十七字。

【译文】

广西有个姓李的通判，家境富裕。只妻妾就娶了七个之多，家里面奇珍异宝更是堆积如山。他年仅二十七岁就得病死了。家里有个老仆人，一向老实忠厚，对李通判英年早逝非常悲伤，就与李通判的那些妻妾们请大师设坛做法，超度亡灵。

就在此时，一个道士忽然出现，手持簿子化缘，老仆呵斥他道："我家主人不幸早亡，哪有工夫给你化缘！"道士笑着说："你不想让你家主人还阳吗？我会法术，能让你家主人还魂。"老仆听完便急奔到房内，向妻妾们说了此事，大家伙将信将疑，出来拜会道士，可道士已经走了。老仆、妻妾等认为是自己的怠慢气走了道士，不住地互相埋怨。

没过多久，老仆去赶集，半路机缘巧合，又遇到了这个道

士。老仆又惊又喜，硬拉住道士赔礼道歉，请道士施法复活主人。道士说："不是我不肯，按照地府的规定，要让你主人还阳复活，必须另有一人替代他死，我怕你家没人肯替代主人去死，所以那天我直接走了。"老仆说："请跟我回去，咱们再商量。"

老仆带着道士回到家里，把道士的话告诉了主人的妻妾们。她们一开始见着道士的到来很高兴，等听到需要有个人去替死就不乐意了，你看我我看你，没人发声。老仆人见此情景毅然说道："各位夫人这么年轻，死了太可惜了，我这种已经快死的人了就没什么可怕的！"老仆说完便走出去对道士说："我来当替死的人是否可行？"道士说："你不后悔不害怕就没问题。"老仆说："我不会的。"道士说："你既然这么诚心，我就帮你一把。你现在可以去和亲朋好友道个别，交代一下后事，等我作法。这法术三天就可以作完，七天就会显灵。"

老仆把道士供在家里，早晚问候，不敢有丝毫怠慢。他白天走亲访友道别。有笑他傻的，有叹服于他忠诚的，同情的、嘲笑的、不相信的应有尽有。回家路过关帝庙，老仆向来信奉关帝爷，于是进庙跪拜，说："老奴情愿替主人去死，恳求关帝爷助道士一臂之力，让我主人复生。"没等他说完，忽然香案前出现一个光脚和尚骂他道："我看你一脸妖气，离大祸不远了啊。我有办法救你，可别泄密。"随即送给老仆一个纸包说："关键时刻打开即可。"那和尚说完就不知去向了。

老仆回到家里，偷偷地打开纸包，发现包里有五根长长的手指甲，还有一副绳索，他把这些揣在怀里。转眼间三日已到，道士命人搬来老仆的床，放在与主人棺材相对的位置上，锁好了门，只在墙上开了个洞来送饭送水。那道士在李通判妻妾们的居室近处筑了个祭坛，作法念咒，也没什么不正常的地方。老仆觉得有点不对，才想翻一下身子，突然听得床底下有响声。不一会儿，发现有两个黑鬼从地下跳了出来，眼睛绿绿的内陷进去，一身短毛，身高二尺左右，头大的可与车轮一比，目光死盯着老仆，他们绕着棺材转，并用牙咬棺材的缝隙。缝隙被咬开了，老仆听到了几声咳嗽，很像是李通判的声音。两个鬼打开了棺材的前端，把李通判扶出棺材。李通判似乎饱受病痛折磨，一副上不来气的样子。两个鬼为他按摩腹部，李通判慢慢地可以开口说话了。

老仆再仔细一看，人的确是李通判，可是说话的声音却是那道士。老仆脸色大变，心想："圣帝所说难道是真的了？"他急忙打开纸包，只见那五根指甲变成五条几丈长的金龙飞出，它们把老仆抓到空中，用绳子把他拴在梁上。老仆从梁上昏昏然地朝下面俯看，只见两个鬼把"主人"从棺中扶到老仆睡觉的床上，却发现床上并没有人，"主人"突然大叫一声道："我的法术被破坏了！"两个鬼便凶相毕露，满屋寻找却什么也没找到。那道士很是气愤，将老仆床上的帐子、被子撕的粉碎。忽然有一个鬼抬头看见老仆原来藏在梁上，就与道士一起上来抓老仆，还没到屋梁，一声雷响，老仆掉落在地，棺材紧闭如初，两个鬼也不见了。

李通判的妻妾们听到屋内雷响就开门进去查探情况。老仆

向她们讲了刚才的故事。大家急忙去看那道士，道士已被响雷震死在祭坛上，尸体上还有用硫磺写下的十七个大字，大意是道士作法掉包，企图霸占别人钱财妻女，触犯天条被处死刑，现已按律执行。

狗熊写字

乾隆辛巳，虎丘有乞者养一狗熊，大如川马，箭毛森立，能作字吟诗，而不能言。往观者一钱许一看，以素纸求书，则大书唐诗一首，酬以一百钱。

一日，乞丐外出，狗熊独居，人又往，一与纸求写。熊写云："我长沙乡训蒙人，姓金名汝利。少时被此丐与其伙伴捉我去，先以哑药灌我，遂不能言。先畜一狗熊在家，将我剥衣捆住，浑身用针刺之，热血淋漓，趁血热时即杀狗熊，剥其皮包在我身上。人血狗血，交粘生牢，永不脱落。用铁链锁我以骗人，今赚钱几数万贯矣。"书毕，指其口，泪下如雨。众人大骇，将丐者擒送有司，照采生折割律[1]，立杖杀之。押解狗熊至长沙，交付本家。

余按己未年京师某官奸仆妇[2]，被妇咬去舌尖，蒙古医来，命杀狗取舌，带热血镶上，戒百日不出门，后引见奏对如初。元某将军入阵，受刀箭伤无算，血涌气绝，太医某命杀马，剖其腹，抱将军卧马腹中，而令数十人摇动之，如食顷，将军浴血而立。皆一理也。

【译文】

乾隆二十六年，虎丘有个乞丐养了一头川马一般大小、体毛像箭一样又直又密的狗熊。这狗熊会写字作诗，但不会说话。想参观的必须给一文钱才可以。观众拿纸去请它写字，它用大字写唐诗，只写一首就可以赚一百文铜钱。

一天乞丐外出，狗熊独自在那儿，人们又去观看，有人给它纸请它写字。狗熊写道："我本是长沙教小孩儿的先生，姓金名汝利，年轻时被这个乞丐和他的同伙捉去后用药毒哑了。他们先养了一只狗熊，然后把我衣服剥掉捆起来，用针扎的我浑身是

[1] 采生折割：乞丐残损拐来的人的肢体，变为奇形怪状的残疾人，借此骗取同情，获得施舍。

[2] 仆妇：年纪较大的女仆。

血，同时把狗熊杀死，之后趁热剥皮包在我身上。血肉相交后再也脱不掉了。从此以后就用铁链锁着我来招摇撞骗，至今已赚了好几万贯家财了。"狗熊写完后指着自己的嘴，眼泪如雨下。众人吓得赶紧把乞丐抓起来送到官府。官府根据采生折割的律法将乞丐杖刑打死。然后把"狗熊"护送到长沙，交还给他的家人。

我记得己未年时，京城里某个官员强奸仆妇，结果被咬去舌尖。蒙古医生治伤就是叫人杀狗取舌，然后趁热和人舌相联，叮嘱他百日内不要出门。官员伤愈之后，上殿奏事作答和以前一模一样。元朝某将军杀入敌阵为刀箭所伤，血流不止当场气绝。太医让士兵们赶紧杀了马，割开马肚子将人放进去，数十人摇动马的腹部让将军补充马血，过了一顿饭功夫，将军补足了血就活了，这几件事大概是一个道理。

唱歌犬

长沙市中有二人牵一犬，较常犬稍大，前两足趾，较犬趾爪长，后足如熊，有尾而小，耳鼻皆如人，绝不类犬，而遍体则犬毛也。能作人言，唱各种小曲，无不按节。观者如堵，争施钱以求一曲，喧闻四野。

　　县令荆公途遇之，命役引归，托以太夫人欲观，将厚赠之。至则先令犬入内衙，讯之，顾犬曰："汝人乎，犬乎？"对曰："我亦不自知为人也犬也。"曰："若何与偕？"对曰："我亦不自知也。"因诘以二人平素所习业，曰："我日则牵出就市，晚归即纳于桶，莫审其所为。一日，因雨未出，彼饲我于船上，得出桶，见二人启箱，箱中有木人数十，眼目手足悉能自动，其船板下卧一老人于内，生死与否，我亦不知。"

　　荆公拘二人鞫之，初不承认，旋命烧铁针刺人鬼哭穴，极刑讯之，始言："此犬乃用三岁孩子做成，先用药烂其身上皮使尽脱，次用狗毛烧灰和药敷之，内服以药，使疮平复，则体生犬毛而尾出，俨然犬也。此法十不得一活，若成一犬，便可获利终身。不知杀小儿无限，乃成此犬。"问木人何用，曰："拐得儿令自择木人，得跛者、瞎者、断肢者，悉如状以为之，令作丐求钱，以肥其橐[1]。"

　　即率役籍其船，于船下得老人皮，自背裂开，中实以草。问何用，曰："此九十以外老人皮也，最不易得。若得而干之，为屑和药弹人身，其人魂即来供役。觅数十年，近甫得之。又

────────────────

[1]　橐（tuó）：口袋，代指钱包。

以皮湿，未能作屑，乃即败露。此天也，天也！只求速死。"
荆公乃曳于市，暴其罪而榜死之。犬亦饿毙。

【译文】

　　长沙市里有两个人牵着一只怪狗，体型和前爪两个趾都比一般的狗大不少。这狗后脚像熊，尾巴短小，耳朵鼻子像人，和一般狗完全不一样，全身狗毛，能说会唱还不走调。看热闹的人把这两人一狗围得水泄不通，争着给钱叫狗唱歌，喧哗之声传遍四方。

　　县令荆公在路上遇到耍狗表演，疑惑之余命令差役把两人一犬带回府，说是自己的母亲要观看，到时候自有打赏。到了门口，县令先把狗领进内衙讯问。县令看着狗说："你是人是狗？"狗回答说："我不知道。"县令又问："你为什么和他们在一起？"回答说："我也不知道。"县令就问那两个人平时干些什么，狗回答说："白天我被牵出到街市上去，晚上牵回来就装进桶里，也不知道他们做什么。有一天因为下雨没有出去，他们在船上给我喂饭，我能够从桶里出来，看见二人打开一个箱子，箱子里有好几十个木人，眼睛手脚都能活动，船板下面有一个老人，是死是活我就不清楚了。"

　　荆公把那两个人抓来审讯。他们开始百般抵赖，荆公立即命令衙役烧红铁针刺入他们的鬼哭穴，大刑之后二人终于如实招供道："这条狗是用三岁的小孩做成的。先用药弄烂他身上的皮肤。脱皮之后再用狗毛烧成的灰和上药敷在他身上，再内服药物就可以长出狗毛和尾巴，变得和真狗差不多。用这个方法做人狗真可谓九死一生。但是如果做成了就可以一辈子赚钱。我们杀了很多小孩才做成这样一只狗。"荆公问他们木人有什么用处。二人招供说："我们拐来小孩后就叫他们各选择一个木人，木人有瘸腿的、瞎眼的、断肢的。我们照木人的样子把小孩弄成同样的残疾模样，让他们乞讨来给我们赚钱。"

荆公立刻带着差役去搜查他们的船，在船下发现从背上割开剥下的老人的皮，里面还塞满了草。荆公问他们这有什么用，二人说："这是很难得到的九十岁以上老人的皮。弄干燥后研成粉屑，再搭配药物弹到人的身上，那人的魂就会唯命是从了。我们找了几十年，最近才终于得手。因为皮太湿所以没来得及做成粉屑，因而败露。这就是天意啊，只求大人赶快杀了我们吧。"荆公于是把他们两个押解到闹市，公布了他们的罪状，当众捶击而死。那只狗不久也饿死了。

凡肉身仙佛俱非真体

余每游刹院见肉身菩萨[1]，大概浑身用生漆灰布，叩之橐橐有声[2]。虽腿筋盘屈隐隐可见，而头颈总歪。在武夷山，见草鞋仙姓程名艮坐石洞中，在九华山见无暇和尚，皆两目下垂，无睛，摇其头尚动，扣其齿皆蛀朽脱落。惟广西永州无量寿佛，虽肉身而头独端正，心常疑之。

后有人云：顺治间有邢秀才读书村寺中，黄昏出门小步，闻有人哀号云："我不愿作佛。"邢爬上树窃窥之，见众僧环向一僧，合掌作礼，祝其早生西天；旁置一铁条，长三四尺许，邢不解其故。闻郡中喧传"某日活佛升天，请大众烧香礼拜"，来者万余人。邢往观之，升天者，即口呼"不愿作佛"之僧也，业已扛上香台，将焚化矣。急告官相验，则僧已死，莲花座上

---

[1] 肉身菩萨：佛教传说高僧死后肉身经久不坏，如同生时相貌。
[2] 橐橐（tuó tuó）：硬物撞击声。

血淙淙滴满，谷道中有铁钉一条，直贯其顶。官拘拿恶僧讯问，云："烧此僧以取香火钱财，非用铁钉，则临死头歪，不能端直故也。"乃尽置诸法。而一时烧香许愿者，方大悔走散。

全州佛庙大门外有坟一座。相传某御史入庙礼佛，欲试是否肉身，取针刺佛之耳，鲜血流出，御史大惊，出庙颠仆而死，其家即葬之于庙门外以示戒也。余观坟上碑，但记前朝姓名某，而并无此语。余虽不刺佛，然剥其所施衣彩十三层，叩其胸而弹之，亦自觉无礼矣。

【译文】

我每每游览寺院，见到的肉身菩萨，大多都是用生漆灰布将其浑身包裹住，敲击肉身菩萨就会传来咚咚的响声。可以隐隐约约地看到肉身菩萨盘屈在一起的腿筋，而头颈总是歪向一边。我到武夷山游览，看到草鞋仙人程艮的肉身坐在石洞中，到九华山，看到无暇和尚的肉身，双目下垂，没有了眼珠，触碰他的头还能晃动，敲击他的牙齿，都已经朽烂脱落了，唯独广西永州无量寿佛，他的肉身头颅是端端正正的，我常常疑心是假的。

后面听人说，顺治年间有一名邢秀才，在村寺中读书，黄昏时候出门散步，听闻有人哀嚎道："我不想作佛！"邢秀才爬上一棵大树窥探，见到一群和尚围绕着一名长老，合掌作揖，

子不语

祈愿他早登西天。在旁边放置一根铁条，有三四尺长，邢秀才摸不着头脑，不知道他们在做什么。过了几日，听到郡中盛传"某一日活佛将要升天了，请大众前往寺庙中烧香礼拜"，到了活佛升天的这一日，前来寺庙中烧香拜佛的达万人之多。邢秀才也随之一同围观，发现将要升天的"活佛"就是前几日哀嚎不愿作佛的那名僧侣。"活佛"已经被扛上香台，将要焚化了。邢秀才连忙报告官府前来查验，此时"活佛"已经死了，莲花座上鲜血淋漓滴满了莲座。衙门的人发现"活佛"肛门中插入了一根铁条，一直穿过了头顶，随即拘拿寺庙的僧侣讯问。僧侣们招供说将他火化升天的目的是赚取信众的香火钱，如果不用铁条插入体内，则临死的时候头是歪的，不能端正坐着。官府将寺庙的僧侣全部治罪。当时来礼拜活佛升天的民众，都懊丧着散去了。

全州的佛庙大门外有一座坟，相传某位御史到此礼佛，想要试试寺里的肉身佛是否是真的，于是用针去刺肉身佛的耳朵，随即流出了鲜血，御史大惊失色，连忙向庙外逃窜，走出庙门就扑倒在地死了。御史的家人将御史埋葬在寺庙外以示警戒。我去看坟上的碑文，只是刻着前朝某人的姓名，并未说道肉身佛的事情。我虽然不会用针刺肉身佛，但是也曾做过剥下肉身外包裹的十三层彩漆，敲击前胸，并用手弹的事，也感到此举很是无礼了。

藏魂坛

云贵妖符邪术最盛。贵州臬使费元龙赴滇[1]，家奴张姓骑马上，忽大呼坠马，左腿失矣。费知妖人所为，张示云："能补张某腿者，赏若干。"随有老人至，曰："是某所为。张在省时，倚主人势，威福太过，故与为恶戏。"张亦哀求。老人解荷包，出一腿，小若蛤蟆，呵气持咒，向张掷之，两足如初，竟领赏去。

或问费公："何不威以法？"曰："无益也。在黔时，有恶棍某，案如山积。官府杖杀，投尸于河。三日还魂，五日作恶，如是者数次。诉之抚军。抚军怒，请王命斩之，身首异处。三日后又活，身首交合，颈边隐隐然红丝一条，作恶如初。后殴其母，母来控官，手一坛，曰：'此逆子藏魂坛也。逆子自知罪大恶极，故居家先将魂提出，炼藏坛内。官府所刑杀者，其血

---

[1] 臬使：按察使，主管一省之监察司法事务。

肉之体，非其魂也。以久炼之魂，治新伤之体，三日即能平复。今恶贯满盈，殴及老妇，老妇不能容。求官府先毁其坛，取风轮扇扇散其魂；再加刑于其体，庶几恶子乃真死矣。'官如其言，杖毙之。而验其尸，不浃旬已臭腐。"

【译文】

云贵地区妖符邪术很盛行，贵州按察使费元龙前往云南途中，一名张姓家奴骑在马上，忽然大喊一声坠马，失去了左腿。费元龙知道这是妖人在玩弄邪术，于是张贴告示写道："能够为张某补上左腿的，赏钱若干。"很快就有一名老者走过来说："这是我干的。张某凭靠主人的权势，作威作福太过分了，所以给他搞了一场恶作剧。"张某向这名老者哀求，老者解开一个荷包，取出一只像蛤蟆腿大小的人腿，吹一口气，再念诵符咒，向张某扔了过去，张某两只脚平复如同往日，老者领取了赏银走了。

有人问费元龙为什么不对老者动用国法以树官威，费元龙说："这样做是没有用的。我在贵州时，有一名恶棍，作恶多端，官府当场将他杖责而死，投尸河中。三日后他就还魂了，第五日又继续作恶，此后屡屡作案，后来上诉到抚军，抚君震怒，向皇上请命将其斩首，将身躯和头颅埋在不同的地方，过了三天，恶棍身躯和头颅又合在了一起活了过来，只是颈上隐隐约约有一条红绳，又作恶如初。后来他甚至去殴打自己的母亲，母亲来官府控诉，手里捧着一个坛子说：'这是逆子埋藏魂魄的坛子，他自知罪大恶极，所以在家时先将自己的魂魄提了出来，修炼后藏在坛子里，官府施加的刑法，只是处置了他的血肉之体，而没有惩罚到他的魂魄。用修炼很久的魂魄，治疗刚刚受到创伤的肢体，只需要三天就可以平复如初。现在他恶贯满盈，还来殴打我，我不能再容忍他作恶了，请求官府将存放他魂魄的坛子毁掉，而后用风轮扇将他的魂魄吹散，最后再对他的肉体施加刑罚，他这次就真的得死了。'官府照着老妇的话做了，而后将他杖责至死，再查验尸体，不到十天就腐烂发臭了。"

徐先生

宿松石赞臣家饶于财，兄弟数人，资各数万。宿俗：富饶之家，每日必设一家常饭，置外厅堂，不拘来客，皆就食焉，号曰"燕坐"。忽有徐姓者，清瘦微须，亦来就食，指门外青山曰："君等曾见过山跳乎？"曰："未也。"徐以手指三撮，山果三跃。众人大奇之，呼为先生。

先生谓赞臣曰："君等家资虽富，能炼丹，可加十倍。"群

兄弟惑其言，置炉设灶，各出银母数千以求子金。二房弟妇某氏，素黠，暗置铜于银母中，不与先生见。亡何炭炽，风雷起于屋上，劈碎瓦数片。先生骂曰："此必有假银搀杂，致干鬼神怒。"询之，果然，合家骇服。先生置铜盘于空中，呼曰："丹来。"盘中铿然，一锭坠下；连呼之，铿铿之声不已，大锭小锭齐落于盘。先生曰："炼大丹，在深山中人迹不到之所，可致千万，盍随我往江西庐山乎？"石氏兄弟愈喜，即载银数万，随先生往。未半途，先生上岸去矣。夜率大盗数十，明火执杖来劫取银，曰："毋怖，我虽盗魁，然颇有良心。念汝等供养我甚诚，当留下千金，俾汝等还乡。"于是，石家兄弟以全数与之，惘惘然归。

十年后，安庆按察使衙门役吏差人来召赞臣，曰："狱有大盗徐某，请君相见。"赞臣不得已，往，果见先生。先生曰："我劫数已尽，死亦何辞。但念我数年交谊，为葬其遗骸。"脱手上金钏四只与赞臣为棺费，且曰："我大限在七月一日未时，汝可来送。"至期，赞臣往市曹，见先生反接待斩。忽胯下出一小儿作先生音曰："看杀我！看杀我！"须臾头落，小儿亦不见。其时枭使为祖廷圭，满洲正蓝旗人。

【译文】

　　宿松石赞臣家非常富有，兄弟数人各有资产数万。宿松当地的习俗是：富饶之家，每天需要在厅堂外设置家常饭，无论是什么样的人物，都可以来享用。这一习俗名字叫"燕坐"。有一天来了一位姓徐的人，清瘦，长着稀疏的胡须，在厅堂外饮食，指着门外青山说道："你们看到过山跳吗？"众人回道："没见过。"姓徐的用手指对着山的地方撮了三下，山果然跳了三次，众人感到非常惊异，称呼他徐先生。

　　徐先生对石赞臣说："你们家虽然很殷实，但是如果把银子拿来炼丹生银，就可以再加十倍的资产。"石赞臣及其兄弟们为徐先生言语所惑，安置好炉灶，各出母银数千两用去炼丹生子银。石家的二弟媳妇素来狡猾，瞒着徐先生把铜钱掺杂在母银之中，炼丹不多久炭火熊熊而起，房屋上骤起狂风和惊雷，劈碎了数片砖瓦，徐先生骂道："这一定是因为有假银子掺杂其中，才会引起鬼神的怒火。"加以询问，果然如此，全家都惊叹信服。徐先生将铜盘置于空中，呵道："丹来！"盘中传来铿铿撞击的声音，一锭银子坠落其中，徐先生又连连呼喊，盘中铿铿之声不绝，大锭小锭的银子装满了铜盘，徐先生说："要炼出大锭的银子，需要到深山人迹罕至的地方，如此可招致千万白银，你们愿意随我到江西庐山中去吗？"石家兄弟更加兴奋，装载了数万两白银，随徐先生坐船前往庐山。行到中途，徐先生上岸而去，夜晚率领数十名强盗明火执仗前来抢取白银。徐先生说道："你们不要害怕，我虽然是强盗首领，

但是很有良心，念在你们往日侍奉我很真诚的份上，你们可以带走千两白银作为回乡的差旅费。"石家兄弟无奈将全部的银子都给了徐先生一伙，怅惘着回家了。

十年后，安庆按察使衙门监狱的差役前来宣召石赞臣说："我们监狱拘押的大盗徐某请你前往相会。"石赞臣不得已，到了监狱里，见到了徐先生。徐先生对石赞臣说："我劫数到了，自然该死。但是请您念及我们数年的交情，死后将我安葬。"随后脱下手上的四只金钏，交给石赞臣作为置备棺材的费用，并说道："我的大限在七月一日的未时，那天请您来给我送行。"到了那一天，石赞臣前往刑场，见到徐先生被反绑着等待行刑，忽然徐先生的胯下跳出了一个小孩子，用徐先生的声音说道："看他们杀我了，看他们杀我了。"须臾徐先生人头落地，小孩子也消失了。当时的安庆按察使是祖挺圭，满洲正蓝旗人。

江秀才寄话

婺源江秀才号慎修，名永，能制奇器。取猪尿脬置黄豆[1]，以气吹满，而缚其口，豆浮正中。益信"地如鸡子黄"

---

[1] 脬（pāo）：膀胱。

之说。有愿为弟子者，便令先对此胵坐视七日，不厌不倦，方可教也。家中耕田，悉用木牛。行城外，骑一木驴，不食不鸣。人以为妖，笑曰："此武侯成法，不过中用机关耳，非妖也。"置一竹筒，中用玻璃为盖，有钥开之。开则向筒说数千言，言毕即闭。传千里内，人开筒侧耳，其音宛在，如面谈也；过千里，则音渐渐散不全矣。

忽一日自投于水，乡人惊救之，半溺而起，大恨曰："吾今而知数之难逃也。吾二子外游于楚，今日未时三刻，理应同溺洞庭。吾欲以老身代之。今诸公救我，必无人救二子矣。"不半月，凶问果至。此其弟子戴震为余言。

【译文】

婺源人江秀才号慎修，名永，会制造各种稀奇古怪的工具。比如找个猪尿泡，然后里面放一颗黄豆吹胀气后扎好，黄豆就浮在了正中间，他因此越发笃信世界本质上如同鸡蛋这个说法。有想拜他为师的，他就下令先坐着对视这个尿泡，看上七天都不厌倦的，他才会传道授业。他家耕田用木牛，出城骑木驴，这些东西不吃草也不叫，看见的人都把这些东西视为妖怪。他笑着解释道："这是诸葛亮留下的木牛流马，中间设有机关，并非妖怪。"他还做了个中间用玻璃作盖子的竹筒，可

以用钥匙来开启。开启后对着筒说话可讲几千个字，说完后关闭。相传千里之内，人打开竹筒侧耳一听，里边就会有声音，音质就和当面交流一样，但如果超过了千里，声音就渐渐模糊不全了。

有一天江秀才突然跳入水中，乡里人吓得赶忙把他捞起来。他已经被水淹得奄奄一息，充满遗憾地说道："我今天才知道大难果然是躲不掉的。我的两个儿子在楚地游玩，按照天数，他们应该于今日未时三刻同时溺毙于洞庭湖。我刚刚跳水，正是想用我这条老命换他们的命。现在你们把我救起，那就肯定没人救我两个苦命儿了。"不到半月噩耗果然传来。这些稀奇古怪的传闻都是江秀才的学生戴震先生告诉我的。

偷画

有白日入人家偷画者，方卷出门，主人自外归。贼窘，持画而跪曰："此小人家祖宗像也，穷极无奈，愿以易米数斗。"主人大笑，嗤其愚妄，挥叱之去，竟不取视。登堂，则所悬赵子昂画失矣。

【译文】

有个小偷，光天化日居然潜入别人家里偷画，他刚刚把画卷好，不巧这家主人从外面回来。小偷看见主人觉得很尴尬，拿着画跪倒在地说道："您家这幅画乃是我家祖宗的画像，小人太穷才出此下策，我用几斗米跟您换，您看可以吗？"主人听完觉得可笑，斥责小偷狂妄无知，叫他赶紧离开，一时大意，竟然忘了把画取出审视。进入正堂才发现悬挂着的赵子昂的画已经丢了。

偷靴

或着新靴行市上，一人向之长揖，握手寒暄，着靴者茫然曰："素不相识。"其人怒骂曰："汝着新靴，便忘故人！"掀其帽掷瓦上去。着靴者疑此人醉，故酗酒。

方彷徨间，又一人来笑曰："前客何恶戏耶？尊头暴露烈日中，何不上瓦取帽？"着靴者曰："无梯奈何？"其人曰："我惯作好事，以肩当梯，与汝踏上瓦何如？"

着靴者感谢。乃蹲地上，耸其肩。着靴者将上，则又怒曰："汝太性急矣！汝帽宜惜，我衫亦宜惜。汝靴虽新，靴底泥土不少，忍污我肩上衫乎？"着靴者愧谢，脱靴交彼，以袜踏

子不语

肩而上，其人持靴径奔，取帽者高居瓦上，势不能下。市人以为两人交好，故相戏也，无过问者。失靴人哀告街邻，寻觅得梯才下，持靴者不知何处去矣。

【译文】

有人穿了一双新靴子在大街上行走。忽然有一人上前向他作揖行礼，握手嘘寒问暖。穿靴的人一脸疑惑地说道："我并不认识您！"那人脸色大变，怒斥道："才穿上新靴，就把老朋友给忘了！"说着一把抓过穿靴人的帽子扔到房顶。穿靴人猜测这个人刚才的举动是醉酒的缘故。

正在不解之际，又有一个人走上前来笑着说道："刚才那人为什么故意戏弄你？你的头如今在烈日下暴晒，为何不上屋取帽避热呢？"穿靴人回道："没有梯子该如何？"那人告诉他说："我一向乐于助人，不如你就踏在我的肩膀上屋顶去取帽子，你意下如何？"

穿靴人听完连连感谢。那个"好心人"就蹲在地上，耸起了肩膀。穿靴人正准备上去时，那人却不高兴地说道："你也太着急了！你的帽子值得爱惜，我的衣服也是一样。你的靴子虽然是新的，但靴底已经沾了许多泥土，你就忍心直接踩在我肩膀上，把我的衣服给弄脏吗？"穿靴人听完惭愧地抱歉，脱下靴子交给了"好心人"，就这样只穿袜子踏着"好心人"的肩膀上了房顶，这时"好心人"捡起新靴子就逃掉了。穿靴人身在屋顶无法下来，街上的人以为此乃朋友之间的戏弄，所以没有理会。穿靴人苦苦哀求，这才有人找来梯子让他下来。至于那个偷靴子的人，早已消失不见。

奇骗

骗术之巧者，愈出愈奇。金陵有老翁，持数金至北门桥钱店易钱，故意较论银色，哓哓不休。一少年从外入，礼貌甚恭，呼翁为老伯，曰："令郎贸易常州，与侄同事，有银信一封，托侄寄老伯。将往尊府，不意侄之路遇也。"将银信交毕，一揖而去。

老翁拆信，谓钱店主人曰："我眼昏，不能看家信，求君诵之。"店主人如其言，皆家常琐屑语，末云："外纹银十两，为爷薪水需[1]。"翁喜动颜色，曰："还我前银，不必较论银色矣。儿所寄纹银，纸上书明十两，即以此兑钱何如？"主人接其银称之，十一两零三钱，疑其子发信时匆匆未检，故信上只言十两；老人又不能自称，可将错就错，获此余利，遽以九千

....
[1] 薪水：此处指代基本生活费用。

钱与之。时价纹银十两，例兑钱九千。翁负钱去。

少顷，一客笑于旁曰："店主人得毋受欺乎？此老翁者，积年骗棍，用假银者也。我见其来换钱，已为主人忧，因此老在店，故未敢明言。"店主惊，剪其银，果铅胎，懊恼无已。再四谢客，且询此翁居址。曰："翁住某所，离此十里余，君追之，犹能及之。但我翁邻也，使翁知我破其法，将仇我，请告君以彼之门向，而君自往追之。"店主人必欲与俱，曰："君但偕行至彼地，君告我以彼门向，君即脱去，则老人不知是君所道，何仇之有？"客犹不肯，乃酬以三金，客若为不得已而强行者。

同至汉西门外，远望见老人摊钱柜上，与数人饮酒，客指曰："是也，汝速往擒，我行矣。"店主喜，直入酒肆，捽老翁殴之曰[1]："汝积骗也，以十两铅胎银换我九千钱！"众人皆起问故，老翁夷然曰："我以儿银十两换钱，并非铅胎。店主既云我用假银，我之原银可得见乎？"店主以剪破原银示众。翁笑曰："此非我银。我止十两，故得钱九千。今此假银，似不止十两者，非我原银，乃店主来骗我耳。"酒肆人为持戥称之[2]，

----

[1] 捽（zuó）：揪住。
[2] 戥（děng）：专门给贵重物品和小型物品称重的工具。

果十一两零三钱。众大怒，责店主，店主不能对，群起殴之。店主一念之贪，中老翁计，懊恨而归。

【译文】

现今骗术之巧，真的是越来越离奇。南京有个老翁手持很多银子到北门桥的钱店换铜钱，他故意喋喋不休地和店主争论银子的成色，借此来吸引人注意。这时候一名少年从外面进来，对老翁很是恭敬，尊称为老伯，他对老翁说："您的儿子在常州做生意，与侄儿是同行，如今他有一封夹带银子的信，托侄儿转寄给老伯。本来打算去贵府，没想到路上偶遇老伯。"说完就将银子和信交给了老翁，作揖后就走了。

老翁拆开信对钱店主人说："我老眼昏花不能看家信，请你帮我念一念。"店主人按他请求帮忙念了，前面都是些家常琐屑语，信的最后写道："此外有纹银十两，给爷爷聊做柴火钱。"老翁听完喜形于色地对店主说道："把我刚刚的银子还给我，不必再计较它的成色。我儿刚刚寄来的银子，信上说有十两，就用这些银子兑换，你觉得如何？"店主人一过秤，发现一共有十一两零三钱，怀疑老翁儿子寄钱时匆忙之下没有仔细称重，所以信上只说有十两；老人既然不会称重，不如将错就错，于是按行情用九千文铜钱换了这十两银子。老翁带着钱走了。

不一会儿，一名客人在一旁笑着说道："店主人你可能被

骗了吧？这个老翁是个老骗子，用的是假银子。我看见他来换钱就已经为你担忧了，只因为这个老翁在场，所以不好明说。"店主听完很吃惊，把银子剪开，果然都是灌了铅的假银，顿时后悔不已。店主人对客人连连称谢，接着追问老翁的住址。客人说道："老翁住所距此不过十几里，你去追还是来得及。但是这老翁是我邻居，要是被他知道是我拆穿他的，怕他会记仇报复，我告诉你方向后你自己去追吧。"店主人一定要客人和他一路，说道："你和我一起去，到了地方后你告诉我是哪个门，然后你就离开，这样那老翁就不知道是你拆穿的了，又如何能够记仇呢？"客人还是有点犹豫，店主表示重金酬谢，客人不情愿地答应了。

两人一起走到汉西门外，远远望见老人把钱摊放在桌子上与一堆人在喝酒，客人指着老翁说道："就是他，你快去抓人，我先行告辞。"店主人很高兴，直奔酒店，一把揪住老翁，气愤地又打又骂道："你这个老骗子，居然用十两铅银骗了我九千文铜钱！"众人问这是怎么回事，老翁不屑地说道："我用的是我儿子寄给我的十两白银，不是铅银。店主既然说我用的是假银，你敢把那些假银子拿出来让大家伙看看吗？"店主人于是把剪破的假银拿出。老翁笑着说道："这不是我的银子，我儿子信上写得清清楚楚，只寄给了我十两银子，所以才换了你九千文铜钱。你这里的假银子不止十两，不可能是我的那笔，分明是你想要诬我钱财。"酒店里的人把假银子拿来过秤，果然有十一两零三钱。众人大怒之余责备店主人，店主人无言以对，被气愤的围观群众痛打。可怜店主人因为一时贪念中了这个老翁的骗术，只能又气又恨地回去了。

骗人参

京师张广号人参铺甚大。一日，有骑马少年负银一囊到店，先取百两与作样，而徐取参数包阅之，曰："我主人性琐碎，买参不如其意，必加呵责，我又不善择参，可否存此样银于店，命老成伙计多带上等参同往主人处，凭其自择，何如？"店家以为然，即收银遣店中叟负参数斤偕往，临行嘱曰："谨持参，勿落他人手也。"

进东华门，至一大府第，少年同登楼，楼上主人美须眉，披貂裘，戴蓝宝石顶，病奄然，倚枕踞床，目负参者曰："所携参果辽东顶上者耶？"店叟唯唯。旁两僮捧参上，逐包开检，所批驳皆洞中行情。

阅未毕，忽门外车马声甚喧，一客入。主人惶遽，命侍者下楼，辞以病不能会客，低语负参者曰："此向我借债客也，断不可使上楼。彼上楼见我力能买参，则难以无钱相覆矣。"客

在楼下呼曰："汝主病诈也，必是抱优童[1]、娶小奶奶，故不许我登楼。我偏欲上楼一看！"两侍者固拒之，争吵不已。主人愈惶急，又低语负参者曰："速藏参！速藏参！毋为恶客所见！床下竹箱可以安放。"以铜锁钥匙付之曰："汝坐箱上护守参，我自下楼见彼，或能止其上楼，亦未可定。"

跄踉下楼，与客始而寒暄，继而戏骂。客必欲上楼，主人又固拒之。客大怒曰："汝不过防我借银耳！虑我见汝楼上有银故也。如此薄待我，我即去，永不再来！"主人阳为谢罪[2]，送客出，僮仆亦随之出，许久寂然。

负参者端坐箱上以待，良久不至，始有疑意。开锁取参，参不见。藏参之箱，一活底箱也，箱底板即楼板。方戏骂时，从楼下脱板取参，守参者不知也。

【译文】

北京城的张广号人参铺规模很大。有一天，一位少年背了一袋银子骑着马来到店里。这少年先是拿出一百两银子作为定金，然后又取了几包人参慢慢挑选，之后对店主说："我家主

---

[1] 优童：外貌秀美的幼年男性。
[2] 阳：指表面上。

人很是讲究，我们给他买的人参，稍微有一点不如他的心意就会被斥责。我不擅长挑选。能否留下这一百两银子作为定金，您安排一名老伙计多带一些上等人参去我主人家里，让他亲自挑选，如何?"店主觉得可行，就把定金收了，然后派了一名老伙计背着几斤上等人参跟着少年去了。临走时店主特意小声交待老伙计道:"人参务必保管好，别丢了!"

老伙计跟着那少年来到了东华门一个大府第，少年带着他上了楼。只见这家主人胡子飘飘，眉宇俊朗，披着貂皮氅，头戴一蓝宝石帽子，病殃殃地躺在床上。他看见老伙计就问道:"你所带的人参真的是辽东最好的吗?"老伙计回答道:"是的。"两边的小仆接过人参递给他。这主人逐包打开检验，点评的话都很内行。

还没看完，突然听到外面车马喧哗，一位客人进来了。主人一脸恐慌，赶紧叫仆人下楼，让他以自己有病为由拦住客人。一面又轻声对人参铺的老伙计说:"这人是来向我借银子的，绝不能让他上来。他上楼发现我还能买得起人参，我就很难不借给他钱了。"这时客人在楼下大喊道:"你家主人真的病了吗?我看肯定是正在和美少年、小老婆寻欢作乐，所以不肯让我上去。我今天还偏就要上去看看!"说完就要上楼。两名仆人急忙阻拦，最后直接争吵起来。主人一听更急了，于是低声对人参铺的老伙计说道:"你快把人参藏起来!不要被这个人看见了!这床下有个竹箱，正好可以放人参!"说完他把一把铜锁钥匙交给老伙计，叮嘱道:"你就坐在这竹箱子上把人

参看好。我现在下楼去见那个客人，也许可以挡住他。"

主人踉踉跄跄地下了楼，与那客人寒暄了一会儿，然后又开始争执。客人坚持要上楼，主人坚决阻止。客人生气了，说道："你是怕我上去看见你有银子，然后不好不借给我钱，所以才不让我上去，你如此待客，我走就是了，以后绝不打扰！"主人假意赔罪，出门送客，把客人打发走了，仆人们也退了出去，院子里安静了很久。

参铺老伙计坐在竹箱上，很久也没看见人回来。心里不免怀疑，打开竹箱检察，结果发现人参已经不见了。原来这箱子的底是可以活动的，楼板就是它的底。刚才主人和客人争吵的时候，就已经有人打开楼板把人参给偷走了，而这个老伙计却完全没有发觉，以至于上当受骗。

妖术二则

江阴有士人学法于茅山，有术能致妇人。用乌龟壳一个，书符于上，夜拥之而卧，少顷，即见一舆舁一少妇至。或平昔有属意者，皆可召来。其妇不言，与交媾无异生人，天将明乃去。其去时，必反系其裙以出，未知何故。据言此乃所召之生魂也。

娄县有道士善致天女，有求其术者，必令其人备衣裙钗钏之属，须极华丽珍贵，乃可为天女服饰，言着天宫衣不能履凡世故也。其来必在初更，须先扫净室，屏绝人迹，道人入，书符步咒，则天女始至，色果殊丽，异香袭体。人与交合，与世人无异，亦不言笑。

天未明，道士来，又屏人书符，送天女去，则衣饰皆带去，无一遗存。与天女交者皆无后祸，故其术颇为豪富家所重，即耗其资亦不惜也。后乃知其常通妓女为之。道士素颀而长，将女裸缚于怀，以袍袭之。昏黑人莫能辨，屏人而出诸怀，服其衣饰，伪为天女给客。将晓，仍束而去，以此分肥其衣饰。盖死后其徒言于人云。

【译文】

江阴有士人在茅山学法术，其中一种法术可以招来妇人。这种法术需要用乌龟壳一个，写上符文，夜里抱着龟壳睡，不一会儿就可以看见一乘轿子抬着一少妇前来。自己平日里有意的女子，都可以用这种法术招过来。招来的妇人不会发声，与男子交合如同活人一般，天亮后女子才会离开。她们离开的时候必定是反系好裙子，原因不为人知。据说这些女子都是招来

的活人的魂。

娄县有一个道士，善于招来天上的仙女，想求他施法，就必须准备好华丽珍贵的衣裙钗钏等物，道士说只有这样才可以做成天女下凡所穿的服饰，仙女穿着天上的宫衣是不能来人世间的。仙女降临是初更时分，要先扫净屋子、赶走旁人，然后道士进来写好书符，边走边念咒语，这些都做完后仙女才会降临。仙女不仅貌美而且体香浓郁。男子与仙女交合像与人间女子一样，只是仙女不会说话，也不会笑。

天还没亮，道士就会来把人赶走，画好书符送仙女回去，至于那些贵重的衣服首饰则都不见了。传言与仙女交合过的男人不会有灾祸，因此富豪之家都很看重这一法术，即使价格不菲也在所不惜。后来才知道那些仙女都是妓女假扮的。那道士利用自己身材修长的优势，将妓女脱光后绑在身上，然后用宽松的长袍遮掩，借着夜黑掩护，所以很难被人发现。他把人赶走后再给妓女松绑，穿戴打扮好了后再让这些"仙女"出来骗人。天亮之前道士再把"仙女"绑好了带走，靠着这种手段，他和妓女分肥，骗取了大量贵重的衣服首饰。这些秘密大概是道士死后他的弟子传出来的。

鸩人取香火

杭州道士廖明，募钱立圣帝庙塑像。开光之日，乡城男妇蜂集拈香。忽一无赖来，昂然坐圣帝旁，指像侮慢之。众人苦禁，道士曰："不必，听其所为，当必有报。"须臾，无赖仆地，呼腹痛，盘滚不已，遂死，七窍血流。众大骇，以为圣帝威灵，香火大盛，道士以之致富。

逾年，其党分财不匀，出首："去年无赖之慢神，乃道士贿之，教其如此。其死，乃道士先以毒酒饮之，而无赖不知也。"有司掘验，其骨果青黑色，遂诛道士，而圣帝香火亦衰。

【译文】

杭州有个叫廖明的道士，四处募资修建圣帝庙塑像。塑像开光当天，全城的男女都蜂拥过来上香。突然来了一个无赖，他毫无畏惧地坐在圣帝塑像旁，一副轻蔑的模样指着塑像侮骂。众人苦劝道士制止无赖的行为，道士说："不必，随他的性子吧，他肯定会遭报应的。"不一会儿，这无赖突然肚子疼

起来，倒在地上不住打滚，然后七窍流血死了。众人大惊失色，认为是圣帝神的威灵在惩罚无赖，这个庙因此香火非常旺盛，道士因此发家致富。

过了几年，这伙修庙塑像的人分钱不均闹起了内讧，有不满道士的人去报官说道："去年那个无赖之所以怠慢关帝神，都是道士贿赂教唆的缘故。那无赖之所以会暴毙，并非关帝显灵，而是道士事先骗他喝了毒酒，这无赖不知情就喝了。"官府把无赖尸体挖出来检验，果然发现尸骨是中毒所致的青黑色，于是杀了那个坏道士，而圣帝庙的香火从此也衰落了。

赑屃精[1]

无锡华生，美风姿，家住水沟头，密迩圣庙[2]。庙前有桥甚阔，多为游人憩息。夏日，生上桥纳凉，日将夕，步入学宫，见间道侧一小门，有女徘徊户下。生心动，试前乞火。女

---

[1] 赑屃（bì xì）：传说中龙之九子之一，形似龟，好负重，长年累月地驮着石碑。

[2] 迩（ěr）：近、靠近。

笑而与之，亦以目相注。生更欲进词，而女已阖扉[1]，遂记门径而出。

次日再往，女已在门相待。生叩姓氏，知为学中门斗女，且曰："妾舍逼隘，不避耳目；卿家咫尺，但得静僻一室，妾当夜分相就。卿明夕可待我于门。"生喜急归，诳妇以畏暑，宜独寝，洒扫外室，潜候于门。女果夜来，携手入室，生喜过望。自是每夕必至。

数月后，生渐羸弱。父母潜窥寝处，见生与女并坐嬉笑，亟排闼入，寂然无人。乃严诘生，生备道始末，父母大骇，偕生赴学宫踪迹，绝无向时门径；遍访门斗中，亦并无有女者。其知为妖，乃广延僧道，请符箓，一无所效。其父研朱砂与生曰："俟其来时，潜印女身，便可踪迹。"

生俟女睡，以朱砂散置发上，而女不知。次日，父母偕人入圣庙遍寻，绝无影响。忽闻邻妇诟小儿曰："甫换新裤，又染猩红，从何处染来耶？"其父闻而异之，往视，小儿裤上尽朱砂，因究儿所自。曰："适骑学宫前负碑龟首，不觉染此。"往视赑屃之首，朱砂在焉。乃启学宫，碎碑下龟首，石片片有血

---

[1] 阖（hé）：关闭。

丝，腹中有小石如卵，坚光若镜，锤之不碎，远投太湖。自是女不复来。

阅半月，女忽直入寝所詈生曰："我何负卿？竟碎我身体！然我亦不恼也。卿父母所虑者，为卿病耳。今已乞得仙宫灵药，服之当无恙。"出草叶数茎，强生食。其味香甘，且云："前者居处相近，可朝夕往返；今稍远，便当长住此矣。"自是白昼见形，惟不饮食，家人大小咸得见之。生妻大骂，女笑而不答。每夕，生妻拥生坐床，不令女上，女亦不强。但一就枕，妻即惛惛长睡，不知所为，而女独与生寝。生服灵药后，精神顿好，绝不似曩时孱弱[1]。父母无奈，姑听之。如是年余。

一日，生偶行街市，有一疥道人熟视生曰："君妖气过重，不实言，死期近矣！"生以实告。疥道人邀入茶肆，取背上葫芦倾酒饮之，出黄纸二符授生曰："汝持归，一贴寝门，一贴床上，毋令女知。彼缘尚未绝，俟八月十五夜，我当来相见。"时六月中旬也。生归，如约贴符。女至门惊却，大诟曰："何又薄情若此？然吾岂惧此哉！"词甚厉，而终不敢入。良久，大

----

[1] 曩（nǎng）：过去、从前。

笑曰:"我有要语告君,凭君自择,君且启符。"如其言,乃入,告生曰:"郎君貌美,妾爱君,道人亦爱君。妾爱君,想君为夫;道人爱君,想君为龙阳耳[1]。二者,郎君择焉。"生大悟,遂相爱如初。

至中秋望夕,生方与女并坐看月,忽闻唤名声,见一人露半身于短墙外。迫视之,疥道人也。拉生告曰:"妖缘将尽,特来为汝驱除。"生意不欲。道人曰:"妖以秽言谤我,我亦知之,以此愈不饶他。"

书二符曰:"速去擒来。"生方逡巡,适家人出,遽将符送至妻所。妻大喜,持符向女,女战栗作噤,乃缚女手,拥之以行。女泣谓生曰:"早知缘尽当去,因一点痴情,淹留受祸。但数年恩爱,卿所深知,今当永诀,乞置我于墙阴,勿令月光照我,或冀须臾缓死。卿能见怜否?"生固不忍绝之也,乃拥女至墙阴,手解其缚。女奋身跃起,化一片黑云,平地飞升。道人亦长啸一声,向东南腾空追去,不知所往。

---

[1] 龙阳:指男性之间的同性恋。

子不语

【译文】

无锡有个姓华的年轻人，相貌很是英俊，家住紧挨着孔庙的水沟头。孔庙前有座很宽敞的桥，很多游客喜欢在桥上休息。一个夏日华生在桥上乘凉。天快黑了，华生走进县学校舍，忽然看见小路边上有扇小门，门前有个女子在走来走去。华生见此情景不觉心动，于是以借火的名义试着去勾搭，女子笑着给了他，还眉目传情。华生更为欣喜，想多说几句，但女子已经把门关了。华生记住了地址，径直出了小路。

第二天华生故地重游，只见女子早就在门口等着他了。华生问她姓名，原来这女子是县学里守门人的女儿。她跟华生说："我家太小，你要进去肯定立刻就会被发现，你家就在隔壁，如果能准备一间静僻的房间，我就可以晚上去看你了，你要是愿意，明晚可以在门口等我。"华生听了暗喜，赶忙返回家中，见到妻子便假称自己怕热要一个人睡。华生将外面的小屋收拾干净悄悄地等着。到了第二天晚上女子果然没有食言，两人携手进了小屋，华生大喜过望。从这天算起，这女子几乎是夜夜必到。

就这样过了几个月，华生的身体越来越虚弱。华生父母觉得可疑，躲在暗处察看屋子里情况，只见华生与那女子并肩而坐说说笑笑。他们立刻把门打开，但那女子却不见了。老两口责问华生到底什么情况，华生如实相告。华生的父母听了后很担心，就和他一起到校舍去寻找那女子，发现根本就没有华生说的门和路。他们四下打听，大家都说从来没见过那个女子，他们意识到这女子是个妖怪。华生父母请和尚与道士烧符念咒登坛作法，但毫无效果。华生的父亲于是把朱砂交给华生，说："那个妖女再来找你，你就偷偷地将朱砂印记在她身上，这样的话我们就可以找到她了。"

当天夜里，华生等那女子睡着的时候偷偷将朱砂洒在女子的头发上，那女子根本没有发觉。第二天，华生的父母约了人找遍了孔庙的所有地方，还是不见女子踪影。回家后，忽然听到邻居的主妇在骂小儿子说："才换的新裤子，怎么又红了，你在哪里沾上的？"华生的父亲觉得奇怪，跑去一看，发现明显是朱砂染出来的色，赶紧追问小孩儿去哪里玩了，小孩儿告诉华生父亲道："我刚才在县学校舍前玩，骑在了驮着石碑的石乌龟头上玩，莫名其妙就染红了。"华生父亲于是去查看那石乌龟的头，发现上面有朱砂。华生父亲赶紧上报学官，学官下令砸毁石龟的头，发现碎片都染着血丝，大家还在石龟的腹中发现了一块亮如铜镜的小鹅卵石，硬得怎么锤打也不会坏。最后大家把它扔进太湖，从此那女子再没来了。

过了半个多月，那女子忽然又来了，直奔华生房间痛斥道："我又没有对不起你，你为何把我身子给砸了！但是我也不怪你，你父母是担心你的病。现在我从仙宫替你求来灵丹妙药，你吃了就会好的。"说完取出几根带叶的草要华生吃下去。华生吃时觉得又香又甜。那女子接着说道："过去我就住在你的旁边，可以每日往返，现在隔得远了，不如长住不回了。"

从此以后，这石龟精白天也敢现形了，只是不吃不喝，华

家上下都看得真切。华生的妻子气得对着她破口大骂，她却笑着不说话。华生的妻子每天晚上都抱着华生坐在床上，不让她上床。她也不硬闯。只是华生的妻子一躺下就会睡得死死的。这时候那女子就可以单独与华生睡觉。说来也怪，华生吃了她的灵丹妙药后，果然是精神抖擞身体壮实，华生父母无计可施，只能放任自由了。

就这样过了一年多。一天华生偶然上街，遇见一个头长疥疮的道士，他看了华生好几次后对他说："年轻人，你妖气很重啊！快说实话，怎么回事，不然你的死期就要到了。"华生吓的如实相告，这道人请华生到茶馆里，取下他背着的葫芦倒酒给华生喝，又取出两张黄纸符交给华生说："你拿回去，一张贴房门，一张贴床，千万不要被发现了。她与你的缘分还未尽，等到八月十五的夜里我会来看你。"说这话的时候正好是是六月中旬。

华生回去按照道士的指点给贴好了。那女子来到门口，顿时吓得倒退了好几步，接着怒斥华生说："你好无情！我难道怕这东西吗！"话虽如此，她嘴上不饶人，却不敢进房。僵持了一会儿，那女子大笑说："我有话要告诉你，听不听随你，你先把黄符取了。"华生照做后，女子进房告诉华生说："你长的俊秀，我和道士都喜欢你，只不过我是想你做我的丈夫，他是想和你交欢。你自己决定吧。"华生听完如梦初醒，与女子相爱如初。

到了中秋节的晚上，华生正与女子并肩赏月，忽然听到有人在喊自己名字，寻声转头，发现一人在矮墙外露出半个身子。华生走近去发现原来是之前那位道士。他拉着华生告诉他说："妖怪与你的缘分快尽了，我是专门来帮你捉妖的。"华生觉得不舍，道士说："妖怪污蔑我的事情我都知道，所以更不能放过她！"

道士写了两张黄符说："你快去把妖怪给我抓来！"华生犹豫不决，正好有家人走来，道士立即叫他们将黄纸符送到了华生妻子手中。华生妻子很是高兴，对着女子就贴了过去，那女子吓得战战兢兢，一句话也说不出来，接着被绑着给送了出来。那女子哭着对华生说："我早知道咱们缘分快没了，只因痴情舍不得走，滞留在此所以才有今日的大祸。但是这些年的恩爱，你应该是很清楚的。我现在要和你永别了，求你将我放在墙角阴凉避光处，避免月光照到我，或许我还可以多活一会儿，你能可怜可怜我吗？"华生本就不忍心和她一刀两断，于是抱着女子到了墙角给她松绑。这时女子突然纵身跃起化成黑云飞走了。道士一声长啸，然后便朝东南方向腾空追去，随后便不知所踪。

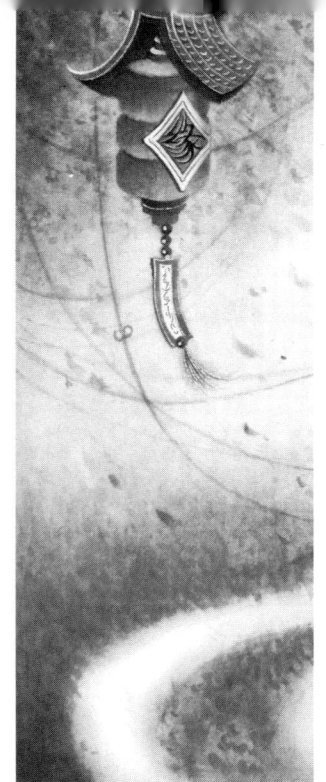

戏谭

枯骨自赞

苏州上方山有僧寺，扬州汪姓者寓寺中，白日闻阶下喃喃人语。召他客听之，皆有所闻。疑有鬼诉冤，纠僧众用犁锄掘之，深五尺许，得一朽棺，中藏枯骨一具，此外并无他物，乃依旧掩埋。未半刻，又闻地下人语喃喃，若声自棺中出者。众人齐倾耳焉，终不能辨其一字，群相惊疑。或曰："西房有德音禅师，德行甚高，能通鬼语，盍请渠一听[1]？"

汪即与众人请禅师来。禅师伛偻于地，良久译曰："不必睬他。此鬼前世作大官，好人奉承，死后无人奉承，故时时在棺材中自称自赞耳。"众人大笑而散，土中声亦渐渐微矣。

【译文】

苏州上方山有座寺庙，扬州一个姓汪的人寄居在这里。有一天，汪某白天在台阶下听到有人喃喃自语，他叫来其他客人

----

[1] 盍（hé）：通"何"，何不与、为什么之意。

听，众人都说听到了。怀疑是有鬼在喊冤，就喊上几名僧人用犁锄等工具挖掘。挖到五尺深的时候，掘出一个已经腐朽的木棺，棺中只有一具枯骨，于是又埋了回去。不到半刻工夫，他们又听到地下有人在喃喃自语，感觉就是棺材里冒出来的。众人一个字都听不清楚。惊疑之际有人说："西边房内有位品德高尚、精通鬼话的德音禅师，何不请他来听一下？"

汪某于是和大家一起把德音禅师请了过来。德音禅师俯近地面听了好一会儿，然后告诉众人道："不必理会这个鬼。这鬼前世是个大官，喜欢听别人吹捧他。死后无人奉承，所以在棺材里自我吹嘘呢。"众人听后笑着散去了。后来地下的声音慢慢就听不到了。

蔡书生

杭州北关门外有一屋，鬼屡见，人不敢居，扃锁甚固。书生蔡姓者将买其宅。人危之，蔡不听。券成，家人不肯入。蔡亲自启屋，秉烛坐。

至夜半，有女子冉冉来，颈拖红帛，向蔡伏拜，结绳于梁，伸颈就之。蔡无怖色。女子再挂一绳，招蔡。蔡曳一足就之。女子曰："君误矣。"蔡笑曰："汝误才有今日，我勿误也。"鬼大哭，伏地再拜去。自此，怪遂绝，蔡亦登第。或云即蔡炳侯方伯也。

【译文】

　　杭州北关门外有个鬼屋时常闹鬼以至于无人敢住，平日里都是锁得死死的。蔡书生不顾告诫买了下来。买房合同签好后，他家里人不愿意进去，蔡书生于是亲自去开门，然后点起蜡烛就坐了下来。

　　半夜时分，一个颈系红帛的女子缓步走了进来，对着蔡书生跪拜，然后就在房梁上打结准备上吊，怎料蔡书生一点也不害怕。这女子又打了一个结，邀请蔡书生去，蔡书生把脚伸了进去，女子说："你做错了。"蔡书生笑着说："是你错了才有今天，我没有错。"女鬼哭着跪拜蔡书生后就走了。这屋子从此再也没闹鬼，蔡书生后来也科举高中。有人告诉我说，这个蔡书生就是布政使蔡炳侯。

土地受饿

　　杭州钱塘邑生张望龄，病疟。热重时，见已故同学顾某者

踉跄而来，曰："兄寿算已绝，幸幼年曾救一女，益寿一纪。前兄所救之女知兄病重，特来奉探，为地方鬼棍所诈，诬以平素有黯昧事[1]。弟大加呵饬，方遣之去，特诣府奉贺。"张见故人为己事而来，衣裳蓝缕，面有菜色，因谢以金。顾辞不受，曰："我现为本处土地神，因官职小，地方清苦，我又素讲操守，不肯擅受鬼词，滥作威福，故终年无香火，虽作土地，往往受饿。然非分之财，虽故人见赠，我终不受。"张大笑。

次日，具牲牢祭之，又梦顾来谢曰："人得一饱，可耐三日；鬼得一饱，可耐一年。我受君恩，可挨到阴司大计[2]，望荐卓异矣。"张问："如此清官，何以不即升城隍？"曰："解应酬者，可望格外超升；做清官者，只好大计卓荐。"

【译文】

杭州钱塘县秀才张望龄得了疟疾，发热病重时，梦见已经死去的同学顾某踉踉跄跄地走过来说道："兄长的阳寿到今天是已经完了，幸得你年幼时曾救过一名女子，上天为你增加了十二年的阳寿，之前为兄长所救的女子听说你病情很重，特地

[1] 黯昧：不清不楚，带有贬义。
[2] 大计：明清时期考核地方官员的制度，三年举行一次。

来探视你，不料被地方上的小鬼所讹诈纠缠，污蔑她平日有不守妇道之举，小弟对他们大加呵斥，才将小鬼驱赶走，特地前来贵府贺喜。"张望龄看到故人为了自己的事情远道而来，衣衫破旧，脸色憔悴，于是拿出银子来酬谢他，顾某坚决推辞不肯收受，说："我现在做了本地的土地神，因为官职卑微，地方环境清苦，我又洁身自好，不肯随意接受小鬼的怂恿来作威作福，所以一年到头也没有受到什么香火，虽然是土地神，也常常挨饿，但是非分之财，即便是故人赠送，我也不能接受。"张望龄听了大笑起来。

次日，张望龄准备了牺牲祭祀顾某，晚上又梦到顾某前来酬谢自己说："人吃了一顿饱饭，可以维持三天；鬼吃了一顿饱饭，可以忍耐一年。我受了你的大恩，可以熬到阴司考核升迁官员之日，有望因品德才华出众而受荐提拔了。"张望龄问道："你做官如此清正，为什么不能马上升迁为城隍神？"顾某回道："善于应酬的人，才有望破格升迁。像小弟我这等做清官的，只有寄希望于考核时因品德、才能提拔了。"

胡求为鬼球

方阁学苞有仆胡求[1]，年三十余，随阁学入直。阁学修书武英殿，胡仆宿浴德堂中。夜三鼓，见二人舁之阶下，时月明如昼，照见二人皆青黑色，短袖仄襟，胡恐，急走。随见东首一神，红袍乌纱，长丈余，以靴脚踢之，滚至西首。复有一神，如东首状貌衣裳，亦以靴脚踢之，滚至东首，将胡当作抛球者然。胡痛不可忍。五更鸡鸣，二神始去。胡委顿于地。明旦视之，遍身青肿，几无完肤。病数月始愈。

【译文】

内阁学士方苞有一个仆人叫胡求，三十多岁，时常跟随方苞前往内阁值班，方苞在武英殿拟写文稿时，胡求就在浴德堂中休息。一天半夜，胡求在睡梦中发觉自己被两个人抬到了台阶下，当时月光皎洁，照得宫中如同白昼，胡求见抬自己的两

----

[1] 阁学：明清时期的内阁大学士，为皇帝的词臣顾问。

个人都穿着青黑色衣服，短袖窄褂，一身武人打扮，胡求惊恐万状，急忙逃走，马上就看到东边站着一个神灵，穿红色官袍，戴着乌纱帽，身高一丈有余，穿着长靴对着胡求一脚踢了过去，胡求滚到了西边，西边也有一个神灵，穿戴如东边的神，也用脚将胡求踢向了东边，东西两个神将胡求当做球一样抛来抛去玩耍，胡求痛不可忍，直到五更鸡鸣，两个神灵才离开，胡求瘫软在地。第二天宫中的人看胡求，遍身青肿，体无完肤，医治了好几个月才痊愈。

沙弥思老虎

五台山某禅师收一沙弥[1]，年甫三岁。五台山最高，师徒在山顶修行，从不一下山。后十余年，禅师同弟子下山。沙弥见牛马鸡犬，皆不识也，师因指而告之曰："此牛也，可以耕田。此马也，可以骑。此鸡犬也，可以报晓，可以守门。"沙弥唯唯。

少顷，一少年女子走过，沙弥惊问："此又是何物？"师虑

---

[1] 沙弥：佛教语，指小和尚。

其动心，正色告之曰："此名老虎，人近之者必遭咬死，尸骨无存。"沙弥唯唯。晚间上山，师问："汝今日在山下所见之物，可有心上思想他的否?"曰："一切物我都不想，只想那吃人的老虎，心上总觉舍他不得。"

【译文】

五台山上一个禅师收了一个三岁的小和尚当徒弟。师徒二人在五台山顶峰修行从不下山。十多年后的一日，师徒二人一块下山，小和尚看到牛马鸡犬但是一个也不认识，师父于是一个一个指着告诉他说："这是牛可以耕地，这是马可以骑，鸡和狗可以报时守门。"小和尚都应承着。

不一会儿，一个少女路过，小和尚吃惊地问道："这是什么东西?"师傅担心他动了凡心，严肃地告诉他这是老虎，人靠近它就会被吃得骨头都不剩。小和尚又应承着，晚上回去后师父问他："今天下山看了那么多东西，现在有没有还念念不忘的?"小和尚说："什么东西我都不想念，只想那个吃人的老虎，心里觉得不舍。"

误尝粪

常州蒋用庵御史，与四友同饮于徐兆潢家。徐精饮馔，烹河豚尤佳[1]。因置酒，请六客同食河豚。六客虽贪河豚味美，各举箸大啖，而心不能无疑。忽一客张姓者斗然倒地，口吐白沫，嗫不能声。主人与群客皆以为中河豚毒矣，速购粪清灌之。张犹未醒。五人大惧，皆曰："宁可服药于毒未发之前。"乃各饮粪清一杯。良久，张竟苏醒，群客告以解救之事。张曰："小弟向有羊儿疯之疾[2]，不时举发，非中河豚毒也。"于是五人深悔无故而尝粪，且嗽且呕，狂笑不止。

【译文】

常州人御史蒋用庵，曾经与四名好友一起到徐兆潢家宴

---

[1] 河豚：河豚泛指鲀科的各属鱼类。肉味鲜美，但体内含有剧毒，烹饪时处理不当轻者中毒，重者丧命。

[2] 羊儿疯：癫痫的俗称，大脑神经元突发性异常放电，导致短暂的大脑功能障碍的一种慢性疾病。

饮。徐兆潢精通烹饪，所做的河豚味道尤其鲜美。徐兆潢置办了美酒，请客人一同食用自己做的河豚。客人都贪恋河豚的鲜美，各自举起筷子大口吃了起来，但是心里都不免有疑虑，害怕吃了河豚会中毒。客人们正想着，忽然有一名姓张的客人倒在地上，口吐白沫，不能开口说话。主人和客人们都以为他中了河豚的毒了，马上购来粪汁灌到张某的嘴里解毒，被灌粪汁以后，张某仍昏迷不醒。其余五人深感恐惧，商量到："我们不如在毒发不治以前把解药喝了。"于是各自饮下了一杯粪汁。过了好一会儿，张某竟然苏醒了过来，众人把喂他喝粪汁给他解毒救命的情形告诉了张某，张某失声笑道："小弟一直有羊癫疯这一宿疾，时常会发作，并不是中了河豚的毒。"其余五人听了之后很后悔无缘无故喝了粪汁，一边漱口一边呕吐，而后则相互嘲弄狂笑不止。

麒麟喊冤

有邱生者，吴人也。幼习时文，屡试不售，怒曰："宋儒惧我[1]！"乃尽烧其《讲章》《语录》，而从事于考据之学，奉郑康

---

[1] 惧（wù）：通"误"，误导。

成、孔颖达为圣人，而渺视程、朱。家贫，游学楚、蜀，过峨嵋山，坐古松之下，温习《仪礼注疏》。有白额虎衔之而去，行数里，乃掷于深谷中，虎竟去。

邱心悔当是背宋儒之报也。方懊恼间，见谷旁有石门大开，邱走入，则殿宇巍峨，署曰"文明殿"，两旁罗列书籍百万，莫知其数。邱掀翻书目，谓必以《六经》冠首，不意翻毕竟无有也。

心疑之。旁有古衣冠者倚门而立，邱揖而问曰："此处何神所居？"曰："苍圣。"邱问："苍圣始制文字，自该万卷横陈，独无古《六经》，何耶？"古衣冠者曰："向来原有此书，但名《诗》《书》《周易》，不名经也。自汉人多事，名曰《六经》，造作注疏，穿凿附会，致动上帝之怒，责苍圣造字生此厉阶[1]，从此文明殿中撤去注疏，致汝掀翻不得。"

邱问："注疏何以上干天怒？"曰："此事原委甚长，汝且静听我言。汝可知万国九州只有一天乎？自盘古开辟以来，三皇五帝莫不钦若昊天[2]，天亦安享郊牛数千年矣。忽然东汉末年有五妖神，头戴冕旒，身穿龙衮闯入天宫，各称名号。其自

[1] 厉阶：祸端。

[2] 昊天：苍天，传说中的至高神。

称'赤熛怒'者，红面蝟髯，状尤狞恶。其他兄弟四人，衣青者号'灵威仰'，衣黄者号'含枢纽'，衣白者号'白招拒'，衣黑者号'汁光纪'。竖眉昂首，哓哓嚷嚷，竟欲篡夺上帝之位，分据为五国。上帝盘问五人得姓受命所由来，皆瞪目不能答。帝命神兵擒之，与斗未决。适苍圣朝天，奏曰：'此五神姓名皆谶纬妖言[1]，汉人郑玄师弟所传[2]。但召郑玄来则不斗而自伏矣。'

"帝无可奈何，即命九幽使者召郑玄师弟上殿，见其举止老成，饮酒三百杯不醉，遂署文明殿功曹。五妖神始帖服不动。凡郑所奏，帝亦颁行世间。久之，其教有必不能行者：天子冕旒用玉二百八十八片，天子之头几乎压死。夏祭地祇，必服大裘，天子之身几乎暍死[3]。只许每日一食，须劝再食，天子之腹几乎饿死。《丧礼》：含殓用米二升四合，君大夫口含粱稷四升，如角柶不能启其齿，则凿尸颊一小穴而纳之，凡为子孙者心俱不忍。以讹传讹，习而不察，将及千年。

----

[1] 谶纬（chèn wěi）：谶书和纬书的合称。方士、儒生编造的预示吉凶的隐语，流行于汉朝。

[2] 郑玄：汉代经学大家。

[3] 暍（yē）：中暑。

"一日，天帝坐紫薇宫，见云中飞下一兽来，龙鳞马鬣，喊冤奏曰：'臣麒麟也。不食生虫，不践恶草，人人称为仁兽，必待圣人出，臣才下世。不料有妄人郑某、孔某者，生造注疏，说郊天必驳麒麟之皮蒙鼓，方可奏乐。信如所言，人主郊天一回必杀一麒麟，麒麟何罪，遭此屠毒？此等议论，只好吓骗黄巾贼，见老郑便一齐下拜；使麒麟见之，必唾其面！'

"言未毕，又见空中云鬟霞佩，率领数妇人珊珊来者，跪奏曰：'妾姜氏，周王妃也。当时周王劝农，妾并不随行。今有妄人郑某，说天子劝农必与王后同行。妾想妇人幽闺弱质，行不逾阈，岂有披霜冒雨出来劝农之理？北魏王肃曾言其非，唐人孔颖达将王大加呵斥，党同诬妄，一至于此！'诸妇人齐奏曰：'妾南国诸侯大夫之妻也。夫君外出，妾等心忧，"亦既觏止[1]，我心则降"，言既见而心安，此人情也。郑训"觏"为交媾之"媾"，言交精而心降。又训"五日为期，六日不詹"，云"妇人五日不御必有思男子而不得之病"。妾等皆公侯淑女，不应贪淫至此！'

"麒麟在旁蹋足大笑。帝问何笑，麟曰：'诸夫人但知责郑

[1]　觏（gòu）：遇见。

玄，不知责戴圣。圣造《礼经》，其罪更大。臣在周文王灵囿中与振振公子同游，见文王宫女原无定数，多不过二三十人，并无九嫔、二十七世妇、八十一御妻之名号，亦从不见有金环进之、银环退之之条例。文王日昃不暇[1]，乐而不淫，那得有工夫十五夕而御百余妇哉！戴圣本系赃吏，造作宫闱经典，以媚昏主，而郑玄师弟又从而附会之，致后世隋宫每日用烟螺五石[2]，开元宫女六万余人，皆其作俑也。且注《诗经》"昏椓靡供"，言椓是标妇人之阴，此是《景十三王传》中之事，三代无此惨刑。'

"天帝闻之大悔，曰：'朕用人过矣！'召苍圣谓曰：'卿造字原有功于万世，大圣人周公、孔子皆出汝门下，不料后来俗儒流弊一至于斯，何以救之？'苍圣奏曰：'臣兄弟三人同造字，臣所造之字都是下行，臣弟沮诵、佉卢所造之字或右行或左行。左右行者，行于东西二方，下行者行于中华。今东西方只一教，而中华之教如此纷张，惟有召西方明心见性之人，学佛未成者来，大显神通，将此辈一扫而空之。'帝曰：'召佛是矣，何以要召学佛不成者？'苍圣曰：'佛无夫妻父子，故名异端，

[1] 昃（zè）：太阳偏西的时候。
[2] 烟螺：古代妇女化妆用颜料，青黑色，也叫作螺子黛。

恐来中国，人多不服。惟有少时借佛书参究一番，中年遁归周、孔者，墨行儒名，人才肯服。宋朝某某最佳。'

"麒麟在旁争之曰：'楚固失矣，而齐亦未为得也。据汉儒"麟鼓郊天"之说，不过麒麟晦气，而天帝尚得一顿饱餐。若宋儒主持名教，训天命之谓性，云天即理也，古帝王只有祭天者，无祭理者。将来天帝血食不从此而斩断乎？不但此也，恐尖嘴雷神还要来闹。'

"帝曰：'何也？'曰：'朱注"有盛馔"二句，云敬主人之礼，非以其馔也。下文注"迅雷必变"云："敬天之怒。"岂非下文暗藏不以其雷耶？从此雷公没人怕了，雷公岂肯甘心？'天帝笑曰：'汝言亦是。但气运各有盛衰，朕亦不能作主。姑且召明心见性之人试其伎俩何如。'俄见苍圣带领宋儒上殿，有褒衣博冠，手执太极圈者；有闭目指心，自称'常惺惺'者；有拈花弄月，自号'活泼泼地'者。最后四人扛一大桶上，放稻草千枝，曰：'此稻桶也，自孔、孟亡后，无人能扛此桶。唐人韩愈妄想扛桶，被我取他《与大颠和尚》书札搜出真赃，把他所扛之桶多掀翻了。何况郑、孔敢与我四人为难乎？'

"言未毕，果见赤熛怒、白招拒五妖神，爬墙穴洞，偃旗息鼓而逃。天帝大喜，即命此四人权摄文明殿功曹。此汉学所

以不昌而文明殿之所以无注疏也。"

邱问："既如此，何以架上不收宋儒注疏乎？"曰："一误岂容再误？宋儒此座亦恐终不能久。现在陆、王二姓，本朝颜习斋、李刚主、毛西河等，都与为难。"

方谈论间，忽闻钟鼓声，内闻苍圣传旨云："朕命白虎驮邱生来，原恶其自矜汉学，凌蔑百家，挟天子以令诸侯，故有投畀豺虎之意。今闻渠已悔悟，可赐山中云雾茶一杯。领其出山，俾述所闻，可以晓世。"

古衣冠者引行曲涧中，邱因问曰："据苍圣之言，汉学不可从；据麒麟之言，宋儒又不足取：然则我将安归？"神曰："随之时义大矣哉！士君子相时而动，故曰'顺天者昌'。即如神道设教，蒋帝既衰，关帝日兴，此眼前之明证也。当汉学盛时，晋朝王弼注《易》，骂郑康成为老奴，康成白昼现形，立索其命而去。元行冲有言：'今人宁道孔圣误，讳言郑、孔非。亦怕康成作祟故也。'今气运既衰，其鬼不灵，而人亦少谈孔、郑矣。

"当宋学盛时，元朝祭朱考亭，至于呼太祖御名'成吉思'而祭，尊与天同。明祖登极，又聘宋金华四先生等讲学，皆考亭之小门生也。一脉相传，颁行《四书大全》通行天下，捆缚聪明才智之人，一遵其说，不读他书。杨升庵有言，虫有应声者，今之儒生，皆宋儒之应声虫也。子不作应声虫，安能拾取科名，上报君父乎？"

邱曰："然则上帝亦好时文八股耶？"古衣冠者大笑曰："上帝非秀才，安用时文？不特帝所无时文，即嫏嬛洞、二酉山亦从无此腐烂之物[1]。细字小板，古书亦无此恶模样。"邱曰："然则时文科甲中何以出许多豪杰？"神曰："士如鱼也，钓之可得，射之可得，网之亦可得。大者蛟鳌，小者鲂鲤，皆水所生，不因钓射网罟而有异焉[2]。历代以经学取为名臣者若而人，以诗赋策论取为名臣者若而人，以时文取为名臣者若而人。豪杰之士岂为功令所束而遂淹没哉！汝试看吕蒙拔于盗贼，郭子仪起于缧绁，盗贼罪人中尚且有人，而况于时文科目耶？"

邱问："上帝何好？"曰："好诗文。"问："何以知之？"曰："汝试想上帝白玉楼成，何以不召老成人马季常、井大春作记，而召一少年佻侂之李长吉耶？海上仙龛[3]、芙蓉城主何以不召周、程、张、朱聚徒讲学者居之，而召一好酒及色之白居

[1] 嫏嬛洞、二酉山：传说中的藏书之所。
[2] 罟（gǔ）：捕鱼的网。
[3] 龛（kān）：供奉神像或佛像的小阁子。

易、豪纵不羁之石曼卿耶?"

邱恍然大悟,乃再拜曰:"如神人所言,某将弃汉学宋学而从事于诗文,何如?"神曰:"子又误矣!人之资性,各有短长。著作之才,水也;果有本源,自成江河。考据讲学,火也;胸中无物,必附物而后有所表彰,如火之必附于薪炭也。子天性中本无所有,焉得不首鼠两端?且子既精汉学矣,试问帝王所食之米何名?"

邱不能答。神曰:"康成注'释之溲溲'云:'舂之播之,使趋于凿。粟一石为粝,舂一斗为粺,又去八升为凿,又去九升为侍御。侍御者,王所食也。'子试想:米舂至八九次,其粝粺糠核将何所归?天故专生此一流殄糠核而饱梯粺之人,或琐屑考据,或迂阔讲学,各就所长,自成一队。常见孔圣、如来、老聃空中相遇,彼此微笑,一拱而过,绝不交言。此天地之所以为大也。"

邱闻之,色若死灰,意流连不出。神曰:"子休矣!子被虎衔落山涧,袖中所带《仪礼注疏》螬食者过半矣[1]。盍速归乎?"邱再拜出洞。至今犹存。

....

[1] 螬(cáo):泛指蛀虫。

【译文】

吴县有个姓邱的书生，自幼学习八股，但考了很多次科举却总是名落孙山，气愤之下说道："都是宋朝那些儒生骗我！"于是把《讲章》《语录》等书一把火都给烧了，转行做考据之学，他把郑康成、孔颖达奉为圣人，极其蔑视程颢、程颐、朱熹等人。

邱生家庭条件不好，外出到楚、蜀等地游学。经过峨眉山时，坐在一棵古松树下学习《仪礼注疏》，忽然来了一只白额虎衔着他就往山里跑去，行了数里后把他扔在深谷之中，就自己走了。

邱生想着这大概是诋毁宋儒的报应吧，心里不免有些后悔。悔恨之际见山谷旁的石门大开，邱生走进去后只见一座写着"文明殿"三字的高大殿宇，两旁摆放有约百万卷图书，具体有多少已经看不出了。邱生觉得《六经》这种肯定列在最前，不料翻完了书也没看见。

邱生心中不解之际，见旁边倚门立着一位身着古装的天神，邱生上前去作揖道："请问此处是哪位神灵所在？"天神回答道："仓圣啊"。邱生问道："圣人仓颉创造文字，按理说应该藏书丰富，但没有古时的《六经》是为什么呢？"天神说："原来是有的，但书取名《诗》《书》《周易》等，没有冠以《经》名。汉朝人多事，将这些书统称为《六经》，而且注疏穿凿附会激怒了天帝，责怪仓颉造字才产生这种祸端。从此文明殿中撤去了注疏一类书籍，所以你没有找到这类书。"

邱生问道："注疏怎么会惹得天帝大怒呢？"天神答道："此事说来话长。你可知道万国九州只有一个天吗？自从盘古开天辟地以来，三皇五帝无不敬他为主宰一切的昊天，他享用着皇帝每年的祭品已经几千年了。怎料到东汉末年，五个妖神突然出现，他们居然戴皇帝才可以戴的冕旒，身穿龙袍闯入天宫，还各自都取了外号，其中红脸、胡须如同刺猬的恶鬼自称'赤熛怒'。其他兄弟四人，穿青袍的号'灵威仰'，穿黄袍的号'含枢纽'，穿白袍的号'白招拒'，穿黑袍的号'汁光纪'。这几个妖怪竖眉昂头，在天庭争执不休，居然想夺取天帝之位，把天下分裂为五个独立国家而据为己有。天帝询问他们名号如何得来的，他们都哑口无言。于是天帝命令天神天将把他们拿下，正当打的难解难分之时，仓颉过来解释，说道：'这五个妖怪姓名来自谶书和讳书，是汉朝人郑玄所传授。只要把郑玄师弟招来，它们就会老实听候发落。'

"天帝无奈之下派九幽使者召郑玄师弟上殿。郑玄师弟到了天庭，天帝见他很是沉稳老成，于是赐酒三百杯，他喝了酒毫无醉意。天帝封他做了文明殿功曹。这五个妖神才老实起来。从此以后郑玄所奏的也同时在世间颁行。时间长了郑玄那一套肯定行不通：比如天子冠冕上玉片要二百八十片，这么重皇帝的头怎么受得了；夏天祭地神，必须穿上裘皮袍子，又大又宽皇帝怎么会不中暑；只许每天一餐，必须有宫人劝才能继续吃，如果皇帝真的每天就吃一顿，肯定会被饿坏的。还比如《丧礼》关于大殓时口中含物的那套说辞，说要用米二升四合，国君和大夫口含高粱稷黍要用四升，在用角柶灌进去时，如牙齿无法撬开便要在死者脸颊那里凿一小孔强行放入，子孙后代怎么敢去做呢？诸如此类以讹传讹。后人只知沿袭而不考查，到今天已经近千年。

"一天，天帝坐在紫薇宫，看见云中飞下一头长着龙鳞和马鬣的奇兽，这兽大喊冤枉，说道：'臣是麒麟也。不吃生虫不踩恶草，人人称我为仁兽，我必等到圣人出世才会下凡。不料郑玄、孔颖达这两妄人乱编出所谓注疏，说帝王到郊外去祭天时，必须剥了麒麟的皮来做鼓才能奏乐。皇帝听信了他们的胡扯，祭天就要杀麒麟。我究竟犯了什么罪行，要遭这样的屠毒？这种荒谬言论欺骗黄巾军还勉强，他们看见郑玄就跪下来了；我见了他，非吐他一脸唾沫不可。'

"麒麟的话还没说完，又见空中有位云髻霞帔的妇人带着几位身着华服的女子姗姗而来，妇人跪奏道：'我是周王的妃子姜氏。当时周王下乡劝课农桑，我根本就没有一块去。郑玄在注疏中说天子劝农必须与王后同行。我想妇人一向体弱，外出从来不离开国都，哪有冒着雨都要来的道理？北魏时王肃曾说郑玄的话是错误的；唐朝人孔颖达痛斥王肃，他们党同伐异就到了这个地步！'另外的几位妇人也一齐奏道：'我等是南方各国诸侯大夫的妻子，丈夫外出我们都是忧心忡忡。《诗》中有云"亦既觏止，我心则降"，看见了人回来才能心安，这也是人之常情啊。郑玄在解释字时，说觏是交媾的媾字，意思是性交后才能心安。又解释"五日为期，六日不詹"，说是如果

妇人五天不与男子交合，必会因思念而害病。我们这些公侯家的淑女怎么会这么淫荡呢！'

"麒麟听了跺脚大笑。天帝问它原因，麒麟道：'诸位夫人只知骂郑玄，却不知去骂乱解读《礼经》的那个戴圣，他的罪比这个还重。臣在周文王的灵囿中曾与振振公子同游，见当时文王的宫女数量是没有固定的，多也不过二三十人，没有九嫔、二十七世妇、八十一御妻的名号；也从未见有得了金环就让她陪伴君王，得了银环就让她离开宫室的条例。周文王一天忙到日落都没法休息，他是乐而不淫，哪有工夫半个月时间就交合一百多位嫔妃！戴圣就是汉朝的一个爱弄传闻讨好昏君的赃官，郑玄师弟又对他追随附会，后世的隋宫每日要用烟螺五石，唐代开元年间宫女有六万余人，出现这样的情况，戴圣和郑玄是始作俑者。注《诗经》"昏椓靡供"，说椓是毁掉女人的阴部。这是《汉书·景十三王传》中记载的事，上古三代没有这么残暴啊！'

"天帝听了后悔不已，感叹道：'我用人用错了！'然后召仓颉说道：'爱卿创造文字原是有功于万世，周公、孔子这些大圣人出自你门下，不料后来俗儒歪曲解释竟到这种地步，怎样才能补救呢？'仓颉奏道：'臣兄弟三人同在造字，臣所造的字往下流行，臣弟沮诵、佉卢所造的字或往右流行，或往左流行。左右流行的，流行在东西二方，往下流行的，流行在中华。如今东西方只有一个教派，而中华的教派却是五花八门。只有召西方明心见性、学佛又没有成功的人来大显神通，将郑玄这类人一扫而空。'天帝道:'召佛教徒可以,但是为什么要召那些没学到家的人呢?'仓颉奏道:'信佛的人没有夫妻父子的概念,他们这种异端来到中国怕是一堆人不服气。只有少年时读过佛经有一定研究,中年时又从佛门回归到周公、孔子一边,兼具墨家和儒家的人才能让众人心服。关于这点宋朝某某做得最好。'

"麒麟听完不服,争辩说道:'楚国当然是吃了亏,但齐国也没占到便宜。按照汉儒那套皇帝祭天必用麒麟皮包鼓的说辞,最终不过是麒麟遭殃,但天帝却得到了一顿饱饭。假如让宋儒掌握儒家解释权,把天命解释为性,说天就是理,古代帝王只祭天不祭理。这样将来对天帝的祭祀岂不是因而中断?只怕尖嘴的雷神还要来找你闹事呢。'

"天帝问道:'这是为什么呢?'麒麟奏道:'朱熹曾注释"有盛馔"二句说:斋敬主人的礼与摆放的食品不相称,"迅雷必变"被朱熹解释成是"敬天之怒"。这难道不是在下文中暗藏不是因雷鸣所致的意思么?从此雷公就没有人怕了,那雷公岂肯甘心?'天帝笑道:'你所说的也对。但气运也不是我可以做得了主的。姑且召那些心性宽宏大量的人来试试本领,你意下如何?'不一会儿,仓颉便带领宋儒上殿,有宽衣大帽手持太极图的,有闭目指心自称'常惺惺'的,有拈花弄月自称是'活泼泼地'的。最后四人扛着一个上面放着很多稻草的大稻桶,说:'自从孔子、孟子去世以后便无人能扛得动这桶。唐朝人韩愈不自量力以为可以扛动,被我们从他写的《与大颠和

尚书》中搜出真赃，把他扛的桶基本掀翻了，更不要说郑玄、孔颖达这类人了，有谁敢与我们作对？'

"话还未毕，果然看到'赤熛怒''白招拒'等五个妖神爬到墙洞里，他们偃旗息鼓逃走了。天帝大喜，就命令这四人暂且执掌文明殿功曹一职。这便是汉儒不兴而文明殿没有注疏一类书籍的原因。"

邱生问道："那为什么书架上没有宋儒的注疏呢？"天神答道："因为不能一错再错啊。宋儒在这宝座上怕也待不长。现在陆、王两姓，本朝颜习斋、李刚主、毛西河等都在跟他们争夺儒门正统呢。"

谈论之际，突然听到钟鼓之声，仓颉传旨道："朕命令白虎去驮邱生来，本来我很厌恶他崇尚汉儒而蔑视百家、挟天子（在此指汉儒训诂之学）以令诸侯，所以有把他扔给豺虎的念头，如今听说他已经后悔了，那可以赐给他山中云雾茶一杯。然后带他出山给更多的人宣讲。"

身穿古衣冠的使者带着邱生在曲折的山洞之间行走，邱生问道："据仓颉所说汉儒之学不能相信；据麒麟所说宋儒之学也不值得学习。那我到底该如何治学呢？"使者道："紧跟时代变化而变化是一门大学问，读书人应当仔细观察，随机应变，这就是'顺天者昌'。正如神道设教，蒋帝既已衰亡，关帝就一日比一日兴旺，这就是明证啊。汉儒之学如日中天时，晋朝王弼注《易经》，痛骂郑康成是老奴才。郑康成白昼显现原形找他索命而亡。元行冲曾说：'今天的儒生宁愿说孔圣人的犯了错，也不愿说郑康成、孔颖达的有问题。这实际也是怕郑康成出来找麻烦的缘故。'如今他们做鬼不灵，所以人们也很少谈到郑玄和孔颖达了。

"当宋代的儒学兴盛时，元朝人祭朱熹之时居然敢直呼太祖成吉思汗的御名，对他的尊敬和天子是同一个规格。明太祖登基聘请了朱熹的徒子徒孙即宋金华四先生等来讲学，颁行《四书大全》通行天下。靠此举束缚读书人思想，使得其他学说没了立足之地。杨升庵嘲笑道：'虫有应声的，今天的儒生都是宋儒的应声虫。'不当应声虫，又怎么能考科举、报效皇帝？"

邱生又问道："如此说来天帝也提倡八股文吗？"使者大笑道："天帝并非秀才，怎么会用八股文这种东西？不但上天无八股文，即使娜嬛洞、二酉山也没有这类烂东西；而且字细板小，古书也无这种烂样子。"邱生追问道："然而为什么学八股文的也出了不少豪杰？"使者道："那些读书人好比是鱼，可以钓，可以射，可以网捕。就鱼来说，大的有鲨鱼、鳌鱼，小的有鳊鱼、鲤鱼，它们都是生在水中的，不会因为你的捕捉方法不同就变成了不同的鱼。历代都有靠经学、诗赋策、时文取为名臣的人，豪杰之士怎么会被功名束缚，一辈子默默无闻呢？你可以试着回忆一下，吕蒙本是盗贼，郭子仪发迹于牢狱之中，这种群体里尚且有人能够出人头地，更何况哪些学习八股文的人呢？"

邱生问道："天帝喜欢什么？"答道："诗文。"邱生问：

"你如何得知？"使者答道："你想一想，天帝建成白玉楼时，为什么不召老成持重的马季常、井大春去作记，偏偏找李长吉这个年少轻狂的人呢？海上仙龛、芙蓉城主为何不邀请周敦颐、程颐、张载、朱熹这些聚徒讲学的大儒去居住，却偏爱沉迷酒色的白居易、放荡不羁的的石曼卿呢？"

邱生恍然大悟，再拜道："照你所说我想放弃汉儒、宋儒之学转学诗文，你觉得如何？"使者道："你又错了。人的资质各有不同。从事诗文写作的人才华好比是水；有本源的自然能够写出诗文汇成江河。从事考据讲学的人好比是火；胸中无物就必然附在他物上才能显现，就好比火必须附在柴炭上一样。你对于诗文创作和考据文学皆无天分，对于选择致力哪一项学问自然会首鼠两端，犹豫不决。既然你说精通汉儒之学，请问帝王所食用的米叫什么？"

邱生无法作答。使者说道："郑康成解释'释之溲溲'说：舂米是舂了又播，使它渐趋于凿。粟一石为粝，舂一斗为粺，又去掉八升为凿，又去掉九升为侍御。这侍御，是帝王所食用的。你想想看：米舂了八九次，那剩下来的粝、粺、糠核等拿给谁吃呢？于是上天生出这些吃糠核的穷学者，他们不是从事琐屑的考据，就是只会弄一些迂腐的话来讲学，各有所长，结成一队，我曾经看见孔圣人、如来、老子在天上相遇后相视一笑打招呼，然后就各管各的不再多说，这就是天地所谓的无穷大啊。"

邱生听完面如死灰，但还是不想走出山涧，使者劝他说道："够了，你被老虎扔下山的时候袖子里的书已经被虫啃了一大半了，你还不赶紧走。"邱生拜谢完就赶紧走了，据说至今还活着。

鬼乖乖

金陵葛某，嗜酒而豪，逢人必狎侮之。清明，与友四五人游雨花台。台旁有败棺，露见红裙，同人戏曰："汝逢人必狎，敢狎此棺中物乎？"葛笑曰："何妨。"往棺前以手招曰："乖乖吃酒。"如是者再。群客服其胆，大笑而散。

葛暮归家，背有黑影尾之，声啾啾曰[1]："乖乖来吃酒。"葛知为鬼，虑避之则气先馁，乃向后招呼曰："鬼乖乖，随我来。"径往酒店，上楼置一酒壶、两杯，向黑影酬劝。旁人无所见，疑有痴疾，听其所为。共饮良久，乃脱帽置几上，谓黑影曰："我下楼小便，即来奉陪。"黑影者首肯之。葛急趋出归家。

酒保见客去遗帽，遂窃取之。是夕，为鬼缠绕，口喃喃不

---

[1] 啾啾（jiū jiū）：尖利细碎的声音。

绝，天明自缢。店主人笑曰："认帽不认貌，乖乖不乖。"

【译文】

金陵人葛某喜欢喝酒，为人豪爽，见到人就会开玩笑加以戏弄，清明时与四五个友人到雨花台游玩，看到雨花台旁边有一口破败的棺材，露出了红裙，同行的友人对葛某开玩笑道："你遇到人就会开玩笑，现在敢戏弄棺材中的这具尸体吗？"葛某笑道："这有什么不敢？"走到棺材前，招手说道："乖乖过来与我一块儿喝酒。"这样说了几遍，朋友们都佩服他胆大，欢笑着散去了。

葛某夜晚回家，发觉背后有个黑影，细声细气地说："乖乖来吃酒。"葛某知道是鬼缠上了自己，想到如果躲避，自己就服软了，于是对着后面的黑影招手道："鬼乖乖，你随我来。"说罢径直走向酒店。上了楼，葛某叫了一壶酒，拿了两个杯子，向黑影劝酒，旁边的人看不到鬼影子，怀疑葛某是个疯子。一起喝了很久，葛某脱下帽子放在桌上，对黑影说道："我下楼小便，随后就来。"黑影子点头答应了，葛某下了楼急忙逃回家。

酒保见客人忘了带帽子走，就占为己有。当天晚上，酒保为鬼所纠缠，口中喃喃不绝，第二天早上就自缢身亡了，店主人笑着说："只认帽子不认人，鬼乖乖并不乖。"

真龙图变假龙图

嘉兴宋某，为仙游令，平素峭洁[1]，以"包老"自命[2]。某村有王监生者[3]，奸佃户之妻[4]，两情相得，嫌其本夫在家，乃贿算命者告其夫以"在家流年不利，必远游他方，才免于难"，本夫信之。告王监生，王遂借本钱，令贸易四川。三年不归，村人相传：某佃户被王监生谋死矣。宋素闻此事，欲雪其冤。一日，过某村，有旋风起于轿前。迹之，风从井中出。差人撩井[5]，得男子腐尸，信为某佃，遂拘王

·······································

[1] 峭洁：严峻高洁。
[2] 包老：即包拯（999－1062），北宋著名大臣，廉洁公正，铁面无私，有"包青天"及"包公"之称，北宋首都东京有"关节不到，有阎罗包老"之语。包拯曾任龙图阁直学士，故民间戏曲小说中以"包龙图"称之。
[3] 监生：明清时期取得入国子监读书资格的士人称国子监生员，简称监生。
[4] 佃户：租种地主土地的农民。
[5] 撩井：用手或工具舀井水由下往上甩出。

监生与佃妻，严刑拷讯。俱自认谋害本夫，置之于法。邑人称为"宋龙图"，演成戏本，沿村弹唱。

又一年，其夫从四川归。甫入城，见戏台上演王监生事，就观之，方知己妻业已冤死。登时大恸，号控于省城。臬司某为之审理[1]，宋令以故勘平人致死抵罪。仙游人为之歌曰："瞎说奸夫害本夫，真龙图变假龙图。寄言人世司民者，莫恃官清胆气粗。"

【译文】

嘉兴人宋某，在仙游县任知县，平时执法严峻，洁身自好，以"包公"自居。治下某村有个王监生，和自家佃户的妻子通奸，两情相悦。二人嫌弃佃户在家妨碍好事，于是贿赂算命先生，让他对佃户说："今年在家则流年不利，一定要离家到他方远游，才能幸免于难。"佃户相信了，把这件事告诉了王监生，请求外出，王监生喜上眉梢，连忙把经商的本钱借给他，打发他去四川做生意。佃户去四川做生意后，一连三年都没有回来。村里人纷纷传言道："这个佃户被王监生谋害死了。"宋县令早就听说过此事，希望能为这名佃户洗雪冤屈。一日，宋县令在路过这个村子的时候，一股旋风从轿前经过，

[1] 臬司：清代各省提刑按察使司的简称，主管该省司法。

宋县令派人追查风的源头，最终发现这股风是从井里刮来的。宋县令派人去井里打捞搜查，发现了一具男子腐尸，他断定这具腐烂的男尸一定是消失了三年的佃户，于是下令逮捕了王监生和佃户的妻子。经过严刑拷打逼供，二人最后都招认了谋害佃户的事，宋县令遂将二人依律处死。这一判决大快人心，当地人都称宋县令为"宋龙图"，将佃户为监生、妻子所害，宋县令为其沉冤昭雪的事迹编为剧本在村子各处弹唱。

然而又过了一年，这名消失的佃户从四川回来了，刚进到县城，就看到戏台上在表演王监生谋害佃户的戏剧，于是饶有兴致地看了起来，看到后面的情景，再询问身边的人，才知道妻子已经含冤而死，佃户顿时哀痛万分，到省城控诉宋县令。按察使审理了这桩冤案，宋县令因无端推测判案致平民含冤而死被治罪。仙游县当地人为此编成民歌唱到："瞎说奸夫害本夫，真龙图变假龙图。寄言人世司民者，莫恃官清胆气粗。"

借棺为车

绍兴张元公，在阊门开布行^[1]。聘伙计孙某者，陕人也，性诚谨而勤，所经算无不利市三倍，以故宾主相得。三五年

----

[1] 阊门：苏州古城的西门，为商业繁华聚集之地。

中，为张致家资十万。屡乞归家，张坚留不许，孙怒曰："假如我死，亦不放我归乎？"张笑曰："果死，必亲送君归，三四千里，我不辞劳。"

又一年，孙果病笃，张至床前问身后事，曰："我家在陕西长安县钟楼之旁，有二子在家。如念我前情，可将我灵柩寄归付之。"随即气绝。张大哭，深悔从前苦留之虐。又自念十万家资皆出渠帮助之力，何可食言不送？乃具赙仪千金，亲送棺至长安。

叩其门开，长子出见。告以尊翁病故原委，为之泣下，而其子夷然，但唤家人云："爷柩既归，可安置厅旁。"既无哀容，亦不易服，张骇绝无言。少顷，次子出见，向张致谢数语，亦阳阳如平常。张以为此二子殆非人类，岂以孙某如此好人，而生禽兽之二子乎！

正惊叹间，闻其母在内呼曰："行主远来，得毋饥乎？我酒馔已备，惜无人陪，奈何？"两子曰："行主张先生，父执也，卑幼不敢陪侍。"其母曰："然则非汝死父不可。"命二子肆筵设席，而已持大斧出，劈棺骂曰："业已到家，何必装痴作态！"死者大笑，掀棺而起，向张拜谢曰："君真古人也[1]，送我归，

----

[1] 古人：形容有古人淳朴之风。古人之风是后人对远古时代社会风气理想化的想象。

死不食言。"张问："何作此狡狯?"曰："我不死，君肯放我归乎? 且车马劳顿，不如卧棺中之安逸耳。"张曰："君病既愈，盍再同往苏州?"曰："君命中财止十万，我虽再来，不能有所增益。"留张宿三日而别，终不知孙为何许人也。

【译文】

绍兴人张元公，在苏州阊门开布店，聘用的伙计孙某为陕西人，诚实谨慎，做事勤快，凡是由他操手的生意都能取得三倍的利润，是故张元公和孙某二人关系颇为融洽。在三五年里，孙某为张元公赚取了十万家产。孙某屡次向张元公请辞归家，张元公都想方设法挽留，不许他离开。孙某气愤地说："假如我死了，也不放我回家吗?"张元公笑着说："如果你真的死了，我一定亲自扶着你的棺材送回老家，即便有三四千里之遥，也会不辞辛劳。"

过了一年，孙某果然病危，张元公走到床前问他有什么遗言交代，孙某说："我家在陕西长安县钟楼旁边，家中有二子，您如果念及旧情，请将我的棺材带回家中交付给他们。"说罢就气绝身亡了，张元公大哭，非常后悔以前的挽留使得他思家心切而饱受苦楚，又想着自己的十万家产都是靠孙某帮助才得来的，不可食言不送他的棺椁回家，于是准备了千两白银作为治丧之费，亲自护送棺材到了长安孙某家中。

　　叩开孙某家门，其长子前来接待，张元公告诉了他孙某病故的原委，边说边流泪，而孙某的长子则很闲适淡然，只是呼唤家人道："老爷的灵柩已经回来了，可以安置到大厅旁。"既没有悲伤的神色，也没有换上丧服。张元公哑口无言。过了一会儿，孙某的二儿子出来相见，向张元公说了几句致谢的客套话，也神色闲适如同平常一样，张元公认为孙某的两个儿子真是毫无人伦，暗想：孙某这样的大好人，为什么会有这样禽兽不如的两个儿子？

　　正在惊叹时，听闻两个儿子的母亲在内室呼道："店主远道而来，肯定饿了，我已经将酒食备好，可惜没有人陪店主用餐，怎么办？"两个儿子回道："店主张先生是我们的父辈，我们辈分低微，不敢相陪。"母亲又说道："这样就只有让你们的死鬼父亲来作陪了。"于是让两个儿子摆好酒席，手持大斧出来劈开孙某的棺材，骂道："已经到家了，为什么还在这装死？"孙某在棺材中大笑，掀开棺材板走了出来，向张元公拜谢道："先生真是忠厚之人，不辞千里送我回家，即便我已经死了也不食言。"张元公又惊又喜，问孙某为何使出这般狡诈之计，孙某说道："我如果不死，先生肯放我回家吗？而且路上舟车劳顿，哪有躺在棺材之中安逸。"张元公开玩笑道："你的病既然已经痊愈，和我一同回苏州营商怎么样？"孙某回道："先生命中的财富只有十万，我即便再回去为先生经营产业，也不能再赚取更多了。"张元公在孙某家住了三日而别，最后也不知道孙某的底细。

人虾

国初，有前明逸老某，欲殉难，而不肯死于刀绳水火。念乐死莫如信陵君以醇酒妇人自戕，仿而为之。多娶姬妾，终日荒淫。如是数年卒不得死。但督脉断矣[1]，头弯背驼，伛偻如熟虾[2]，匍匐而行。人戏呼之曰"人虾"。如是者二十余年，八十四岁方死。王子坚先生言幼时犹见此翁。

【译文】

本朝初年，有个前明遗老想以身殉国，但是不想死于刀绳水火这些东西之下。他想到的死得比较惬意的方式，就是信陵君死于美女美酒的方法，于是娶了很多女人，整天荒淫无度地生活，但是好多年过了却没死成，不过督脉已经是断了，头抬不起，背也打不直，就这样腰背弯曲像一只熟虾一样匍匐前

---

[1] 督脉：中医观念中的人体经络之一，与人的性命密切相关。

[2] 伛偻（yǔ lǚ）：腰背弯曲的样子。

行。大家伙都戏称他是个"人虾"。就这样过了二十多年，直到八十四岁才去世。王子坚先生说他小时候还见过这个老翁。

棺床

陆秀才遐龄，赴闽中幕馆[1]。路过江山县，天大雨，赶店不及，日已夕矣。望前村树木浓密，瓦屋数间，奔往叩门，求借一宿。主人出迎，颇清雅，自言沈姓，亦系江山秀才，家无余屋延宾[2]。陆再三求，沈不得已，指东厢一间曰："此可草榻也。"持烛送入。陆见左停一棺，意颇恶之，又自念平素胆壮，且舍此亦无他宿处，乃唯唯作谢。其房中原有木榻，即将行李铺上，辞主人出，而心不能无悸，取所带《易经》一部，灯下观至二鼓，不敢熄烛，和衣而寝。

少顷，闻棺中窸窣有声，注目视之，棺前盖已掀起矣，有翁白须朱履，伸两腿而出。陆大骇，紧扣其帐，而于帐缝窥

---

[1] 幕馆：古代官员的幕僚，即官员手下不被纳入正式官僚体系的读书人助手。

[2] 延：邀请。

之。翁至陆坐处，翻其《易经》，了无惧色，袖出烟袋，就烛上吃烟。陆更惊，以为鬼不畏《易经》，又能吃烟，真恶鬼矣。恐其走至榻前，愈益谛视，浑身冷颤，榻为之动。白须翁视榻微笑，竟不至前，仍袖烟袋入棺，自覆其盖。陆终夜不眠。

迨早，主人出问："客昨夜安否？"强应曰："安，但不知屋左所停棺内何人？"曰："家父也。"陆曰："既系尊公，何以久不安葬？"主人曰："家君现存，壮健无恙，并未死也。家君平日一切达观，以为自古皆有死，何不先为演习，故庆七十后即作寿棺，厚糊其里，置被褥焉，每晚必卧其中，当作床帐。"言毕，拉赴棺前，请老翁起，行宾主之礼，果灯下所见翁，笑曰："客受惊耶！"三人拍手大剧。视其棺：四围沙木，中空，其盖用黑漆绵纱为之，故能透气，且甚轻。

【译文】

秀才陆遐龄奔赴福建去当官员幕僚，路过江山县时下着大雨，眼看天就快黑了还找不到旅店。他看见前面村子树木浓密处有几间瓦房，赶紧跑过去敲门请求借宿一晚。主人开门迎接，自称姓沈，长得很是清秀雅致，原来也是江山县秀才，但家里实在没房间接待客人。陆秀才不住地请求，沈秀才不得已指着东厢一间房子曰："这个屋子可以入住。"沈秀才点起蜡

烛，送陆秀才进屋。陆秀才看见左边停放着一具棺材，觉得非常晦气，但是想到自己一向胆大，再说也没有别的地方可以入住，只能强颜称谢。房间里有张木床，于是就将行李铺上。陆秀才辞别主人后还是心有余悸，于是借着灯光把随身带的《易经》拿出来看。到了二鼓时分感觉困了，不敢熄灯，穿着衣服直接睡了。

不一会儿，棺材里发出窸窣声，陆秀才睁眼一看，发现棺材板居然被掀开了，一个白胡子老头穿着红鞋子，伸出两条腿走出来了。陆秀才被吓得赶紧把床帐拉好，借着帐缝偷偷观察。这老翁到了陆秀才床边，翻看他的《易经》，气定神闲，从袖子里拿出烟袋借着烛火点起烟来细品。陆秀才见此情景更害怕了，认为这鬼不怕《易经》，又会抽烟，真是一个恶鬼。他很担心这鬼老头走过来，紧盯着老头，看得越仔细，越是浑身不住地冷颤，以至于床都抖动了起来。白胡子老翁看着他的床在摇，不觉发笑，但最后还是没有过来，抽完烟就回到棺材里并把棺材板盖好。陆秀才一夜未眠。

第二天一早，主人过来询问陆秀才道："贵客昨晚睡得可好？"陆秀才硬着头皮说："还好，就是不知道屋里左边所停的棺材里躺着的是什么人？"主人告诉他说："那人正是家父。"陆秀才很疑惑，问道："既是父亲，为何死了不及时安葬？"主人说："家父还活着呢。父亲平日里很乐观，认为自古以来没有人是不死的，既然如此为什么不先演练一番？庆贺完七十大寿之后，他就打造了这副棺材，里面是专门糊的很厚的漆，放了被子在里面，他每晚都会睡在棺材里，实际上当床用了。说完就拉着陆秀才到棺材面前，请老父亲起来行宾主礼节，陆秀才发现的确是灯光下看见的那个老翁，老翁笑着打趣他说："客人受惊了！"三个人不由得拍掌大笑。陆秀才又仔细看了看棺材，四周是沙木，中间是空的，棺材盖子由黑漆涂过的棉纱做成，所以透气又轻便。

盛林基

乾隆四十一年，乐安县民盛林基，年三十二岁，家有一母一妹，忽一日以切菜刀断其母妹二人之头，高置几上，买香花灯烛而供奉之。其乡邻惊问何故，笑曰："送他两人到极好处去成佛。我不过尽孝道耳！"总甲报官来验，坦然出迎，口供与对乡邻之言如一。官请王命凌迟，其人含笑就死，亦无一言。据邻人云：此人平时待母颇尽孝道，与妹亦甚和睦。

【译文】

乾隆四十一年，乐安县有个人叫盛林基的，时年三十二岁，家里还有母亲和一个妹妹。盛林基忽然有一天用菜刀砍下母亲和

妹妹的脑袋，高高地放置在几案上，还买了香、花、油灯、蜡烛来供奉她们。邻居见到了，惊异地问他为何这样做，他笑道："我这是送她们二人到极好的地方去成佛，我不过是尽孝道罢了。"当地总甲将此事报告给官府，官府派人前来捉拿，盛林基坦然出迎，口供和对邻居所说的一模一样。地方官府请皇帝批准凌迟处死，行刑时盛林基含笑受刑，没有说一句话。据邻居说，盛林基平时侍奉母亲颇尽孝道，与妹妹相处也很和睦。

阎王升殿先吞铁丸

杭州闵玉苍先生，一生清正，任刑部郎中时，每夜署理阴间阎王之职。至二更时，有仪从轿马相迎。其殿有五，先生所以莅，第五殿也。每升殿，判官先进铁弹一丸，状如雀卵，重两许，教吞入腹中，然后理事，曰："此上帝所铸，虑阎罗王阳官署事有所瞻徇，故命吞铁丸以镇其心，此数千年老例也。"先生照例吞丸。审案毕，便吐出之。三涤三视，交与判官收管。所办事晨起辄忘；即记得者，亦不肯向人说，但劝人勿食牛肉，多诵《大悲咒》而已。

到任三月，忽一日晨起，召诸亲友而告曰："吾今而知小善之不足为也。昨晚吾表弟李某死，生魂解到，判官将其生平作官恶迹，请寄地狱审定拟罪，再详解东岳。余心恻然，将狱牌安放几上，再三目李。李自诉平生不食牛肉，作官时禁私宰尤严，似可以此功德抵销他罪。余未作声，判官驳云：'此之谓"恩足以及禽兽，而功不至于百姓"也。子不食牛肉，何以独食人肉？'李云：'某并未食人肉。'判官曰：'民脂民膏，即人肉也。汝作贪官，食千万人之膏血，而不食一牛之肉，细想小善可抵得大罪否？'李不能答。余知李素诵《大悲咒》，为阴司所最重，因手书'大悲咒'三字在掌上以示之。李竟茫然，不能诵一字。余为代诵数句，满堂判官胥役一齐跪听，西方赫然似有红云飞至者。然而铁丸已涌起于胸中，左冲右撞，肠痛欲裂矣。余不得已急取狱牌加朱，放李狱中，肠内铁丸始定，方理别案而归。"

诸亲友因问："到底牛肉可食乎？"先生曰："在可食不可食之间。"人问故，曰："此事与敬惜字纸相同[1]，圣所未戒，然不过推重农重文之心，充类至义之尽，故禁食之者，慈也。然

---

[1] 敬惜字纸：字、纸是文化的载体，敬惜字纸是古人对文化尊重、珍视的一种风气习俗。

'天地不仁，以万物为刍狗'，此语久被老子说破。试想春蚕作丝，衣被天子，以至于庶人。其功比牛更大，其性命比牛更多，而何以烹之煮之，抽其腹肠而炙食之，竟无一人为之鸣冤立禁者，何耶？盖天地之性人为贵，贵人贱畜，理所当然，故食牛肉者，达也。"

【译文】

　　杭州的闵玉苍先生，一生清正廉洁，任刑部郎中时，每天夜间会被邀请到地府代理阎王之职，到了二更时分，便有车轿和仪从卫队前来接驾。地府有五殿阎罗，闵先生所任职位在第五殿，每次升殿，判官先进献一枚铁弹，状如鸟卵，重一两多，让闵玉苍先生吞下，而后处理公事。判官告诉他说："这是上帝所铸造的，上帝考虑到阳间人来阎罗殿理事可能会徇私瞻顾，所以命令我们进献铁丸吞下，以镇定其心，这是数千年来的旧例。"闵玉苍先生照例吞下。审理案件完毕，又将铁丸吐出来，反复洗涤，再交给判官保管。夜里在阴间审理的事情第二天起床时就都忘记了，即便偶尔有记住的，闵玉苍先生也不肯对旁人说，只是劝人不要吃牛肉，多念《大悲咒》。

　　闵玉苍先生任刑部郎中三个月，忽然有一天早上起来，召集诸亲友说道："我今天才知道行小善是没有什么用的。昨天晚上我的表弟李某死了，魂魄被押解到阎罗殿，判官罗列了他生前为官的诸多恶行，请将他暂时押解地狱审查定罪，再将详细的文书交给东岳大帝判决。我为表弟感到难过，将监狱的牌子放在公案上，看着他再三示意，于是表弟自陈平生不吃牛肉，做官时禁止民间私自杀牛非常严格，以此功德似乎可以抵消其他罪过。我没有说话，判官驳斥道：'这就是所谓"恩足以及禽兽，而功不至于百姓"，你不吃牛肉，为什么偏偏要吃人肉？'表弟说：'我并没有吃人肉。'判官说：'民脂民膏，就是人肉。你做贪官，吃千万人的血肉，却不吃牛肉，你仔细想一下小善可以弥补大罪吗？'表弟回答不上，我知道表弟时常念诵《大悲咒》，而《大悲咒》是阴司最看重的经卷，于是手写'大悲咒'三个字在掌上，示意给表弟看，表弟茫然念不出一个字，我代替他念了几句，满堂的判官衙役都跪地恭听，西边赫然出现红云飞了过来，然而此时铁丸已经在我胸中升腾了起来，左冲右撞，肠痛欲裂，我不得已急忙在狱牌上用朱笔写下判词，将表弟押解到地狱中，肠内的铁丸才安定下来，我办理了其他案子后才回了阳间。"

诸亲友问："牛肉到底能不能吃？"闵玉苍先生说："牛肉在可吃与不可吃之间。"亲友问是什么缘故，他说："吃不吃牛肉这件事和敬惜字纸是相同的，圣人没有将它们列入禁令，不吃牛肉和敬惜字纸是为了推行圣人重农重文之心，将同类事物之理加以扩充，以求得其本真义理。之所以禁止吃牛肉，是因为圣人的仁慈之心，但是'天地不仁，以万物为刍狗'，此中的道理已经被老子点明说了很久了。试想春蚕吐丝，制作成衣

服，上至天子下至庶人都受它的恩惠，春蚕的功劳比牛还大，性命比牛还贵重，却没有一个人为春蚕鸣冤要求禁止杀它的，为什么呢？因为天地自然的本性，是人最贵重，重人轻畜生，这是理所应当，所以吃牛肉无罪也是一种达观的看法。"

鬼差贪酒

杭州袁观澜，年四十，未婚。邻人女有色，袁慕之，两情属矣。女之父嫌袁贫，拒之。女思慕成瘵卒。袁愈悲悼，月夜无以自解，持酒尊独酌。见墙角有蓬首人手持绳，若有所牵，睨而微笑。袁疑为邻之差役，招曰："公欲饮乎？"其人点头，斟一杯与之，嗅而不饮。曰："嫌寒乎？"其人再点头。热一杯奉之，亦嗅而不饮。然屡嗅则面渐赤，口大张不能复合。袁以酒浇入其口，每酒一滴，则面一缩，尽一壶，而身面俱小，若婴儿然，痴迷不动。牵其绳，所缚者，邻氏女也。袁大喜，具酒罂，取蓬首人投而封之，画八卦镇压之，解女子缚，与入室为夫妇。夜有形交接，昼则闻声而已。

逾年，女子喜告曰："吾可以生矣！且为君作美妻矣。明日某村女气数已尽，吾借其尸可活，君以为功，兼可得资财作衾费。"袁翌日往访某村，果有女气绝方殁，父母号哭。袁呼曰："许为吾妻，吾有药能使还魂！"其家大喜，许之。袁附女耳低语片时，女即跃起，合村惊以为神，遂为合卺[1]。女所记忆，皆非本家之事。逾年，渐能晓悉，貌较美于前女。

【译文】

杭州人袁观澜，四十岁了还没有结婚。邻居家的女儿长得很漂亮，袁观澜内心倾慕，女子也对他有意。但女子的父亲嫌弃袁观澜贫穷，拒绝了他的求婚，女儿因此得了相思病而亡。袁观澜十分悲痛，有天月圆之夜，为排解内心的愁苦，他拿着酒杯自斟自饮，忽然看到墙角有一个蓬头散发的人，手里拿着绳子，似乎牵着什么，斜着眼睛微笑，袁观澜以为是邻居家的家丁，招呼道："先生想来一起喝酒吗？"那个人点点头，袁观澜倒了一杯酒递给他，他闻了闻并不喝。袁观澜问道："是嫌酒太凉了吗？"这个人点了点头，于是加热后，又倒了一杯热酒给他，这人也只是闻了闻但是不喝。此人闻了几次之后，脸色慢慢变红，嘴巴大张不能闭上，袁观澜看着好笑，给他灌酒入口中，每灌一滴酒，此人的脸就缩小一次，灌完了一壶酒，

---

[1] 合卺（jǐn）：交杯酒。

此人的脸和身子都缩小得如同婴儿一般，神色痴迷不能动弹。再看他牵着的绳子所捆绑的，正是死去的邻家女儿。袁观澜大喜，拿着空酒瓶将蓬头的鬼差装了进去，将瓶口封死，并画了八卦镇压，随后解开女子的绳子，二人一同进屋结为夫妻。晚上睡觉时能感受到她的躯体，而白天的时候则只能听到她的声音。

这样过了一年，忽然有一天女子欣喜地对他说："我可以投生了！并且还可以做你的美貌妻子。明日某村的女子阳寿已尽，我可以借她的尸体复活，你凭着让她复生的功劳，还可以得到她家的资产为我置办嫁妆。"第二天袁观澜按照妻子的话到某村去，果然有女子刚刚气绝身亡，父母正在号哭，袁观澜对他们说："你们要是愿意将她许配给我，我就有药使她还魂。"家里人大喜答应了。袁观澜靠近女子的耳朵低声说了一阵，女子马上就跃身而起，全村人都很惊讶视袁观澜为神仙，随后为他们举行了婚礼。只是这个女子能回忆起来的都不是父母家里的事情，过了一年，对家里的事情也就熟悉了，相貌比之前的女子还要漂亮。

产公

广西太平府僚妇生子，经三日，便澡身于溪河，其夫乃拥衾抱子坐于寝榻，卧起饮食，皆须其妇扶持之，稍不卫护，生疾一如孕妇，名曰"产公"，而妻反无所苦。查中丞俭堂云。

【译文】

　　广西太平府的妇女生育后第三天就到河流中去洗澡，而她的丈夫则裹着被子、抱着孩子坐在寝榻上，饮食起居，都需要妻子来服侍，稍有不慎，就像产妇一样患上疾病，这种风俗称为"产公"，而刚生育孩子的妻子则没有此种烦恼，这是中丞查俭堂大人告诉我的。

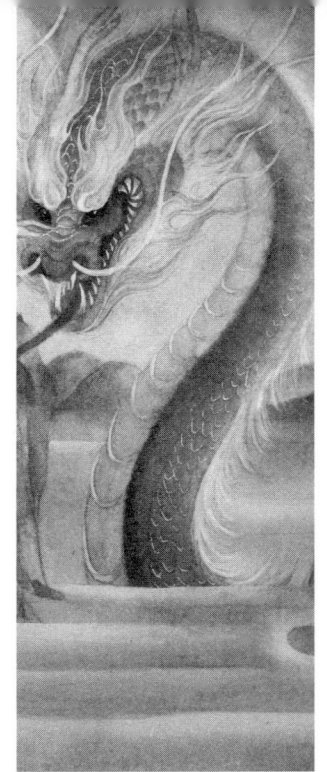

秘闻

悬头竿子

某令宰宝山时[1]，有行商来告抢夺者，被抢处系一坍港，泊舟所也。令往视其地，见水路可通城中，而乘舟者例在此处雇夫起行，心疑之，众莫言其故。

一把总来见曰："此地原可通舟，所以客来必起拨者，港口穷民籍挑驮之力，为糊口计故也。"令问抢夺事，曰："不敢言，须宽把总罪，才敢言。"令曰："律有自首免罪之条，汝告我，即为自首矣，何妨？"曰："诸抢夺者，皆把持垄断人也，把总儿子亦在其中。前月某商到此，见水路可通，不肯起拨，因而打吵，事实有之。"乾隆三十年新例：拿获强盗者，破格超迁。令定案时，心想迁官，竟以获盗具详；把总知情，照窝家例立决。一时斩者六人，令超迁安庆知府。

后六年，署松太道[2]。巡海至宝山抢夺处，见六竿子挂

....

[1] 宝山：宝山县，今上海市境内。

[2] 松太道：清代行政区域，管辖今上海、苏州等地。

髑髅尚存。问跟役曰:"前累累者何物耶?"役曰:"此六盗也,大人以此升官而忘之耶?"令不觉悚然,怒曰:"死奴!谁教汝引我至此? 速归! 速归!"舁至衙,骂司阍者曰:"此内室也,汝何敢放某把总擅入!"言毕而背疮发,一疮六头,如相啮者。家人知为不祥,烧纸钱、请高僧忏悔,卒以不起。

【译文】

有位县令在宝山任职时,有商人前来报案,称自己的财物被劫,案发地点在江边停泊船只的码头。县令带人前往视察,见此处水路直通城中,然而乘船的人却都会照例在此处雇佣脚夫搬运货物进县城。县令为此大惑不解,询问众人,众人都不敢说出实情。

一名把总向前禀报说:"此地原本是可以直接乘船进入县城的,客商现在到此处都卸下货物改走陆路,乃是因为港口附近的贫民需要通过肩扛运送货物谋求生计,客商无奈只得在此卸下货物,交给他们运输,以免发生事端。"县令问他商人所报的抢劫之事内情,把总说:"卑职不敢说,除非宽恕我的罪过,我才敢开口。"县令说:"律法中有自首可以免罪这一条,你告诉我实情,就是自首了,理当免罪,有何顾虑?"把总回道:"这些抢夺商人财物的,都是垄断把持这一带码头货物运输的人,卑职儿子也在其中,上月一名客商经过此处,看到水路可以直通县城，不肯在此卸货改陆运，于是和本地人发生争吵，爆发了事端，这些都是实情。"按照乾隆三十年颁布的新例，拿获强盗的官员，可以破格升迁，县令在审理此案定罪时为了升官，竟然在给上级的文书中说自己捉拿到了强盗，并且以把总知情不报，窝藏匪盗为由，将其处决，因此案而死的共六人，县令也因处置这件案子得以破格提拔任职安庆知府。

六年后，县令任松太道道台，巡查时又走到了以前审理宝山抢劫案的地方，见到有六根杆子立在原地，各挂有一颗骷髅头骨，问身边的差役："前面杆子上挂的一颗颗的是什么东西？"差役回道："这是当年在此抢劫作乱的六名强盗的头颅，大人因此案而升迁，您难道忘了吗？"县令一听觉得毛骨悚然，怒斥道："死奴才，谁让你把我带到这种地方的？快回府！快回府！"随后坐着轿子回去了，到了衙门，就对看守宅院的人骂道："这是官府内室，你们怎么敢擅自将把总放进来！"说罢背上生疮，疮上长有六个脓头，好像都在啃咬。家人知道此乃不祥之兆，于是烧纸钱，请来高僧做法忏悔诵经，但都无济于事，道台随后就去世了。

赵友谅宫刑一案

赵成者，陕西山阳城中人。素无赖，老而益恶，奸其子妇，妇不从，持刀相逼，妇不得已从之，而心终不愿，私与其子友谅谋迁远处以避之。其戚牛廷辉住某村，离城三十里，遂往其村，对山筑舍而居，彼此便相叫应。

居月余，赵成得信追踪而往，并持食物往拜牛廷辉。牛设馔款待，乡邻毕集。席间，客严七与牛至好，问牛近况，牛告以生意不好，卖两驴得银三十两，以十金买米修屋，家中仅存二十金等语。

赵成欲通其媳，厌友谅在傍，碍难下手，知邻人有孙四者，凶恶异常，且有膂力，一村人所畏也。乃往与谋杀牛廷辉，分其所剩金。孙四初不允，赵成曰："我媳妇甚美，汝能助我杀牛廷辉，嫁祸于友谅，友谅抵罪则我即以媳妇配汝，不止一人分十金也。"孙四心动，竟慨然以杀牛为己任。是夜与赵成持刀直入牛家，友谅见局势不好，逃入山洞中。孙、赵两人竟将牛氏一家夫妇子女，全行杀尽，而往报官，云是友谅所杀。

县官路学宏急遣役往拿，见友谅匿山洞中，形迹可疑，遂加刑讯。友谅不忍证其父，而又受刑不起，遂痛哭诬服。然杀牛家之刀，原是孙四家物，赵家所无也。屡供藏刀之处，屡搜不得。路公以凶器未得，终非信谳[1]，遂叠审拖延，连累席间饮酒乡邻十余人，家产为空。

一日捕役方带赵成覆讯，成自喜案结矣，策蹇高歌。其媳见而骂曰："俗云虎毒不食儿，翁自己杀人，嫁祸于儿子，拖累乡邻，犹快活高唱曲耶？一人作事一人当，天地鬼神肯饶翁否？"赵成面赤口噤，捕役以其情急闻于官。官始穷问。赵成初犹不服，烧毒烟熏其鼻方输实情。按律，杀死一家五人者，亦须一家五人抵偿。按察使秦公与抚台某伤其子之孝，狱奏时为加夹片，序其情节。奉上谕：赵友谅情似可悯，然赵成凶恶已极，此等人岂可使之有后？赵成着凌迟处死，其子友谅可加

....

[1] 信谳（yàn）：证据确凿，板上钉钉的判决。

宫刑[1]，百日满后，充发黑龙江。

【译文】

赵成是陕西山阳城人。他从小就很霸道，人老之后更是变本加厉。他意欲强奸儿媳妇，遇到反抗就拿刀恐吓，儿媳妇恐慌之下被迫答应，但内心抗拒。儿媳妇和丈夫赵友谅偷偷商量，决定把家搬到远处来避开赵成这个色老头。正好有位亲戚牛廷辉住在离城三十里的一个村子里，夫妻俩就搬到了这个村子，对着山造了房子，与牛家互相照应。

赵友谅夫妇在村里住了一个多月，赵成听说后跟踪而来，带着吃的去牛廷辉家里做客。牛廷辉准备了酒菜招待，还请了众乡邻。席上有位客人名叫严七，与牛廷辉是好哥们儿，问起牛廷辉近来情况如何，牛廷辉告诉他生意最近不太好做，卖掉了两头驴子换来了三十两银子，买米修房子就用去十两，家中就只剩下二十两银子用了。

赵成来村里是想找儿媳妇行苟且之事，却苦于儿子形影不离无从下手，便又萌生抢夺牛家银子的邪恶想法。赵成在席上看见邻居中有个叫孙四的面相十分凶恶，强壮有力，全村的人都很怕他的样子，于是就找到孙四拉他合伙杀掉牛廷辉，事后

[1] 宫刑：古代一种刑罚，即破坏人的生殖器官。

平分那二十两银子。

孙四起初不同意，赵成又说："我的儿媳妇颇有姿色。你如果能帮助我杀掉牛廷辉嫁祸给我儿子友谅，到时候我儿子抵罪偿命，我就把儿媳妇嫁给你当老婆。这样你的好处岂止十两银子。"孙四色心一起，于是答应了这桩罪恶的交易，把杀牛廷辉的事包在身上。当天夜里，孙四和赵成持刀直奔牛廷辉家。赵友谅发现情况后急忙逃到山洞里去了。孙、赵二人把牛廷辉一家老小灭门，然后去报告官府，厚颜无耻地说是赵友谅干的。

县官路学宏赶紧派遣差役前往捉拿凶犯，发现赵友谅隐藏在山洞中形迹可疑，便抓进县衙大刑伺候。赵友谅不忍心举报生父，又受不起酷刑折磨，只能痛哭着认罪。然而杀牛家人的凶器原是孙四家的刀，在赵家怎么也找不到。赵友谅供了好几次藏刀地点差役却从来没找到。县官路学宏认为凶器没找到就不能算定案，于是又反复重审了很久，害的当时席间饮酒的邻居十多人倾家荡产。

一天，捕头差役正好带赵成来复对口供，赵成以为案子已经了结，开心之下便骑驴放歌。儿媳妇忍无可忍，怒斥他道："俗语说'虎毒不食儿'，你这个做爹的杀了人却嫁祸亲儿子，拖累了一众邻居，还有脸唱歌吗？一人做事一人当，天地鬼神岂肯饶了你？"赵成被骂得面红耳赤，一句话也说不出。差役听说后立即将这一情况向县令报告。官府这才决定审讯赵成。

赵成开始百般抵赖，但受不了毒烟熏鼻，不得不如实招供。按照刑律，杀死一家五口也要以凶手一家五口人抵命。按察使秦公和巡抚可怜赵友谅的孝道，上报案件时特地附带陈述了友谅尽孝一事。皇上圣旨回复道："赵友谅确实可怜，但赵成罪大恶极，这种人理应断子绝孙！赵成凌迟处死，赵友谅宫刑，满一百天后充军黑龙江。"

雷诛王三

常州王三，积恶讼棍也[1]。太守董怡曾到任，首名访拿，王三躲避。其弟名仔者，武进生员，正在娶亲，新人入门，而差役拘王三不得，遂拘其弟往，管押班房。王三知家属已去，则官事稍松，乃夜入弟室，冒充新郎，与弟妇成亲。次日，差役带其弟上堂。太守见是柔弱书生，悯其无辜，且知其正值新婚，作速遣还。宽限一月访拿王三。其弟入室慰劳其妻，妻方知此是新郎，昨所共寝者非也，羞忿缢死。其岳家要来吵闹，而赧于发扬，且明知非新郎之罪，乃曰："我家所赔赠衣饰，须

---

[1] 讼棍：古代挑唆别人打官司，从中牟利的人。

尽入棺中,我才罢休。"新郎舅姑哀痛不已,一一从命。王三闻之,又动欲念,伺其攒殡之处[1],往发掘之。开棺,妇色如生,乃剥其下衣,又与淫污。污毕,取其珠翠首饰藏裹满怀,将奔上路。忽空中霹雳一声,王三震死,其妇活矣。次早,管坟人送信于其弟家,迎归完娶。太守闻之,命斫王三骨而扬其灰。

【译文】

  常州人王三是一名讼师,常常撺掇他人打官司从中牟利,太守董怡到任后,首先就将他列入访拿名单,派遣差人捉拿,王三得知风声后藏了起来,他的弟弟王仔是武进县的秀才,当日正在娶亲,新娘子刚刚进门,差役没有捉拿到王三,就将王仔捉拿归案,王三知道弟弟被捉后,认为官府对自己不会追拿得那么急切了,于是冒充弟弟做了新郎,与弟媳成亲。第二天,差役将王仔带上大堂审讯,太守见带来的是一名弱不禁风的白脸书生,怜悯其无辜,又知道他正值新婚,于是马上将他放了,给他一个月的期限,让他访拿哥哥王三。王仔回家后抚慰新婚妻子,妻子才知道真正的新郎是眼前这位,昨夜共寝的乃是假冒的,羞愤上吊而死。岳父家得知女儿自杀后前来吵

---

[1] 攒殡(bìn):停放灵柩。

闹，又害怕丑事传播了出去，并且知道此事与新郎无关，于是对王仔说道："我们家陪嫁的衣服首饰，都要放进女儿棺中陪葬，我们才罢休。"王仔与父母哀痛不已，一一照办。王三听闻后，又动了贪心，探听到他们埋葬棺材的地方，偷偷前去挖掘，打开棺材，看到妇人颜色如生，于是剥下衣服又奸污了一番，事毕后，将陪葬的珠翠首饰装满怀中，正要离开时，忽然传来一声惊雷，将王三劈死了，而新娘子却活了过来。第二天早上，看管坟地的人把这件事告诉了王仔一家，王仔将新娘子接回家重新举行婚礼，太守听闻后，下令将王三挫骨扬灰。

旁观因果

常州马秀才士麟，自言幼时从父读书北楼，窗开处与卖菊叟王某露台相近。一日早起，倚窗望，天色微明，见王叟登台浇菊，毕，将下台。有担粪者荷二桶升台，意欲助浇。叟色不悦，拒之；而担粪者必欲上，遂相挤于台坡。天雨台滑，坡仄且高，叟以手推担粪者，上下势不敌，遂失足陨台下。叟急趋扶之，未起，而双桶压其胸，两足蹩然直矣。叟大骇，噤不发声，曳担粪者足，开后门，置之河干，复举其桶置尸傍，归，闭门复卧。马时年幼，念此关人命事，不可妄谈，掩窗而已。日渐高，闻外轰传河干有死人[1]，里保报官。日午，武进知县鸣锣至。仵作跪启："尸无伤，系失足跌死。"官询邻人，邻人齐称不知。乃命棺殓加封焉，出示招尸亲而去。

事隔九年，马年二十一，入学为生员。父亡，家贫，即于幼时读书所招徒授经。督学使者刘昊龙将临岁考，马早起温经，开窗，见远巷有人肩两桶冉冉来。谛视之，担粪者也。大骇，以为来报曳仇。俄而过曳门不入，别行数十步，入一李姓家。李颇富，亦近邻而居相望者也。马愈疑，起尾之，至李门。其家苍头踉跄出[2]，曰："吾家娘子分娩甚急，将往招收生婆。"问："有担桶者入乎？"曰："无。"言未毕，门内又一婢出曰："不必招收生婆，娘子已产一官人矣。"马方悟担粪者来托生，非报仇也。但窃怪李家颇富，担粪者何修得此？自此，留心访李家儿作何举止。

又七年，李氏儿渐长，不喜读书，好畜禽鸟；而王曳康健

[1]　河干：河边。
[2]　苍头：在此意为年老的奴仆。

如故，年八十余，爱菊之性，老而弥笃。一日者，马又早起倚窗，叟上台灌菊，李氏儿亦登楼放鸽。忽十余鸽飞集叟花台栏杆上，儿惧飞去，再三呼鸽，不动。儿不得已，寻取石子掷之，误中王叟。叟惊，失足陨于台下，良久不起，两足蹩然直矣。儿大骇，嗫不发声，嘿嘿掩窗去。日渐高，叟之子孙咸来寻翁，知是失足跌死，哭殓而已。

此事闻于刘绳庵相公。相公曰："一担粪人，一叟，报复之巧如此，公平如此，而在局中者彼此不知，赖马姓人冷观历历。然则天下事吉凶祸福，各有来因，当无丝毫舛错，而惜乎从旁冷观者之无人也！"

【译文】

常州秀才马士麟说了一件自己亲历的事情。他幼时跟随父亲在家中的北楼读书，窗户与卖菊花的老翁王某家的天台相邻。一天早起，倚着窗户向外张望，此时天色微明，看到王老翁登上天台给菊花浇水，随后王老翁准备走下天台，此时过来了一个挑大粪的，那人挑着粪桶想要走上来帮助王老翁灌溉菊花，王老翁神色不悦拒绝了，但是这名挑粪的坚决要上来，两人就在上天台的斜坡上推搡。天雨路滑，斜坡高且陡峭，老翁在高处用手推挑粪者，挑粪者势不能敌，失足从斜坡上坠落了下去，王老翁连忙赶过去扶他，此人没能起来，两个粪桶又压到了胸上，两脚蹬了下就断气了。王老翁大惊，不敢发出声音，拖拽着挑粪者的脚从后门出去走向河边，将尸体放在那儿，又将他的粪桶放在尸体边上，回家后就闭门睡觉去了。马秀才当时虽然年幼，但也知道这是人命案子，非同小可，不敢说出去，只是关上了窗子。到了天明，听说外面盛传河边出现了死人，地方里正、保长报告给了官府，中午时分武进县县令坐着轿子鸣锣而至，负责查验尸体的仵作跪着奏道：尸体上没有伤痕，是失足跌落而死的。县令询问临近的居民，都说对此事毫不知情，于是下令将尸体装入棺材封了起来，招来亲人领回埋葬。

　　此事过了九年，马秀才二十一岁了，入学做了生员。父亲死后家里贫困，于是马秀才在幼时读书的地方招生授课，此时督学刘吴龙将要前来主持生员们的岁考，马秀才遂早起温习经书。一日清晨，打开窗户，看到远处街巷上缓缓走来挑着两个粪桶的人，定睛一看，乃是九年前死去的挑粪者。马秀才大惊，以为是来找王老翁报仇的，然而挑着粪担的人并没有进王老翁家的大门，而多走了几十步，去了一户姓李的人家。李家很富有，也和马秀才家隔得很近，在窗台上就能看到，马秀才见状很是疑惑，出门尾随挑担的，到了李家门口，遇到他们家老仆慌慌张张地跑出来说："我们家夫人马上就要生了，我去找接生婆。"马秀才拦住他，问有没有看到一个挑着桶的人，

说："没有看到。"此时一名婢女走出来说："不用去找接生婆了，夫人已经生下了一名小官人。"马秀才这才知道挑粪者来此是托生而非报仇的，暗想李家很富有，挑粪的人为什么能投胎到这般人家，从此留心访查李家孩子的行为举止。

又过了七年，李家的孩子渐渐长大，不喜欢读书，喜好逗弄牲畜禽鸟，而他前世的仇人王老翁身体一直很康健，已经活到了八十多岁，对菊花的喜爱随着年龄的增长愈加浓厚。一天，马秀才又早起靠着窗台，看到王老翁上天台给菊花浇水，李家的儿子也登上高楼放鸽子，忽然十多只鸽子都飞到了王老翁家花台上的栏杆处，李家的儿子害怕这些鸽子飞走，再三招呼它们，这些鸽子仍停留在王老翁家不动，李家儿子不得已，从地上捡起石头向鸽子群扔过去，不小心打中了王老翁，王老翁受到惊吓，失足从天台上坠地，过了很久也没能爬起来，两脚一蹬就去世了。李家儿子见到此景象非常害怕，默不作声，悄悄将窗户关上。天渐亮，王老翁的儿子孙子来找他，见到此景后认为王老翁乃是失足从天台上跌落身亡，只是为他举行了丧事。

马秀才经历的这件事传到了刘绳庵相公这里，刘绳庵叹道："一个是提粪桶的人，一个是老翁，其报复如此之巧，真是公平啊。身处事件之中的人，并不知情，幸亏马秀才在旁冷眼仔细观察才得知真相。天下无数的吉凶祸福，都是有自身的因果，没有丝毫谬误，可惜没有在旁边冷眼观察的人。"

滇绵谷秀才半世女妆

蜀人滇谦六，富而无子，屡得屡亡。有星家教以厌胜之法，云："足下两世命中所照临者多是雌宿，虽获雄，无益也。惟获雄而以雌畜之，庶可补救。"已而绵谷生，谦六教以穿耳、梳头、裹足，呼为"小七娘"，娶不梳头、不裹足、不穿耳之女以妻之，果长大，入泮[1]。生二孙，偶以郎名孙，即死。于是每孙生，亦以女畜之。绵谷韶秀无须，颇以女自居，有《绣针词》行世。吾友杨刺史潮观与之交好，为序其颠末[2]。

【译文】

四川人滇谦六，家中很富有，但是没有儿子，每次家中生

---

[1] 入泮（pàn）：明清时期考中了秀才的童生入学，成为生员时所行的入学典礼。泮为古代官学前的水池。
[2] 颠末：前因后果。

育了儿子之后，都会夭折。有一位算命先生教他厌胜之法，说："先生命中此后两代所对应的星宿都是雌性星宿，即便生了儿子，也没有用。唯有将生出的儿子当做女儿来抚养，也许可以补救。"不久儿子滇绵谷出生了，滇谦六给儿子穿耳眼戴耳环，梳成女子发式，裹小脚，还叫他"小七娘"，并娶了个不梳头、不裹小脚、不穿耳眼的女子。通过这种办法，滇绵谷果然长大成人，并考中了秀才入学为生员。后来生了两个孙子，滇谦六一时疏忽给他们起了男孩的名字，很快就夭折了，此后生的每一名孙子都当做女子来养育。滇绵谷长相清秀，没有胡须，日常以女子自居，有《绣针词》流传当世，我的朋友杨潮观刺史与滇绵谷交好，为他的词集作过序，记述了与此有关的本末。

高相国种须

高文端公自言年二十五作山东泗水县令时，吕道士为之相面，曰："君当贵极人臣，然须不生，官不迁。"相国自摩其颐[1]，曰："根且未有，何况于须？"吕曰："我能种之。"是夕

---

[1] 颐：腮，下巴。

伺公睡熟，以笔蘸墨画颐下如星点。三日而须出矣。然笔所画，缕缕百十茎，终身不能多也。是年迁邠州牧，擢迁至总督而入相。

【译文】

高文端公说自己二十五岁做山东泗水县令时，有一名吕道士给他看相，说："你后日当位极人臣，但是没有胡须生出来，就升不了官。"高文端公摸着自己的下巴说："根尚且没有，更何谈胡须呢？"吕道士说："我能够给你种上胡须。"当天晚上等高文端公熟睡之后，吕道士用笔蘸上墨汁，在他的下巴上点了许多墨点，如星星一般。三天后高文端公下巴上果然就长出了胡子，道士在高文端公下巴上所画出的只有稀稀疏疏的百十根，高文端公的胡子此后也再也没有增加过了。就在当年，高文端公升任邠州知州，后来升为总督，最后做了相国。

梦乞儿煮狗

　　陈秀才清波，处馆绍兴[1]。夜间梦游土地庙，庙后有数乞儿，状貌狰恶，拥土炉剥黄狗而烹之。狗似新受棍伤者，血犹淋漓，陈心恶之。忽门外有衣冠人来骂曰[2]："我家狗被汝偷食，我将告官。"语未毕，群丐起而殴之，衣冠者倒地死，陈惊醒。

　　越三日，梦青衣皂隶持城隍牌票示之曰："狗主人被恶丐打死，其鬼已控城隍。牒内写君作证，故来相招。"陈视票，果有己名，且有听审日期，觉而恶之，然自念此事与己无干，不过暂往阴司作证，因辞馆归，以二梦语其亲徐某，且托曰："我死当复生，诚恐阴阳隔路，一时灵魂迷失，乞君购白雄鸡书我姓名，临期到城隍庙招呼，免我迷路。"徐以为梦幻难凭，笑

---

[1]　处馆：古代在私塾中任教。
[2]　衣冠：穿戴齐整，古代指士绅等地位较高的人。

允之，始终不信也。

　　至某月某日，陈果无疾而逝。家人泣报于徐，徐急买白鸡书陈姓名而往，适城隍庙搭台演戏，众人蜂拥，至日仄方能到神座下，大呼招魂[1]。及归家，六月盛暑，尸已腐矣。

【译文】

　　秀才陈清波，在绍兴私塾授课。一个夜晚梦到自己到了土地庙，庙后面有数名乞丐，面目狰狞，围着炉子正在将黄狗的皮剥下来准备煮狗肉，黄狗似乎是刚被棍子打死的，鲜血还在不断地流出。陈秀才对眼前的场景感到很厌恶，忽然门外一个穿戴齐整的人走来骂道："我家的狗原来被你们偷来吃了，我马上就去告官。"话还没说完，这群乞丐就蜂拥而来殴打他，最后倒地而死。见此景象，陈秀才从睡梦中惊醒了过来。

　　又过了三天，陈秀才梦到一名差役手持城隍的传票给他看，并说道："狗主人被这些恶乞丐打死，他的鬼魂已经向城隍神提出了控告。文牒中他说道你可以作证，因此来找你前去。"陈秀才看传票上果然写着自己的名字，并且写着听审的日期，醒来后心里觉得很不舒服，但想着这件事与自己无关，

----

[1] 招魂：民间流传的巫术，相信通过呼喊等方式可以把离开的魂唤回体内。

不过是暂时前往阴司作证而已，于是辞去了私塾中的教职回家，将两次梦中的情景告诉了亲戚徐某，托付他道："我死后就会复生，但害怕阴阳两隔，回来时灵魂迷失归家的路途，请你买一只大白公鸡，在上面写上我的名字，到了我去世的那天提着大白鸡到城隍庙为我招魂，免得我灵魂迷路。"徐某认为梦中之事虚幻不实，笑着答允了，但心中并不相信。

到了阴司审讯的那一天，陈秀才果然无疾而逝，家人哭着给徐某报丧，徐某急忙买了一只白鸡，在上面写上陈秀才的姓名前往城隍庙。当天适逢城隍庙搭台唱戏，游客蜂拥而至，徐某提着大白鸡直到太阳下山时才挤进城隍神座下，大声呼喊为陈秀才招魂，等到招完魂，徐某前往陈秀才家里，因是六月盛夏时节，陈秀才的尸体已经腐烂了。

江轶林

江轶林，通州士人也，世居通之吕泗场，娶妻彭氏，情好甚笃。彭归江三年，轶林甫弱冠[1]，未游庠[2]。一夕，夫妇同梦轶林于其年某月日游庠，彭氏即于是日亡。学使临通州，吕泗场距通州百里，轶林以梦故，疑不欲往。彭促之曰："功名事重，梦不足凭。"轶林强行。及试，果获售，案出，即梦中月日也。轶林大不怿。越二日，果闻彭讣。试毕急回家，彭死已二七矣。

通俗：人死二七，夜设死者衣衾于柩侧，举家躲避，言魂来赴尸，名曰"回煞"。轶林痛彭之死，即于回煞夜异床柩旁，潜处其中，以冀一遇。守至三更，闻屋角微响，彭自房檐冉冉下，步至柩前，向灯稽首，灯即灭。灭后，室中自明如昼。轶林惟恐惊彭，不敢声。彭自灵前循柩走至床，揭帐低声呼曰："郎君归未？"轶林跃出，抱持大哭。哭罢，各诉离情，解衣就寝，欢好无异生前。轶林从容问曰："闻说人死有鬼卒拘束，回煞有煞神与偕，尔何得独返？"彭曰："煞神即管束之鬼卒也，有罪则羁绁而从。冥司念妾无罪，且与君前缘未断，故纵令独回。"轶林曰："尔无罪，何故早死？"曰："修短数也，不论有罪

[1] 弱冠：古代男子二十岁戴冠行冠礼，意为成年。
[2] 游庠：指读书人就读于府、州、县的官学，需要获得秀才资格。

无罪。"轶林曰:"卿与我前缘未断,今此之来,莫非将尽于此夕乎?"答曰:"尚早。前缘了后,犹有后缘。"言未毕,闻户外风起,彭大惧,以手持轶林曰:"紧抱我!护持我!凡作鬼最怕风,风倘着体,即来去不能自主,一失足,被他吹到远处去矣。"鸡鸣言别,轶林依依不舍。彭曰:"无庸,夜当再会。"言讫而去。由此每夜必来。来,检阅生时衾物,为轶林补缀衣服。两月余,忽欷歔泣曰:"前缘了矣!此后当别十七年,始与君续后缘。"言讫去。轶林美少年,家丰于财,里中愿续婚者众,轶林概不允。

待至十七年,以彭氏貌物色求婚,历通、泰、仪、扬,俱不得,仍归吕泗。吕泗故边海,有海舶自山东回者,载老翁夫妇来,言"本士族,止生一女,依叔为活。其叔欲以其女结婚豪族,翁颇不愿,故来避地。女亦欲嫁一江南人"。人为翁言轶林,翁甚欲之;言诸轶林,轶林必欲一见其女乃可。翁许之,见则宛然一彭也。问其年,曰:"十七矣。"其生时月日,即彭死之两月后也。轶林欣然订婚,欢好倍常。性情喜好,彷佛彭之生前。或叩以前生事,笑而不言。轶林字曰"蓬莱仙子",隐喻彭仙再来也。子曰彭儿,女曰彭媳,欢聚者十七载,夫妇得疾先后卒。

【译文】

　　江轶林是通州的读书人，世代居住在通州的吕泗场，娶妻彭氏，感情很好。彭氏嫁给江轶林三年，江轶林刚年满二十岁，还没有考中秀才。一个夜晚，夫妻二人都梦到了江轶林某年某月某日考中秀才，而当天彭氏也就死了。不久考官前来通州准备主持考试，吕泗场距离通州百里路程，江轶林因为想到梦境中高中之日也是妻子去世之时，因此不愿去应考，彭氏催促他说："功名是头等大事，梦中所见不足为凭。"于是江轶林勉强起身。考完后等待结果，果然中举了，而发榜的时间正是梦中的那一天，江轶林大为焦虑，过了两天，果然传来了妻子彭氏去世的消息，江轶林连忙赶回家，此时彭氏已经死去十四天了。

　　按习俗，人死二七之日，夜晚应将死者生前的衣物放在棺材旁边，全家避开，说这是鬼魂前来寻找自己的尸体，名为"回煞"。江轶林哀痛妻子之死，在当夜将床搬到灵柩旁，潜藏在床上，希望能再见到妻子一面。等到三更，江轶林听到房屋角落传来轻微的响动，随后彭氏从房檐上慢慢下来，走到灵柩前，对着蜡烛跪拜磕头，烛光马上就灭掉了，而室内却明亮如同白昼，江轶林害怕惊吓到彭氏，不敢作声，彭氏从灵柩前走到床边，揭开床帷低声呼唤道："郎君回来了吗？"江轶林从床

上跳了下来，抱着彭氏大哭，随后各诉离别后的相思之情，解衣就寝，欢乐与生前没有什么不同。江轶林从容地问彭氏："听说人死后有鬼神看管，回煞时有煞神随从，你今日为什么能够单独回来？"彭氏说："煞神即是管束鬼魂的鬼卒，有罪的就会跟着他一同回煞，冥司看在我无罪，且与夫君前缘未断的份上，放我单独回来的。"江轶林又问道："你没有罪，为什么会死得这么早？"彭氏回道："寿命的长短，都是注定了的，无论有罪没罪。"江轶林又说："你与我前缘未断，今日来此，莫非今夕缘分就尽了吗？"彭氏说："还早，等前缘结束后，还有后缘。"还没有说完，忽然户外起了一阵狂风，彭氏非常恐惧，抓紧江轶林说道："抱紧我，保护我，做鬼的最怕风吹，风一旦接触鬼魂，鬼魂就不能自主，一旦站立不稳，就被风刮到远处去了。"早晨鸡鸣时分，彭氏与江轶林相别，江轶林依依不舍，彭氏说："不必难过，今夜当再会。"说罢就走了，此后每天晚上彭氏都会过来，来时会查看生前的梳妆用品，为江轶林缝补衣物，过了两个多月，忽然有一天悲泣着对江轶林说："我们的前缘今日就结束了，此后会与你相别十七年，而后再续后缘。"说罢就走了。江轶林长相俊美，家底殷实，乡里中想要和他续婚的人家很多，江轶林都一概拒绝。

等到过了十七年，江轶林按照彭氏的相貌各处寻访女子求婚，访遍了通州、泰州、仪州、扬州，都没有找到，仍回到了家乡吕泗。吕泗靠海，一日有海船从山东海上回来，船上载着一对老夫妇，说原本是士族，只生得一女，依靠女儿的叔叔生活，其叔叔打算将侄女许配给当地的豪强大族，老翁不愿意，所以带着女儿来此地躲避，想嫁给一位江南士人。当地人将江轶林欲娶妻的事告诉了老翁，老翁非常乐意这门亲事，他们再把此事告诉江轶林，江轶林要求必须见一见老翁的女儿，老翁答允。江轶林一见此女，完全就是彭氏再生，问她的年龄，说："十七岁了。"其出生日期，正好是彭氏死后的两个月，江轶林非常欣喜地和她定了亲，两人相处非常欢乐，而女子的性情喜好，竟与彭氏生前一样，问她前生的事情，则笑而不语，江轶林称她为"蓬莱仙子"，暗示是彭仙再生。后生子叫"彭儿"，生女叫"彭媳"，两人在一起过了十七年的幸福生活，后来夫妇相继生病而亡。

镇江某仲

某仲，镇江人，兄弟三人。伯无子，仲有子，七岁看上元灯，失去，不知所往。仲闷甚，携资贸易山西，并冀访子耗。去数载未归，飞语谓仲已死。仲妻不之信，乞叔往寻。

伯利仲妻年少可鬻[1]，诡称仲凶耗已真，旅榇将归，劝仲妻改适，仲妻不可，蒙麻素于髻，为夫持服。伯知其志难夺，潜与江西贾人谋，得价百余金，令买仲妻去，戒曰："个娘子要强取。黑夜命舆来，见素髻者挽之去，速飞棹行也。"归语其妻，意甚自得。

伯故避去，仲妻见伯状，知有变，甫黑即自经于梁[2]，悬梁作声，伯妻闻之奔救，恐虚所卖金也。抱持间，仲妻素髻坠地，伯妻髻亦坠。适贾人轿至，伯妻急走出迎，摸地取髻，误戴素者。贾人见素髻妇，不待分辨，径抢以行。伯归，悔无及，嚗不能声。

仲自晋归，途如厕，见布袱裹五百金在地，心计此必先登厕者所遗，去应不远，盍俟诸。未几，遗金者果至，遂与之。其人感德，分以金，不受，乃邀仲偕行。数日，抵其家，具鸡黍，命一子一女出拜。仲视其子，宛然己子也，问之，良是。盖仲子失去时，为人所卖，遗金者无子，买为己子，十余年矣。仲持之泣下，遗金者曰："若携子去，我女即许汝子为

[1] 鬻（yù）：卖、出售。
[2] 甫（fǔ）：刚、才。

媳妇。"

仲归，将渡江，见一人落于水，呼救，无应者，群攫其资。仲恻然，亟呼曰："孰肯救者，我募以金！"救起视之，是季弟也。季承嫂命寻仲，伯并利其死，矗之落水，有挤之者，伯所使也。仲知其情，携弟与子归。入门，伯见之，亡去。

【译文】

镇江有三兄弟。老大没有子女，老二有一个儿子，七岁那年元宵节看灯的时候不小心走丢了。老二很是悲痛，于是带着钱去山西做生意，希望能顺带找到孩子的下落，一去多年不回家，以至于有传言说他已经死了，他妻子不信，求三弟去找一找丈夫。

大哥盘算着弟媳还年轻，可以卖一笔钱，于是骗他说老二已死，很快棺材就会把人运回来，劝她早日改嫁。弟媳不同意，在发髻上直接蒙上了白色麻布为丈夫守节。大哥知道她是很难改变心意了，于是偷偷和江西商人讨价还价，以一百多两的价钱把弟媳妇卖给了商人。老大告诫商人说道："这个女人只能强行带走，你夜里安排车轿过来，看见一个戴着白色发髻的女人就拉到船上快速离去。"谈好后回家，他得意洋洋地把事情告诉了妻子。

晚上老大特意避嫌离开了。老二媳妇看见大哥的样子不对

劲，知道事情有变，天一黑就悬梁自尽。老大妻子听到声音，怕谈好的生意做不成，于是赶紧去救人。抱扯下来的时候两个人的发髻都落下来了，恰好商人这时候派轿子来了。老大妻子急着去迎接商人，赶忙捡起发髻戴好，结果不小心把弟媳的白色发髻给戴上了。商人一看她头饰，也不细问就直接带走。老大回来后悔不已却不敢多说。

这时老二正在从山西回来的路上，途中上厕所时发现一个布包裹，里面足足有五百两银子，他想着一定是刚刚上厕所的人不小心掉的，估计没走远，于是就守在这里等失主。没过多久失主果然来了，老二物归原主。失主十分感激，要分银子给他，老二不接受。失主于是邀请老二和他一起上路。过了几天到了失主家，备了鸡肉、米饭盛情款待，还带着子女出来拜见。老二看失主儿子和自己丢失的儿子很像，一问果然是自己的儿子。原来是被人卖给了膝下无子的失主，一晃就是十多年了。老二抱着儿子不住哭泣，失主说："你要把孩子带走的话，我就让女儿给你当儿媳妇。"

老二带着儿子返回时正要渡江，看见一个人落水呼救，没人理他，反而有人哄抢他的财物。老二看了很是同情，立即喊话说道："哪位壮士愿意救人，我必重谢！"救起后一看原来是三弟。老三奉二嫂命令去找二哥，老大为了掩盖卖弟媳的阴谋，想杀掉老三灭口，刚刚把老三挤落水的人就是老大指使的。老二知道来龙去脉后，带着三弟和儿子回家，老大看见他们都没死，赶紧跑了。

飞星入南斗

苏松道韩青岩，通天文，尝为予言："宰宝山时，六月捕蝗，至野田中。四鼓起，坐胡床，督率书役，见客星飞入南斗[1]，私记占验书：'见此灾者，一月之内当暴亡。法宜剪发寸许，东西禹步三匝[2]，便可移祸他人。'尔时我即麾去书役，依法行之。居亡何，署中司书记者李某无故以小刀剖腹而死，我竟无恙。李乃我荐卷门生，年少能文，不料为我替灾，心为怅然。"

余戏谓韩曰："公言占验之术固神矣，然如我辈，全不知天文，往往夜坐见飞星来往甚多。倘有入南斗者，竟不知厌胜法，为之奈何？"曰："君辈不知天文者，虽见飞星入南斗，亦无害。"余曰："然则公又何苦知天文，多此一事，而自祸祸人耶？"韩大笑，不能答。

....

[1] 客星：流星。
[2] 禹步：道教施法时的一种特殊脚步，传说源自于大禹。

【译文】

苏松道的道台韩青岩通晓天文，他曾对我说："我在宝山为官时，六月里去田野捕捉蝗虫，四更鼓响起我就坐在胡床上，监督手下的书记衙役准备捕蝗事务。有一天突然看见一颗流星飞入南斗星座，私下记录后去占卜，结果显示：'看到这一灾象的人，一个月内必死无疑，破解之法就是剪下一寸长的头发，从东向西用道士作法的禹步走上三圈，灾祸就可以转到别人身上去了。'我赶紧支开身边的书记衙役，按照卦象的指示行事。不久，县衙里负责记录文书的李某不知何故，居然用小刀剖腹而死，而我却平安无事。李某是我亲自推荐的学生，年纪轻轻写得一手好文章，没想到竟然替我而死，我内心很是怅然。"

我对韩青岩开玩笑说："你说的占卜一类法术确实很神奇。但是我这类人对天文浑然不知，往往夜里坐着闲看流星飞来飞去。倘若看见飞入南斗的，我又不知道破解之道，又该如何呢？"韩青岩说："不知者无罪，你既然不知，那即使看见了也不会有事。"我说："既然如此，你学会占卜岂非多事，害人又害己。"韩青岩听完苦笑，无言以对。

姚端恪公遇剑仙

国初桐城姚端恪公为司寇时[1]，有山西某以谋杀案将定罪。某以十万金赂公弟文燕求宽，文燕允之，而惮公方正，不敢向公言，希冀得宽，将私取之。

一夕者，公于灯下判案，忽梁上男子持匕首下，公问："汝刺客耶，来何为？"曰："为山西某来。"公曰："某法不当宽。如欲宽某，则国法大坏，我无颜立于朝矣，不如死。"指其颈曰："取。"客曰："公不可，何为公弟受金？"曰："我不知。"曰："某亦料公之不知也。"腾身而出，但闻屋瓦上如风扫叶之声。

时文燕方出京赴知州任。公急遣人告之。到德州，已丧首于车中矣。据家人云："主人在店早饭毕，上车行数里，忽大呼好冷风！我辈急送绵衣往视[2]，头不见，但血淋漓而已。"端恪题刑部白云亭云："常觉胸中生意满，须知世上苦人多。"

[1] 司寇：古代掌管司法的官职，在此指清朝刑部尚书。
[2] 绵衣：即棉衣。

【译文】

清初，桐城人姚端恪公做刑部尚书时，有个山西人犯了谋杀案将要被定罪。凶手用了十万两银子来贿赂端恪公的弟弟文燕，求他帮忙判个轻罪。文燕答应了，但畏惧端恪公的刚正不阿，不敢去说情，心想如果从轻发落的话，那就算成自己功劳，将银子私吞。

一个晚上，姚端恪公正在灯下判案，忽然一男子手持匕首从房梁上跳下。姚端恪公问："你是刺客吗？来这里所为何事！"刺客说："为了山西那个人而来。"姚端恪公说："这人按律不能轻判，如果宽恕了他，那国法就会被破坏了，我还有什么面目为官，不如死了算了。"说完用手指着头颈说："你动手吧！"刺客说："既然你不愿意从宽处理，那你的弟弟收了别人的钱又做何解释？"姚端恪公说："这个事我确实不知道。"刺客说："我也觉得你不知道。"刺客说完就飞身而出，只听见屋顶瓦上传来风扫落叶的声音。

文燕此时正好离开京城去外地担任知州。姚端恪公急忙派人去告诉他这件事。结果到德州，他弟弟的脑袋就已经在车里被人取走。据家人说："主人在客栈吃了早饭，上车走了几里路就大呼风冷。我们急忙送棉衣给他。结果发现车里满是鲜血，头颅已经消失无踪。"姚端恪公在刑部白云亭上写上了这幅对联："常觉胸中生意满，须知世上苦人多。"

小芙

　　黔北王氏妇，梦美女子认己为男子，而与之合，曰："我番禺陈家婢小芙也。子前生为仆，与我有约而事露，我忧郁死，爱缘未尽，故来续欢。"妇醒即病颠，屏夫独居，时自言笑，皆男子亵语，忘己之为女身也。久之，小芙白昼现形，家人百计驱之，莫能遣。会邻舍不戒于火，小芙呼告王氏，得免于难。王家德之，听其安居年余。

　　一夕谓妇曰："我缘已尽，且得转生矣。"抱妇大哭，称"与哥哥永诀"，妇颠病即已，后竟无他。

【译文】

　　黔北王家的媳妇梦见一个美女，那美女把她认作是男子后与她交合，说道："我是番禺陈家的奴婢小芙啊。你上辈子也是仆人，和我幽会的时候被发现了，事情泄露后我抑郁而亡，但我们之间的缘分还没有尽，所以前来再续前缘。"王家的媳妇这一觉醒来就疯颠了，直接把丈夫赶出去一个人住，不时自

言自语发笑，而且说的都是些男人的不雅之言，完全忘记自己是一个女人。时间长了，小芙大白天也敢显出原形，王家人想尽办法驱赶却毫无效果。恰好碰到邻居失火，小芙告诉了王家媳妇，王家这才得以躲过一劫。王家对此感恩戴德，于是就容许她在家住了一年多。

忽然有一天，小芙对王家媳妇说道："我和你之间的缘分已尽，是时候转世投胎了。"小芙抱着王家媳妇嚎啕大哭，称"与哥哥永诀"，王家媳妇的疯颠病顿时好了，此后也未有何异常。

无门国

吕恒者，常州人，贩洋货为业。乾隆四十年，为海风所吹，舟中人尽没，惟吕抱一木板，随波掀腾，飘入一国。人民皆楼居，楼有三层者、五层者；祖居第三层，父居第二层，子居第一层，其最高者则曾高祖居之。有出入之户，无遮阑之门[1]。国人甚富，无盗窃事。

......

[1] 阑：即拦，阻拦之意。

　　吕初到时，言语不通，以手指画。久之，亦渐领解。闻是中华人，颇知礼敬。其俗分一日为两日，鸡鸣而起，贸易往来，至日午则举国安寝，日斜时起，照常行事，至戌时又睡矣。问其年，称十岁者，中国之五岁也；称二十者，中国之十岁也。吕所居处，离国王尚有千里，无由得见。官员甚少，有仪从者，呼为"巴洛"，亦不知是何职司。男女相悦为婚，好丑老少，各以类从，无搀越勉强致嗟怨者。刑法尤奇，断人足者亦断其足，伤人面者亦伤其面，分寸部位，丝毫不爽。奸人子女者，使人亦奸其子女。如犯人无子女，则削木作男子势状，椓其臀窍[1]。

　　吕居其国十有三月，因南风之便，附船还中国。据老洋客云："此岛号无门国，从古来未有通中国者。"

【译文】

　　常州人吕恒靠贩卖外国货为生。乾隆四十年他遇到海上大风，船里的人都死了，唯独他凭借着一张木板活了下来。他随着风浪飘到了一个神异的国家，这里的人都住楼房，楼有三层

---

[1] 椓（zhuó）：古代指宫刑，此处指敲、捶。

的、五层的；祖辈住在第三层，父母住在第二层，子女则住在第一层，最高层则是曾祖、高祖住的。有进入楼房的通道却没有遮挡的门。这个国家的人生活富足，没有盗窃之事。

吕恒刚到这里苦于语言不通，就用手比划。时间久了，他也就慢慢理解了这里的话。这里的人听说他来自中国都很尊敬他。当地的习俗是一天分成两部分，鸡鸣了就起来做生意，到了中午就举国安寝，太阳快下山的时候又起来照常生活，到了晚上则又举国休息。这里自称十岁的人，实际上就是中国五岁的人；自称二十岁的人，其实就是中国十岁的人。吕恒住的地方距离皇宫几千里路，因此无法与国王相见。这个国家的官员很少，其中带着仪仗随从的被称作"巴洛"，具体什么职位不清楚。男女之间互相喜欢就可以结婚，不论美丑老小，都是各自找相类的异性成婚，没有强迫婚姻，所以没有因被迫勉强结合而心怀怨念的。这里的刑法尤为奇特，弄断别人的脚，那自己的脚也会被罚弄断；弄伤别人的脸，自己的脸也会被罚弄伤，而且位置和下手轻重都有明确规定，执行起来一点都不会错。强奸别人子女的，自己的子女也会被强奸作为惩罚；如果犯人没有子女，那就用木头削成男子生殖器的样子来啄他的肛门。

吕恒在这里待了十三个月，靠着南风的便利坐船回到了中国。据那些经常远洋贸易的老人说："这个岛自称是无门国，自古以来还没有人来过中国。"

徐崖客

湖州徐崖客者，孽子也[1]，其父惑继母言，欲置之死。崖客逃，云游四方，凡名山大川，深岩绝涧，必攀援而上，以为本当死之人，无所畏。

登雁荡山，不得上，晚无投宿处，旁一僧目之曰："子好游乎？"崖客曰："然。"僧曰："吾少时亦有此癖，遇异人授一皮囊，夜寝其中，风雨虎豹蛇虺俱不能害[2]。又与缠足布一匹，长五丈，或山过高，投以布，便攀援而上。即或倾跌，但手不释布，紧握之，坠亦无伤，以此游遍海内。今老矣，倦鸟知还，请以二物赠公。"

徐拜谢别去。嗣后，登高临深，颇得如意。入滇南，出青蛉河外千余里，迷道，砂砾渺茫，投囊野宿。月下闻有人溲于皮囊上者，声如潮涌。偷目之，则大毛人，方目钩鼻，两牙出

---

[1] 孽子：非正妻所生的孩子，也叫庶子。
[2] 虺（huī）：一种传说中的毒蛇。

颐外数尺，长倍数人。又闻沙上兽蹄杂沓，如万群獐兔被逐狂奔者。俄而，大风自西南起，腥不可耐，乃蟒蛇从空中过，驱群兽而行，长数十丈，头若车轮。

徐惕息噤声而伏，天明出囊，见蛇过处两旁草木皆焦，己独无恙。饥无乞食处，望前村有若烟起者，奔往，见二毛人并坐，旁置镬，爇芋甚香[1]。徐疑即月下遗溲者，跪而再拜，毛人不知；哀乞救饥，亦不知；然色态甚和，睨徐而笑。徐乃以手指口，又指其腹，毛人笑愈甚，哑哑有声，响震林谷，若解意者，赐以二芋。徐得果腹，留半芋，归视诸人，乃白石也。

徐游遍四海，仍归湖州。尝告人曰："天地之性人为贵。凡荒莽幽绝之所，人不到者，鬼神怪物亦不到。有鬼神怪物处，便有人矣。"

【译文】

湖州人徐崖客是庶出，他父亲被继母的谗言迷惑想把他害死。徐崖客得知后就跑出去云游四方了，不管是名山大川，还

---

[1] 爇（ruò）：烧火。

是深岩绝涧，他都会爬上去看看，他认为自己本该是已死之人，所以没什么好怕的。

徐崖客登雁荡山的时候上不去，晚上又没有住的地方，这时候旁边走过一个和尚看着他说道："你喜欢旅游？"徐崖客回答道："是的。"于是和尚说道："我年轻的时候也有这个爱好，遇到一个异人赠给我一个皮囊，晚上睡在里面风雨虎豹蛇虺都伤不到。他还送给我一匹长有五丈的缠足布，遇见高山难以攀爬，把这布投掷上去就可以顺着它爬上去了。即使不小心踏空摔倒，只要手抓紧缠足布，就算掉下去也不会受伤。我靠着这两件神器游遍了海内。如今老了，就像那倦怠的鸟儿该回家安居了。请允许我将这两件神器转赠给你。"

徐崖客拜谢后离去了。从此以后不论登高山还是下深谷都易如反掌。徐崖客去云南南部，走到了青蛉河外千余里之处，在此迷了路，砂石把眼睛都给弄迷糊了，于是打开这个皮囊就地野营。月光之下，听到有人在皮囊上撒尿，声音就像潮水涌动一般。徐崖客偷偷一看，是个方眼鹰钩鼻的大毛人，两颗牙齿伸出脸好几尺，体型比一般人高了几倍。又听到沙地上兽蹄声滚滚而来，如同成千上万的獐兔被追逐狂奔一样。不一会儿，大风自西南方刮来，夹杂的腥味简直让人无法忍受，定眼一看，原来是蟒蛇从空中飞过，驱赶着这群野兽在走，这条大蟒蛇身长数十丈，头如车轮般大。

徐崖客趴在皮囊里，屏气不敢出声，天亮后从皮囊钻出，

发现大蟒蛇路过的两旁草木都烧焦了，唯独自己毫发无损。徐崖客饿得找不到吃饭的地方，望见前面村子似乎有炊烟升起，就赶紧跑过去，发现两个毛人并排坐在这里，旁边锅里煮熟的芋头散发着香气。徐崖客怀疑他们就是月夜里撒尿的人，于是跪拜他们，毛人不解；他又哀求食物充饥，毛人还是疑惑不解；但是面相温和，看着他始终是笑嘻嘻的。徐崖客于是指着自己嘴巴又指着自己肚子，毛人笑得更开心了，还发出哑哑之声响彻林谷，感觉好像理解到了，于是递给他两个芋头。徐崖客这才得以填饱肚子，剩下半个他带回去给大家看，原来是块白色的石头。

徐崖客游遍了四海，最后还是回到了湖州。他曾经对人说道："天地本性就是以人为贵。凡是荒莽幽绝的地方，人到不了，那鬼神怪物也到不了。有鬼神怪物的地方就一定会有人。"

谢檀霞

连昉者，昭州人，好洁耽吟。友人某邀与同贾楚中，友入肆会计，昉独守舟次。泊湘源数日，爱江水净碧，凡衣裳襟带，都促奴子再三浣濯[1]，而自吟不辍。夜梦身立水上，有好女子蹴波与语，自称："谢檀霞，元时人，年十八夭死。父母怜我癖爱此间山水，遂葬于此。今冢没，水噬遗骨，久付泥沙。生时好洁耽吟，与君同癖，宜寿而夭，故得全其神气，不复轮回生死，介在仙鬼之间。君明日当死于风涛中，妾怜其癖之同也，敢以预告，君可速附他舟回家。"昉惊醒，即治装，觅下水船抵家。归后足不出户，旅闻湘源陷风涛，死数千人，惝惝无已。

年余，忽梦吏数人突至其家，责以免脱之罪，谓："冥王赫怒，将重按其事。"昉惶遽甚，许焚冥钱若干，方允缓期。数夕后，鬼使复至，索钱加倍，昉亦允许。

正当焚送之期，方昼寝，忽见檀霞自外入，笑曰："我来贺君脱难，寻君居址不得，广为问讯。不图野水之劫，人数太多，容易蒙混。又喜各府判官新旧交代，我已遣人将君姓名注销，自今以后，杳无死期。我是数百年英魂，飘泊无耦[2]，愿共晨夕。授子服气之法，不必交媾，如人世之夫妇也。"且

---

[1]　浣濯：洗涤。
[2]　耦：同偶。

曰："鬼差索诈，不必理他，有我在此。"后遂白日降形其家，周旋如妻妾，不饮不食。

久之，昉亦能辟谷[1]，每言祸福辄应，闾里以此敬而奉之。檀霞嫌人世无味，仍偕昉重游湘中，不知所终。

【译文】

连昉是昭州人，喜欢洁净，爱好吟诗。友人邀他一同去湖北、湖南一带做生意，途中朋友们去店铺算账，连昉就独守在船中，在湘江上停泊了数日，连昉很喜欢江水的碧波澄澈，将衣服换下让奴仆在河边仔细洗涤，自己则在船头吟诗作文。这天晚上梦到自己站在水中，有美貌女子脚踏水波说道："我叫谢檀霞，元代人，十八岁的时候夭折，父母怜惜我性喜此间的山水，将我埋葬在此。现在我的坟墓为江水淹没，尸骨埋在了泥沙之中，我生时喜欢洁净，爱好吟诗，与你的兴趣相投，我本应长寿却夭折了，所以神魂得以保全，不会坠入轮回之中，过着仙、鬼之间的生活。你明天会死于风浪之中，我怜惜你的喜好与我相同，因此前来相告，你可速速搭乘其他船只回家。"连昉惊醒了，马上收拾好衣物，寻找到一艘下行船只回到家中，归家后足不出户，后听闻湘江起了很大的风浪，死了数千

---

[1] 辟谷：道家养生之术，断食五谷杂粮，服用空气。

人，内心惴惴不安。

过了一年多，连昉忽然梦到阴间的差役来到家中，指责他犯了逃脱命定死于风波之罪。阴差说道："阎王为此震怒，将会严加审理此事。"连昉非常惶恐，答应给他们烧若干冥币，差役才答应缓期受审，过了几天，差役又来了，索取的冥币加倍，连昉也连忙答应了。

在焚烧冥币之日，连昉正在午睡，忽然看到谢檀霞从门外走了进来，笑道："我此来是恭贺先生得脱劫难，找不到你的住处，到处打听才找到这儿。先生上次遭遇的落水的劫难之中，死去的人很多，容易蒙混过去，且喜现在冥间各官府的判官正是新旧交接之时，做手脚更为便利，我已经派人将你的姓名从生死簿上销掉，从此以后就没有死期了。我是数百年的英魂，但漂泊无偶，愿与先生朝夕相处，教授你服气强身之法，不必男欢女爱，其他如人世夫妻一般。"又说："这些鬼差前来敲诈勒索，不必理会他们，有我在此。"随后谢檀霞白日都会现身在连昉家，相处如同夫妻，但是不饮不食。

在一起久了，连昉也能不饮不食，为人预测吉凶祸福都很灵验，街坊邻居都很敬重他。谢檀霞嫌弃人间的生活太枯燥无味，仍带着连昉重游湘江，后二人不知所终。

三姑娘

　　钱侍御琦巡视南城，有梁守备年老，能超距腾空，所擒获大盗以百计。公奇之，问以平素擒贼立功事状。梁跪而言曰：擒盗未足奇也，某至今心悸且叹绝者，擒妓女三姑娘耳，请为公言之。

　　雍正三年某月日，九门提督某召我入，面谕曰："汝知金鱼胡同有妓三姑娘势力绝大乎？"曰："知。""汝能擒以来乎？"曰："能。""需役若干？"曰："三十。"提督与如数，曰："不擒来，抬棺见我。"三姑娘者，深堂广厦，不易篡取者也。梁命三十人环门外伏，已缘墙而上。时已暮，秋暑小凉，高篷荫屋。梁伏篷上伺之。

　　漏初下，见二女鬟从屋西持朱灯引一少年入，跪东窗低语曰："郎君至矣。"少年中堂坐良久，上茶者三，四女鬟持朱灯拥丽人出，交拜昵语，肤色目光，如明珠射人，不可逼视。少顷，两席横陈，六女鬟行酒，奇服炫妆，纷趋左右。三爵后，绕梁之音与笙箫间作。女目少年曰："郎倦乎？"引身起，牵其裾从东窗入，满堂灯烛尽灭，惟楼西风竿上纱灯双红。

梁窃意此是探虎穴时也，自篷下，足蹴寝户入。女惊起，赤体跃床下，趋前抱梁腰，低声辟呿曰："何衙门使来？"曰："九门提督。"女曰："孽矣，安有提督拘人而能免者乎？虽然，裸妇女见贵人，非礼也，请着衣，谢明珠四双。"梁许之，掷与一裈、一裙、一衫、一领袄。女开箱取明珠四双，掷某手中。

女衣毕，乃从容问："公带若干人来？"曰："三十。"曰："在何处？"曰："环门伏。"曰："速呼之进，夜深矣，为妾故，累若饥渴，妾心不安。"顾左右治具，诸婢烹羊炮兔，咄嗟立办。三十人席地大嚼，欢声如雷。梁私念床中客未获，将往揭帐。女摇手曰："公胡然？彼某大臣公子也，国体有关，且非其罪，妾已教从地道出矣。提督讯时，必不怒公，如怒公，妾愿一身当之。"

天黎明，女坐红帷车与梁偕行，离公署未半里，提督飞马朱书谕梁曰："本衙门所拿三姑娘，访闻不确，作速释放，毋累

良民，致干重谴。"梁惕息下车，持珠还女。女笑而不受。前
婢十二人骑马来迎，拥护驰去。明日侦之，室已空矣。

【译文】

　　侍御史钱琦负责京师南城的巡视工作。在兵士中有一位年
龄很大了的梁守备，能腾空飞跃，擒获盗贼数以百计，钱御史
对他很钦服，问他平素擒贼立功的事迹。梁守备跪地说道：捉
拿盗贼不足为奇，但是至今让我感到心悸且惊叹的，还是擒拿
妓女三姑娘这一次，请允许我告诉大人此事。

　　雍正三年某月某日，九门提督招我当面谕示："你知道金
鱼胡同有一名叫三姑娘的妓女，很有势力吗？"我回答："知
道。"九门提督又问道："你能把她捉过来吗？"我回道："能。"
又问"需要多少兵役？"我说道："三十。"提督大人如数将兵
役调拨给我，说道："如果不能把她捉拿，你就抬着自己的棺
材来见我。"三姑娘所居住之地广且深，很不容易将她拿到，
我命令手下三十人将她的住宅团团围住，自己翻墙上了屋顶。
此时天色昏暗，初秋时分已有凉意，屋顶上茂密的藤萝使得房
屋更显阴凉，我在藤萝架上埋伏等候。

　　到了一更天，看到两名丫鬟提着灯笼从院子里引着一名少
年进来，跪在房屋的东边窗户下低声说道："郎君到了。"少年
在堂中坐了很久，婢女换了三次茶，随后四名丫鬟手持红灯簇

拥着一名美貌女子走了出来，这名女子和少年行礼交拜，说起亲昵的话来。女子的肌肤和眼神如明珠一般向外绽放光彩，不可直视。过了一会儿，丫鬟们已经摆上了两桌宴席，六名丫鬟前来斟酒，奇装异服，好不热闹。酒过三巡之后，开始奏乐，那名女子看着少年道："你想休息了吗？"说完起身牵着男子的衣袖从东边窗户的门走了进去。满室的灯烛随后都熄灭了，只有西楼风杆上的一对灯笼还在亮着。

我当时心想深入虎穴的时机到了，于是从藤萝架上跳了下来，用脚踹开寝室门而入，女子惊慌而起，赤裸着身体跳到了床下面，跑到了我身前抱着我的腰轻声说道："你是哪个衙门派来的？"我说道："九门提督。"女子说道："真是冤孽啊，九门提督抓人，哪有得以幸免的人？虽然如此，我赤裸着身体见贵人实在是不合礼法，请给我衣服裹身，我将奉赠明珠作为酬谢。"我答应了，扔给了她一条裤子、一条裙子、一件内衣、一件外套，女子开箱从中取出四双明珠，扔给了我。

穿戴好后，女子从容地问我："大人带来多少人来捉我？"我说："三十人。"女子又问："他们现在何处？"我说："正包围在门外。"女子道："赶快让他们进来，夜已经很深了，因为抓捕我的缘故，害得大人们饥渴，心里实在不安。"女子随即让身边的侍从准备好饭菜。奴婢们烹羊烤兔，马上就置办完毕。三十名差役坐在地上大口吃肉，欢声如雷。我想起床上的男子还没有捉拿到，就走了过去将要揭开床帏，女子对我摇手

阻拦道："大人怎么乱来？这是朝中某大臣的公子，如若将他公之于堂上，则事关国体，有辱朝廷；况且这也不是他的罪过，提督审讯时必定不会因为走失了他而怪罪大人，如果因此怪罪大人，我愿意一体承担。"

待天明，三姑娘坐在红色轿子之中，我在旁看守前行，离九门提督衙门还有半里时，九门提督派人骑着快马拿着朱笔写的手谕给我，说："本衙门前日让拿的三姑娘，有关其罪行访问得来的并非实情，赶快将她释放，不要累及良民，遭致重责。"我马上下车，将三姑娘送我的明珠还给她，她笑而不受。三姑娘家中的十二名婢女骑马过来迎接，簇拥着呼啸而去。第二天再去她的宅院侦查时，人已经走空了。

石揆谛晖

石揆、谛晖二僧，皆南能教也[1]。石揆参禅，谛晖持戒，两人各不相下。谛晖住杭州灵隐寺，香火极盛。石揆谋夺之。会天竺祈雨，石揆持咒召黑龙行雨，人共见之，以为神。谛晖闻知，即避去，隐云栖最僻处，石揆为灵隐长老，垂三十年。

---

[1] 南能教：唐代禅宗六祖慧能禅师开创的佛教流派，主张顿悟，因流行于南方，故简称为南能。

身本万历孝廉，口若悬河，灵隐兰若之会，震动一时。

有沈氏儿丧父母，为人佣工，随施主入寺。石揆见之大惊，愿乞此儿为弟子，施主许之。儿方七岁，即为延师教读。儿欲肉食，即与之肉，儿欲衣绣，即衣之绣。不削发也。儿亦聪颖，通举子业。年将冠矣，督学某考杭州，令儿应考，取名近思，遂取中府学第三名。

月余，石揆传集合寺诸僧曰："近思，余小沙弥也，何得瞒我入学为生员耶？"命跪佛前剃其发，披以袈裟，改名"逃佛"。同学诸生闻之大怒，连名数百人上控巡抚、学院，道："奸僧敢剃生员发，援儒入墨，不法已甚！"有项霜泉者，仁和学霸也，率家僮数十篡取近思，为假辫以饰之，即以己妹配之，置酒作乐，聚三学弟子员赋催妆诗作贺。诸大府虽与石揆交，而众怒难犯，不得已，准诸生所控，许近思蓄发为儒。诸生犹不服，各汹汹然，欲焚灵隐寺，殴石揆。大府不得已，取石揆两侍者，各笞十五，群忿始息。

后一月，石揆命侍者撞钟鼓，召集合寺僧，各持香一炷，礼佛毕，泣曰："此予负谛晖之报也。灵隐本谛晖所住地，而予以一念争胜之心夺之，此念延绵不已，念己身灭度后，非有大

福分人，不能掌持此地。沈氏儿风骨严整，在人间为一品官，在佛家为罗汉身，故余见而倾心，欲以此坐与之。又一念争胜，欲使佛法胜于孔子，故先使入学，以继我孝廉出身之衣钵，此皆贪嗔未灭之客气也。今侍儿受杖，为辱已甚，尚何面目坐方丈乎？夫儒家之改过，即佛家之忏悔也，自今以往，吾将赴释梵天王处忏悔百年，才能得道。诸弟子速持我禅杖一枝、白玉钵盂一个、紫衣袈裟一袭往迎谛晖，为我补过。"群僧合掌跪泣曰："谛晖逃出已三十年，音耗寂然，从何地迎接？"曰："现在云栖第几山第几寺，户外有松一株、井一口，汝第记此去访可也。"言毕，趺坐而逝，鼻垂玉柱二尺许。群僧如其言，果得谛晖。沈后中进士，官左都御史，立朝有声，谥"清恪"。虽贵，每言石揆养育之恩，未尝不泣下也。

谛晖有老友恽某，常州武进人，逃难外出，披甲，有儿年七岁，卖杭州驻防都统家，谛晖欲救出之。会杭州二月十九日观音生日，满汉士女，咸往天竺进香，过灵隐，必拜方丈大和尚。谛晖道行高，贵官男女膜手来拜者以万数，从无答礼。

都统夫人某，从苍头婢仆数十人来拜谛晖，谛晖探知瘦而纤者恽氏儿也，蘧然起，跪儿前，膜拜不止，曰："罪过！罪过!"夫人大惊问故，曰："此地藏王菩萨也，托生人间，访人善恶。夫人奴畜之，无礼已甚，闻又鞭扑之，从此罪孽深重，祸不旋踵矣！"夫人皇急求救，曰："无可救。"夫人愈恐，告都统。都统亲来长跪不起，必求开一线佛门之路。谛晖曰："非特公有罪，僧亦有罪，地藏王来寺而僧不知迎，罪亦大矣。请以香花清水供养地藏王入寺，缓缓为公夫妇忏悔，并为自己忏悔。"都统大喜，布施百万，以儿与谛晖。谛晖教之读书学画，取名寿平，后即纵之还家，曰："吾不学石揆痴也。"后寿平画名日噪，诗文清妙。

人或问恽、沈二人优劣，谛晖曰："沈近思学儒不能脱周、程、张、朱窠臼[1]，恽寿平学画能出文、沈、唐、仇范围[2]，以吾观之，恽为优也。"言未已，以戒尺自击其颈曰："又与石揆争胜矣，不可，不可！"谛晖寿一百零四岁。

....

[1] 周、程、张、朱：宋代以来最具影响力的儒家学者周敦颐、程颢、程颐、张载、朱熹。

[2] 文、沈、唐、仇：文徵明、沈周、唐寅、仇英，明代著名画家。

【译文】

　　石揆、谛晖两名和尚，是禅宗派的弟子，石揆主修参禅，谛晖主修持戒，二人声望不相上下。谛晖为杭州灵隐寺方丈，香火很盛，石揆素来想要取代谛晖的方丈之位。一次正遇上杭州天竺寺举行祈雨法会，石揆抓住机会显示其能，手写符咒招黑龙前来行雨，普降甘霖，人们都看到了天空中的景象，对石揆顶礼膜拜，以其为神。谛晖知道此事之后，自认为法力不及石揆，自行离开了灵隐寺，在云栖山最偏僻处隐居。石揆此后做灵隐寺的长老长达三十年之久，他原是万历年间的举人，口若悬河，在灵隐寺召开的兰若会上，口吐莲花，名震一时，更为人所信奉。

　　有一名姓沈的男孩，自幼父母双亡，在他人家为佣工，一日随灵隐寺的施主入寺，石揆看到他后很吃惊，请求让他做自己的弟子，施主答应了。当时男孩只有七岁，石揆请了老师教他读书作文，男孩想要吃肉，就给他肉吃，想要穿华丽的衣服，就给他华丽的衣服穿，并留着俗人的头发。这名男孩非常聪颖，精通八股文的写作。将要二十岁时，督学前来杭州主持科考，石揆命他前往应考，给他取俗名为近思，果然考中了府试第三名。

　　过了一个多月，石揆召集全寺的僧侣指斥近思说道："近思，你是个小和尚，为什么瞒着我去考试做生员去了？"命他跪在佛像前，剃掉他的头发，给他披上袈裟，给他改名为"逃佛"。近思的同学们听说此事后大怒，联名数百人到巡抚和学政处控诉，说奸僧竟敢剃掉生员的头发，逼迫近思弃儒入佛，不法已极。有一名叫项霜泉的人，是杭州士人群体中的一霸，率领家中数十名仆人从灵隐寺内将近思抢了出来，给他佩戴上假发，并将自己的妹妹许配给他。婚礼当天置酒作乐，聚集杭州的士子们写催妆诗为其庆贺。巡抚、学政虽然与石揆交好，但众怒难平，不得已接受了这些读书人的指控，准许近思蓄发为儒生。这些读书人还感到不服气，气势汹汹，欲烧掉灵隐寺，殴打石揆。巡抚、学政不得已，将石揆的两名近侍带走杖责了十五棍，儒生们的怒气才平息了。

过了一个月，石揆命侍者撞钟召集全寺的僧侣，各持一柱香火，礼佛完毕后，石揆哭着说："这是我有负于谛晖的报应啊！灵隐寺本是谛晖主持的寺庙，我以好强争胜之念夺取了他的方丈之位。好胜之心此后更加炽烈，念及自己圆寂之后，需要福泽深厚的人才能主持灵隐寺，我看沈家的孩子风骨清奇，在俗世则会居一品高官，在佛家则会修成罗汉正果，所以我一见倾心，想要将方丈之位传给他。却又一心好胜，想要证明佛法胜于孔孟之学，所以先让他学习儒家经典，以此可以继承我这个举人出身的方丈的衣钵。这些都是我的贪欲未灭导致的恶果，现在我的侍从受了杖责，我遭受的羞辱已经到了极点，还有何面目继续做方丈？儒家所说的改过，就是佛家的忏悔之道，我今天就要前往释梵天王处修道，忏悔百年，而后可以得

道。你们快拿着我的一枝禅杖、一个白玉钵盂、一件紫衣袈裟去迎接谛晖回来主持灵隐寺，为我弥补过错。"众僧侣合掌跪在地上哭泣道："谛晖离寺已经三十年了，毫无音讯，我们去哪里将他迎回来？"石揆说："他现在在云栖第几座山第几座寺庙中，他的住处外面有一株松树，一口井，你们将此语记清楚，去找他就能找到了。"说完，盘腿危坐，圆寂而去，两鼻孔内流出二尺多长的鼻涕，如玉柱般洁白。和尚们按照石揆所说的地址，果然找到了谛晖。后面沈家的孩子高中进士，官至左都御史，在朝堂上很有声望，死后谥为"清恪"，虽然身份尊贵，每每言及石揆养育之恩，都会泪如雨下，感念不已。

谛晖有一名相交多年的朋友恽某，是常州武进人，逃难外出，后参军，七岁的儿子卖到了杭州驻防都统家，谛晖想救他出来。杭州民俗二月十九日观音生日这一天，全城的满汉士女都会去天竺寺进香，途中经过灵隐寺，都会向方丈礼拜。谛晖道行高深，达官贵人家男女向他顶礼膜拜的不下万人，谛晖从不回礼。

这一天都统夫人带着兵士、奴婢数十人前来参拜谛晖。谛晖此时已经探知其中瘦弱者正是好友的儿子，谛晖突然站了起来，跪在这名孩子面前，不停地磕头膜拜，口称："罪过！罪过！"夫人大惊，问他磕头的缘故，谛晖说："他是地藏王菩萨转世，托生人间来查访世人的善恶，夫人将他当做奴仆来对待，已经是很无礼了，听闻您还曾经鞭打过他，更是罪孽深重，马上就会招来灾祸了。"夫人听闻，连忙求救，谛晖说：
"已经救不了了。"夫人更加恐慌，归家告诉都统，都统亲自前
来求救，在庙前长跪不起，一定要谛晖想一条生路。谛晖说：
"不仅仅是大人有罪，小僧也有罪。地藏王前来，而我却不知
道远迎，也是很大的罪过。请大人允许我用香花清水在寺内供
养地藏王，慢慢地在他身边为大人夫妇忏悔，也为自己忏悔，
或可免罪。"都统大喜，向方丈布施了百万钱财，将这名孩子
交给了谛晖。谛晖在寺内教这孩子读书、作画，取名寿平，学
成之后，让他还俗回家，说："我不能学石揆的痴狂。"后来寿
平因精于绘画而声名大噪，诗文也很精妙。

　　后来有人问谛晖："沈近思、恽寿平二人文才谁更高一
筹？"谛晖说："沈近思精研儒学而不能脱离周敦颐、程颢、程
颐、张载、朱熹的窠臼，恽寿平学画却可以跳出文徵明、沈
周、唐寅、仇英的风格，以我看来，恽寿平更胜一筹。"刚说
完，谛晖就用戒尺敲打自己的脖子说："我又想和石揆争胜负
了，不可，不可！"谛晖后活到一百零四岁圆寂。

图书在版编目（CIP）数据

子不语 /（清）袁枚著；刘润雨选编. — 成都：
巴蜀书社，2022.10（2025.3 重印）
ISBN 978-7-5531-1781-2

Ⅰ.①子… Ⅱ.①袁… ②刘… Ⅲ.①笔记小说—小
说集—中国—清代 Ⅳ.①I242.1

中国版本图书馆 CIP 数据核字（2022）第 139827 号

子 不 语
ZI BU YU

（清）袁 枚 著
刘润雨 选 编

策划出品	远涉文化
出版统筹	罗婷婷　庄本婷
策划编辑	袁 艺
责任编辑	张裕闻　徐雨田
责任印制	田东洋　谷雨婷
出　版	巴蜀书社
	四川省成都市锦江区三色路 238 号新华之星 A 座 36 楼
	邮编：610023　总编室电话：（028）86361843
发　行	巴蜀书社
	发行科电话：（028）86361852　86361847
照　排	四川胜翔数码印务设计有限公司
印　刷	四川宏丰印务有限公司（028）85726655　13689082673
版　次	2022 年 10 月第 1 版
印　次	2025 年 3 月第 5 次印刷
成品尺寸	145mm×210mm
印　张	10.25
字　数	200 千
书　号	ISBN 978-7-5531-1781-2
定　价	59.80 元

【赋仙图】

是夜，玉盘中升，谧空瑕视，有仙人之姿现于月下。旦见天妃舞袖，长仙蜿蛟，胡三修丹，又逢桃源驱云纷至。众仙灵姿，绻俪旷怡，如华月之仙赋，遂图之。